CUPIDO TÉ LES ALES DE CARTRÓ

RAPHAËLLE GIORDANO

CUPIDO TÉ LES ALES DE CARTRÓ

Traducció de
Mireia Alegre i Clanxet

ROSA
DELS
VENTS

Paper certificat pel Forest Stewardship Council®

MIXT
Paper procedent de fonts responsables
FSC® C117695

Títol original: *Cupidon a des ailes en carton*
Primera edició: gener del 2020

Publicat per Rosa dels Vents, un segell de Penguin Random House Grupo Editorial, S.A.U.

Aquesta novel·la és una obra de ficció, qualsevol similitud amb persones del present o del passat (excepte el personatge de Nick Gentry) és simple casualitat.

Printed in Spain – Imprès a Espanya

ISBN: 978-84-17627-96-6
Dipòsit legal: B-22.393-2019

Compost a Fotoletra, S.A.

Imprès a Rodesa,
Villatuerta (Navarra)

VT 2 7 9 6 6

Penguin
Random House
Grupo Editorial

I si el secret del veritable amor
fos saber ensenyar a l'altre el reflex
del seu jo més amable?

El verb «estimar» és difícil de conjugar:
el seu passat no és simple,
el seu present només és indicatiu,
i el seu futur és sempre condicional.

JEAN COCTEAU

No hi ha paraula prou poderosa ni prou desorbitada
si és per a la meva dama.
Jo li somio un vestit de núvols filats
Els àngels gelosos de les seves ales
Les orenetes, de les seves joies
I a la Terra les flors se sentiran exiliades

LOUIS ARAGON,
«La constel·lació», *Els ulls d'Elsa*

París

Escena 1

Meredith

Estètica sofisticada, color perla setinat, tipografia elegant. Una targeta d'invitació de prestigi. El nom d'Antoine hi consta en lletra cursiva daurada. El meu ni hi apareix. Els acompanyants no som ningú. L'Antoine es gira i em somriu, inconscient dels pensaments que em torben l'ànim. Tan bon punt hem entrat en aquesta berlina negra de vidres tintats, no ens hem dirigit la paraula, però no m'ha deixat anar la mà, i aquest simple gest d'afecte m'aporta prou força per afrontar la vetllada.

El conductor obre la porta i l'Antoine m'allarga el braç amb gran elegància. Faig aterrar primer un peu a fora, una proesa gens menyspreable tenint en compte que porto un vestit llarg, amb una estola que desfila al darrere, i uns talons d'agulla perillosament inestables. Els convidats van arribant. Cadascun d'ells comunica el seu nom a les hostesses, que comproven si consten al llistat dels autoritzats a entrar a l'antre de prestigi.

L'hostessa somriu l'Antoine amb les seves dents ultrablanques —es poden tenir tantes dents?—, després es gira i em clava una mirada interrogadora que revifa en mi la síndrome que em fa sentir que soc una intrusa.

—I vostè és la senyora...

L'Antoine s'afanya a ventilar la pregunta amb una mà àgil.

—La senyora ve amb mi.

—Si és així...

Ens deixa passar i em desitja que tingui una bona nit, amb la clàssica educació forçada que té el do d'exasperar-me.

És l'enèsim sopar benèfic per protegir el patrimoni cultural i artístic. Una nit de filantropia i mecenatge. Tota la flor i nata és aquí. Un barrija-barreja de convidats d'universos del tot variats. Cares conegudes per l'audiència, polítics, gent comuna, hereus, els peixos grossos de les empreses que cotitzen més a borsa de París, intel·lectuals, artistes. I jo, i jo, sí, jo..., que soc petita com una formiga.

Fa més de mitja hora que degustem el còctel de benvinguda, drets enmig d'una munió de gent, la copa de xampany a la mà i la mirada de reüll, amb cara de circumstàncies, pendents de saludar però sobretot de localitzar i avaluar possibles coneixences. L'Antoine s'hi troba com un peix a l'aigua. Per a ell, és el pa de cada dia. Amb responsabilitats en un càrrec molt cobejat en una de les ràdios més importants de França, tothom li obre les portes.

—Estàs bé, Meredith? —em pregunta amb un bleix d'alè.

Com podia tenir jo el valor de decebre'l? Que l'acompanyés era tan important per a ell! Quan em presenta davant dels altres, ho fa amb tant d'orgull. Ens ve a trobar una parella; reconec la presentadora d'un famós programa de la tele i, de bracet, un esportista mediàtic.

—Antoine!

Un devessall d'efusions —que costen de sonar versemblants— intenten donar gat per llebre amb un nivell d'intimitat fingit. Finalment sembla que s'adonen de la meva presència i em dirigeixen una mirada interrogadora: «Qui és aquesta?».

—Us presento la meva companya, la Meredith —anuncia amb orgull l'Antoine.

La presentadora m'examina de cap a peus. Busca en el disc dur de la memòria si em pot relacionar amb algun conegut. Però res.

—I a què et dediques, Meredith?

—Soc actriu...

Faig veure que no m'adono del seu sarcasme en els seus «Ah, molt bé» que venen a continuació. Aprima els ulls, incisius, preparats per clavar-me la banderilla:

—I on has actuat?

Tocat i enfonsat.

Els últims cinc anys de sequera laboral em pugen tot d'un plegat a les galtes i se'm posen vermelles a l'instant. La dona encara burxa una estona en els meus complexos amb un ganivet com si hi trobés cert plaer pervers. De fet, per què no aprofitar una ocasió perfecta com aquesta per matar l'avorriment que sempre amenaça aquestes reunions socials? Escuro d'una tirada la copa de xampany.

Per fi arriba l'hora de sopar. Evidentment, no em toca seure al costat de l'Antoine. Em dirigeix una mirada de compassió des de l'altre costat del centre de taula vegetal que traça una línia fronterera entre les dues rastelleres de convidats i els priva de qualsevol possibilitat d'establir-hi conversa. L'única oportunitat per socialitzar-me són els veïns de taula que tinc a dreta i esquerra. A un costat, una personalitat de la noblesa decidida, ja d'entrada, a girar-me l'esquena i a deixar-me amb l'única opció de xerrar amb un recollit encimbellat al cap. Però em queda l'altre veí. Un senyor de cabells blancs de certa edat i convençut del dret a tocar cuixa.

Resisteixo uns quants assalts libidinosos del veí, i en acabat, com que ja no ho aguanto més, m'alço de la taula i em refugio als lavabos deserts. M'hi tanco amb pany i forrellat. Em podria quedar aquí. Per sempre. Entren dues dones. Xerren pels descosits mentre es retoquen el maquillatge. Reconec aleshores la veu de la presentadora. Aquest petit descans li ofereix, pel que sembla, l'ocasió de passar revista als convidats, i aquí tothom rep, com en una escena extreta directament d'una pel·lícula. L'Antoine i jo no ens en salvem; sobretot jo, que em deixa verda: «Físicament pot ser espectacular, però és una actriu de segona, que ha sabut sortir del pas agençant-se un bon partit...».

Estic a punt de vomitar. Després d'un moment que em sembla una eternitat, per fi marxen del lavabo. S'equivoquen de mig a mig: quan em retrobo amb l'Antoine, amb un somriure als llavis, interpreto un paper que no té res a veure amb mi i el brodo. Ell no s'ha adonat de res.

Escena 2

Meredith

Empenyo la porta de l'institut de bellesa enclaustrat en un carreró del meu barri, en ple districte dinovè de París. Ja fa dies que hi somio quan passo per davant: necessito un massatge. Des del dia de la gala benèfica que tinc una contractura al coll i, no és cap secret, el cos no menteix. La vetllada va remoure coses que m'hauria agradat més deixar enterrades. Ara que han sortit a la llum, ja no hi ha res que rutlli…

L'institut és minúscul, però per a mi representa un petit cofre dedicat al benestar, a la decoració pensada amb gust i a la delicadesa. Una dona que es diu Lamaï s'ocupa de mi. La noia em porta fins a la cabina de massatges. Cap de Buda, espelmes i música ambiental, llum tènue. La meva ment aprofita aquesta invitació al viatge per concedir-se una treva. Em despullo ràpidament. La Lamaï truca a la porta. La candidesa de la seva veu, dels ulls i del seu contacte m'asserena a l'instant. Somriu i em convida a estirar-me. El perfum dels olis essencials em transporta i amb les mans comença la seva obra.

Mentre la Lamaï em desfà els nusos de les contractures, m'anima subtilment a descarregar el cor.

—Ja no sé on soc —sento que li dic—. Estic passant per una època difícil…

Al començament, les paraules surten amb penes i treballs. Al cap d'una estona, anestesiada per la sensació de benestar, començo a deixar-me anar.

—Estic enamorada... d'un home. Però és molt curiós perquè... a pesar de tot, no aconsegueixo sentir-me bé amb mi mateixa. I a sobre ell també m'estima. Un amor correspost... No creus que és ben estrany tot plegat?

La Lamaï assenteix en silenci; no es tracta d'interrompre amb paraules supèrflues la meva confessió. Deu estar acostumada a sentir com els desconeguts comparteixen l'estat d'ànim. I jo em deixo portar perquè m'escolta amb bona voluntat.

—M'entens?... No tinc motius per sentir-me orgullosa de mi. Tinc la sensació que no soc ningú...

—Com? Què vols dir que no ets ningú? —respon la Lamaï.

—Doncs que ell ja s'ha fet un lloc, és algú en el seu àmbit. Jo, en canvi, estic a les beceroles de la meva carrera. I no sé si un dia arribaré a sortir de l'ombra...

—Si m'ho permets, ja ets algú.

Sospiro, destrossada com estic per dins.

—Sí, però no soc la persona que somiava ser. Tinc la sensació de ser un esborrany, un esbós, m'entens?

Dins la penombra, em fa la sensació que la massatgista, de sobte convertida en psicòloga, riu per sota el nas.

—A l'Àsia som sensibles a l'encant que tenen les coses inacabades...

És més fàcil dir-ho que aplicar-ho. No vull existir només a través de la seva mirada! I no tinc cap ganes de dependre d'ell per sentir-me viva!

—Si primer no t'has trobat a tu mateixa, és difícil que puguis estimar ningú.

Les paraules de la Lamaï es queden una estona en l'aire i troben dins meu una ressonància particular. La sessió gairebé ja s'ha acabat, la noia desapareix i em deixa sola en aquesta cambra insonoritzada. M'agafo el temps necessari per arreplegar forces. I penso en els homes que hi ha hagut abans de l'Antoine, en les històries d'amor avortades, sabotejades amb més o menys consciència per les meves preocupacions, a causa dels dubtes i dels complexos ocults que han acabat exercint, a poc a poc, un treball de sapa per desencoratjar-los. He de permetre que la relació amb l'Antoine acabi en el mateix sac?

Consulto el meu cor un moment. No. Me l'estimo massa per arribar a aquesta situació. He de trobar la manera de superar-ho per mi mateixa. Però com?

Mentre em torno a vestir, una idea estrafolària, agosarada, arriscada em comença a rondar pel cap...

Escena 3

Antoine

Em va dir: «Hem de parlar». En general, quan la teva parella et diu això, no fa presagiar res de bo. Però en aquest cas no hi vaig donar importància. Perquè jo també necessitava parlar amb ella. Embriagat per la sorpresa que li anava a fer, no havia sentit els trons que avisaven tempesta. D'això fa sis hores. En una vida que ara ja forma part del passat. La d'abans de la notificació.

Ara mateix, la Meredith i jo seiem en aquesta taula festiva, que de cop i volta ha perdut tota l'esplendor. Les bombolles de xampany, el salmó, les espelmes… La fastuosa posada en escena al menjador del que és «casa meva», que més aviat hauria d'haver estat «casa nostra», tot d'una sembla que resulti irrisòria. Tot just li anava a donar un joc de claus de casa perquè s'hi traslladés a viure, tota una declaració d'intencions del meu compromís cap a ella. El compromís… Potser és aquest el problema.

La Meredith no està preparada. És el que m'intenta explicar de la millor manera que pot, però no se'n surt quan vol esmussar la fiblada de dolor.

Necessita temps per trobar-se, fer el seu camí, per tornar amb més força. La seva idea: aprofitar la seva pròxima gira per iniciar una mena de «gira de l'amor», un *tour* per Europa al voltant d'ella mateixa, de nosaltres, de l'amor. Com si amb això pogués fer un gir de cent vuitanta graus a la relació...

Per la meva banda, m'abstinc de dir-li que el que fa és allunyar-se de mi. I de sobte no entenc res. Incrèdul, veig com obre i tanca els llavis, com m'explica la passió que sent per mi. És això. No vol espifiar-la. Les paraules li surten com un crit del cor. Fa cara de viure-ho malament. Però aleshores, per què s'imposa tota aquesta murga?

Com si estigués hipnotitzada pel seu propi discurs, la Meredith s'explica. Que vol estar a l'alçada de la nostra relació. Que per a ella, una relació d'amor amb majúscula s'ha de guanyar, s'ha de preparar... Al meu costat, li fa l'efecte que és un esborrany, tot just un esbós del que podria arribar a ser, i aquesta idea li pesa com una llosa. M'agradaria dir-li que s'equivoca, però com es pot lluitar contra impressions tan interioritzades? Està convençuda que aquesta falta d'orgull propi li acabarà espatllant els sentiments i que aquesta falta d'autoestima pesarà tard o d'hora en la nostra relació i l'acabarà anorreant. Els seus arguments: «Tu ja ho tens tot: un càrrec important, el reconeixement i la teva productora radiofònica amb una petita cort de seguidors fidels». I em surt amb la festeta de l'altre dia, de la incomoditat que sent quan la presento, no suporta que li preguntin quines pel·lícules ha fet, i n'està tipa de les rialletes incòmodes o burletes que, segons ella, li dirigeixen. El maleït complex d'inferioritat que arrossega com un llast des de fa anys, des que la seva família de burgesos de província la tracta amb fredor perquè no han encaixat bé que sigui artista, i això la turmenta. Jo no em canso de dir-li que crec en ella, encara que de moment ella no ho veu i, per tant, no serveixi de res. Ella vol ser «algú» abans de llançar-se a l'aventura de viure amb un altre que sigui el definitiu. Aquest «altre» soc jo. I en l'1 + 1 = 3, ella encara no hi creu. M'agradaria dir-li que a mi m'importa un rave la seva falta de maduresa afectiva, que puc passar perfectament sense ella. És veritat que costa atribuir-li trenta-dos anys, més que res amb aquestes fantasies infantils seves que intenta camuflar sota la màscara de persona adulta com si fossin unes pigues rebels. A més, té la pell massa fina, uns capricis propis de la princesa del pèsol i uns atacs de riure que a mi m'agrada desencadenar fent la gallina perquè aquest somriure seu és, precisament, el que dona llum i color als meus dies i encara més a les meves nits. La seva pell vellutada l'acariciaria fins a la nit dels temps, com un Barjavel foll…

Foll, sí. Foll.

La vena del front em batega al ritme de l'angoixa que m'oprimeix.

Em miro aquesta estúpida, aquesta eixelebrada, aquesta artista, aquest amor. I que guapa que és quan perd l'oremus.

He hagut d'espifiar-la trenta-set vegades per trobar-la. Totes les relacions anteriors s'han fet fonedisses dins meu des que ella em va eclipsar amb una mirada, un somriure. I ara que finalment tinc la meva joia, vol tocar el dos, abandonar-me? La vida és un contrasentit.

La Meredith continua encadenant els seus raonaments teixits de fils absurds.

—Si ho faig és perquè t'estimo! —crida ella finalment—. He de córrer el risc de perdre't per trobar-me, i després ja ens retrobarem. És millor així, m'entens?

No havia sentit mai una idea tan esbojarrada. Val a dir que, per ser una aspirant a comedianta, té un notable sentit de la dramatúrgia.

—De totes maneres, seguirem en contacte! —em diu per tranquil·litzar-me.

—Ah! Genial! —dic jo amb ressentiment—. Encara hauré d'estar content perquè ens podrem escriure missatges...

—Antoine! Serà molt millor que això, t'ho prometo. La nostra correspondència, per telèfon, per mail, per missatges de text, tant és, serà tan bonica com un fil d'Ariadna, ja ho veuràs! Que no ens puguem veure un temps no és la fi del desig, ben al contrari. Fins i tot ens permetrà valorar que ens trobem a...

Intento fer-la entrar en raó en una última flamarada d'esperança, sacsejant-li suaument les espatlles.

—Ei! Uh! Meredith! Que no som en una obra de teatre! Que desvarieges! Em dius, amb tota la fredor, que em deixes plantat per anar a explorar no sé ben bé quines preguntes existencials sobre tu, jo, la vida, l'amor, i després què, eh?

—No m'entens...

—Ai, sí, perdona si no t'entenc. Tens raó!

—No et deixo plantat, Antoine. Precisament faig això perquè estàs present en tots els meus plans de futur, perquè estic bojament enamorada de tu i vull fer tots els possibles perquè la nostra relació vagi bé.

—I jo? Què et penses? Que no estic bojament enamorat de tu? Ja ets conscient del que li estàs fent als meus sentiments ara mateix? Mira'm!

Li agafo amb fermesa la barbeta per obligar-la a mirar-me a la cara. Ella intenta defugir la meva tenalla. Una llàgrima traïdora li llisca per la galta. Noto una descompressió al pit. Els sentiments que creia que sentia per mi no eren un somni.

Tot d'una, la meva resistència fa figa, les meves reticències s'esvaeixen. La meva veu es torna en carícia, en papallona sobre els seus llavis.

Li diposito mil murmuris de «t'estimo» al coll fins que la

faig estremir. És tan sensible, la meva Meredith. Un Stradivarius de sensibilitat.

Meredith

Un «t'estimo» més i perdo la dignitat davant d'ell. Serro les dents per empassar-me els sanglots que m'assalten. Que pari d'una vegada de dir-me paraules lacrimògenes.

—Vols callar?!

—Això mai.

L'Antoine! El podria noquejar deu vegades i a l'onzena encara s'aixecaria de terra. M'agrada aquesta tenacitat seva. La meva mirada es perd en els seus ulls marró clar de reflexos ambrats, i la meva mà, en un acte reflex, llisca en els seus densos i sedosos cabells castanys que tenen el do de frisar-me la pell.

Els nostres llavis es troben. El meu cos s'arramba contra el seu, com un vaixell que reconeix el seu port. Com podré salpar?

Però el meu pitjor malson em torna a rondar pel cap estovat per sucs roses: ja em veig, d'aquí a cinc anys, atrapada en una rutina burgesa, «la dona de...», la que tothom mira i somriu quan els parla de la seva carrera, que defineix per si mateixa la intermitència; ja no és una carrera discontínua, és clarament una muntanya russa. I amb sotragades. L'esposa afable ha donat dos fills a l'home que estima. Evidentment, ell treballa molt. Evidentment, un dels dos ha de tenir més disponibilitat per a la família. Sobre el seu bonic vestit, res de pedreria ni de lluentons, sinó taques de compota de poma i de restes de glopades. Les ungles tallades arran, pintar-les ja no té cap sentit. Més pràctic així. I la guspira amb què la mira el seu enamorat que es va apagant a mesura que passen els dies... No pot ser! El seu amor no pot acabar així! El seu no! Ells no!

Aleshores he de buscar solucions. Evidentment, de moment l'Antoine no entén res. Però ara em toca ser forta per tots dos...

M'allibero de les amarres, els seus braços.

—Me'n vaig, Antoine —dic amb tota la fermesa que aconsegueixo arreplegar—. Me'n vaig però tornaré a buscar-te, t'ho prometo!

—Quan?

—No ho sé... No...

—Tot plegat és massa imprecís, Meredith. No puc. El que m'imposes frega el límit del suportable. T'estimo, però no et podré esperar indefinidament. Em fa massa mal...

Se serveix una segona copa de xampany, les mandíbules serrades, se l'empassa d'una tirada, i gira en rodó per intentar espolsar-se l'angoixa. Me'l miro, neguitosa, buscant com sigui una idea.

—Un any i un dia! —exclamo de sobte—. Com passa amb els objectes perduts! Un any i un dia, i aleshores seré teva per sempre més!

—Em proposes un compte enrere, Meredith? Decididament, tens un do pel teatre...

Tot i que està empipat, sembla que rumiï la meva proposta, encara que no crec que l'hi agradi. Recolzat a la finestra, primer em gira l'esquena, i tot seguit es tomba bruscament.

—Meredith. Sigues realista. Em demanes massa. Jo no puc aguantar tant de temps.

En el fons l'entenc. L'Antoine proposa aleshores una altra idea.

—I per què no fem vuitanta dies? Com en Phileas Fogg a la novel·la de Jules Verne?

Li veig als ulls una espurna d'esperança. Faig els càlculs ràpidament, menys de tres mesos. Me'l miro amb una ganyota de lament.

—Ho veig una mica just, Antoine...

Ell s'enfonsa.

—Aleshores, digues, quant de temps necessites? —m'etziba.

El veig en aquest estat i se'm fa un nus a l'estómac. Li proposo sis mesos amb un fil de veu. Ell acota el cap per valorar què significa això en termes de separació, però també perquè no li vegi la mirada quan capitula a la meva demanda. S'agafa uns segons abans de donar-me una resposta i respira fondo.

—Entesos, Meredith. Entesos. Et deixo sis mesos perquè facis les teves indagacions i tornis a buscar-me. Però t'adverteixo una cosa: no t'esperaré ni un dia més!

M'encanta quan es fa el dur. M'hi atanso i l'abraço, desafiant el seu posat rabiüt.

—Una altra cosa —afegeix ell.

—Digues...

—Durant tot aquest temps et podré veure com a mínim una vegada.

—Fet.

Deixa anar un sospir que em trenca el cor.

—N'estàs segura, que vols fer tot això, Meredith?

Noto l'escalfor del seu cos que se m'escampa perillosament per la pell, i temo que la meva determinació flaquegi. L'allunyo de mi suaument.

—Seguríssima.

Faig veure que no m'adono del vel de tristesa que li pertorba les pestanyes.

—Ja entens millor per què ho faig?

L'Antoine em mira amb una tendresa infinita.

—Sí.

Sé que a ell li costa donar-me aquesta mena de benedicció. És el regal que em fa, perquè me'n pugui anar amb l'ànim tranquil. En aquest moment encara l'estimo més.

Som-hi. Me n'he d'anar d'aquí abans no canviï d'idea.

L'Antoine m'abraça una última vegada i, mentre em giro per allunyar-me'n, les nostres mans continuen agafades. El llast que em reté.

Agafo l'abric vacil·lant i creuo la cambra amb tres gambades. Quan soc a la porta, em giro per mirar-me'l un últim cop. Quina mala idea. Fujo d'allà corrents.

Quan soc al carrer, els talons repiquen al paviment i el soroll desperta els pensaments assassins que em martellegen les temples. «Ets boja. Completament boja.»

En un últim rampell, alço la vista i miro el segon pis. Encara és allà, una mica amagat rere la cortina de feltre. Juraria que li he vist una llàgrima que li brillava a la cua de l'ull. Un voltor em rosega les entranyes. M'allunyo del lloc com qui acaba de cometre un furt. M'emporto amb mi un botí ben estrany: una història d'amor inacabada, que, en sis mesos, encara valdrà més… o gens!

Plou. No, són les gotes del meu plor.

Noto una vibració a la butxaca. Un missatge. És ell. Respiro per primera vegada d'ençà dels últims quinze minuts. Veig cinc paraules aigualides:

Ves, viu i torna amb mi

Té el do de la paraula. Si fos només aquesta la seva qualitat! Com en la pel·lícula de Radu Mihaileanu, *Vete y vive*, jo també em trobo a l'exili.

Tot i que aquest exili l'he buscat jo soleta...

«El pa de l'exili és amarg.» Gràcies, Shakespeare! No m'esperava tenir aquest gust d'acer a la boca. I aquest tast de ferro rovellat, segur que no s'inventaran mai xiclets d'aquest gust! La meva tempesta, l'he buscada jo, però per uns instants no me'n faig càrrec. En aquesta barca que les onades agiten amb el seu vaivé, només em ve un nom al cap: Rose.

Despenjo el telèfon. Quan sent la veu de mocs que faig, ja no necessita més detalls.

—Vine cap aquí! —m'ordena.

No m'ho penso dues vegades. M'entaforo dins d'un taxi i no em faig pregar per trobar-me amb la meva reparadora de cor trencat.

Escena 4

Rose

Quan arriba la Meredith la veig totalment enfonsada! Obro els braços i l'estrenyo amb tenacitat contra el pit. Dos airbags de tendresa.

—Ei, nena, estàs feta una coca! Entra, que sembles morta de fred.

—Gràcies, Rose, t'agrae...

—Xxt! No cridis! Que la Késia dorm aquí al costat.

Sobretot que no em desperti la meva princeseta. M'ha costat tres contes i dues cançons de bressol que s'adormís.

La Meredith entra sense fer-se pregar, es treu delicadament les sabates de taló per posar-se còmoda i s'escarxofa al sofà amb tota la naturalitat. Coneix la casa.

—Perrrrrrquè ploooorrres?

—Xxt, Roméo! Calla d'una vegada!

El Roméo és la meva cacatua. Una galah esplèndida que em van regalar el dia que vaig fer quinze anys. Vint anys d'amor còmplice. El Roméo, l'altre reietó de la casa. Li tinc una passió devota. És clar que no és un lloro com els altres. Les seves actituds cognitives sembla que estiguin molt per sobre de la mitjana. Fins al punt que hi ha un equip de científics que li fan un seguiment i el sotmeten a tota mena de proves... Jo deixo que facin, mentre vegi que s'ho passa bé... És especialment sensible a l'estat d'ànim de les persones i de seguida percep que a la meva amiga li'n passa alguna i, amb tres batudes d'ales, vola fins a ella.

—Va tot bé, senyorrreta? —xerroteja el Roméo.

La Meredith torna un fràgil somriure a l'ocell rosa d'ales grises. Ell li mostra els seus encants desplegant la cresta de color «maduixa gominola», com diu la meva filla. Li acaricia suaument el plomatge amb la mà mentre intenta esborrar amb l'altra els rius de rímel que li llisquen galta avall.

Sospiro, mig compassiva, mig molesta, perquè si bé sento un gran afecte per la Meredith, no l'entenc: és ella qui ha tingut la idea absurda de deixar l'Antoine per fer aquest parèntesi tan estrany. No l'hi he dit per no disgustar-la, però jo m'ho miro amb escepticisme. Si tothom s'esperés a estar preparat abans de casar-se amb l'amor de la seva vida, ja no quedarien gaires parelles a la Terra! En resum, que crec que ella s'ha escagarrinat. Que sentia que la relació amb ell anava de debò. Fins i tot sospito que l'Antoine devia d'estar a punt de demanar-li si es volia casar amb ell. I la Meredith encara no està preparada per fer el salt a la vida matrimonial.

Hem passat hores parlant d'aquesta història, fins que he acabat amb el cap com un timbal! Si aplico el sentit comú i em deixo estar de pardalades, no veig per què la Meredith no gaudeix simplement d'aquest amor, sense fer-se mala sang. Un home així no es troba cada dia. Quan penso que vaig ser jo qui els va presentar!

He intentat fer-la tocar de peus a terra. Advertir-la dels riscos. No ha servit de res. La Meredith està fermament convençuda d'aquest pla seu que no té solta ni volta. Que, ben al contrari, aquesta gira de l'amor i aquesta profunda exploració permetran entendre els secrets d'una veritable història d'amor que perdura en el temps, com en els contes de fades o les pel·lícules de Hollywood amb final feliç. Ara bé, a mi no em convencerà: aquesta idea sembla més aviat una fugida endavant.

Sigui com sigui, quan la veig arraulida al sofà, amb un mutisme desconsolat, em fa pena. M'esperaré a preguntar-li com ha anat tot...

—Què vols prendre, vinga. Un cafè? Una til·la? Un rom doble d'un sol glop?

Una mica d'humor ho cura tot. El meu avi Victorin, de la Martinica, m'ho ha dit sempre.

La Meredith s'anima una mica.

—Doncs mira, una til·la amb rom!

Perfecte. Com a mínim no ha perdut encara el nord. Hi ha esperança.

Me'n vaig a la cuina a preparar les pocions reconfortants i transgressores.

Fa cinc anys que conec la Meredith. S'ha convertit en més que una amiga, en una germana. I ara mateix en la meva companya d'escena. Per dir-ho d'alguna manera, ja no ens separem més. Fa temps, quan la vaig veure arribar al curs d'art dramàtic del carrer de Frochot, tenia un aspecte clarament deixat, però desprenia un no sé què irresistible que captivava tothom. Sobretot els homes. Diria que, al curs, tots es van enamorar d'ella successivament. I jo, com els altres, la trobava especial. No tenia una bellesa «estàndard». Tenia una bellesa colpidora. La bellesa de qui no és gaire conscient que la té. Amb els cabells castanys escalats fins a les espatlles, tallats irregularment, esborrifats, en un efecte ara pentinat ara despentinat, amb reflexos blat daurat, amb la boca gravada amb el burí de Rodin, el nassiró murri i discretament pigat, i els ulls verd pàl·lid... Per sort, els pits menuts i les ungles rosegades la salvaven d'una bellesa massa indecent.

En aquella època, jo tenia dues alternatives: odiar-la o convertir-la en la meva millor amiga. Vaig triar la segona opció.

El bullidor xiula i sento com l'aigua clapoteja i fa borbollons. Agafo dues bossetes de til·la i poso un gran rajolí de rom a cada tassa. Per ressuscitar un mort!

La Meredith s'està al llindar de la porta.

—Vols que t'ajudi?

—No, torna-te'n al sofà i tapa't amb la manteta, que ara vinc.

Veig com s'allunya i ric per sota el nas. Qui, millor que jo, coneix els estranys contrastos d'aquesta dona, que tan aviat és un gat com una pantera... Tendra i violenta. Tímida i extravertida. Tot i res. Una barreja de gèneres que no deixa ningú indiferent. El més curiós són els vestigis que té d'educació burgesa evident que intenten cohabitar amb trets irreverents i un caràcter irritable, tot i estar carregat de complexos imaginaris.

Recordo les primeres vegades que va pujar a l'escenari; abans de cada demostració davant del grup, em clavava les ungles als avantbraços, amb una angoixa desbordant. Per a la Meredith, exhibir-se en públic és una tortura, la por escènica li recargola els budells, i tot i això ha triat els escenaris, les taules, com a taula de salvació. Més tard vaig saber que, en un moment de rebel·lió, havia abandonat la casa on va néixer i havia deixat enrere la família, hostil a projectes d'artista que no encaixaven en la idea que tenien els seus pares d'«una vida com cal». Estudis, carrera, matrimoni, fills... Una vida «normal». Quina paraula més lletja. I, no obstant això, ho havia intentat. Per satisfer els seus pares. Tres anys de Ciències Econòmiques i Socials a l'Universitat de Lille. Però, en ficar-se dins d'un uniforme tan poc fet a la seva mida, no va preveure que s'aniria pansint i traint a si mateixa any rere any. Tot plegat per acabar en una depressió. De les de debò. De les que ja no et ve de gust aixecar-te del llit i en què fer la volta a l'illa resulta tota una proesa olímpica. La responsable és la sobreadaptació, o voler complaure els altres. Després d'uns quants mesos vagant com un fantasma en l'estigma familiar i l'autodestrucció, la mort de la seva àvia estimada va desencadenar en positiu la seva rebel·lió. La vella dama, la seva única aliada, va ser l'única que va detectar des d'un bon començament el talent de la neta pel teatre. No es va cansar mai d'animar-la a provar sort. Finalment, la seva àvia va ser la primera que se'n va anar. Però estic convençuda que va ser això el que va donar a la Meredith la força per alliberar-se de la mirada dels pares i per atrevir-se a viure la vida de la manera que sempre havia somiat: una vida d'artista.

Torno a la sala d'estar amb les dues tasses bullents, que deixo sobre la tauleta auxiliar, i clavo la mirada en la de la Meredith.

—Va, explica-m'ho tot.

Meredith

La meva amiga Rose. Quan fa un moment m'ha obert la porta, he notat una alenada de gratitud. En pocs anys ha passat a ser una mare, una germana, una amiga. Una família multiusos ella sola. No sé ben bé per què, però la Rose és de les poques persones que et somriu de seguida que et veu. Ella és així. Un raig de sol d'un metre vuitanta, i això cobreix una bona zona!

Ara que m'escolta amb tanta bondat i paciència, em fixo en els seus cabells crespats en una aurèola de vint centímetres que li encercla el cap.

Que guapa que és! La seva mare li va posar el nom de Rose en honor a la cantant Calypso Rose, que no es cansava mai d'escoltar: li encantava deixar-se arrossegar per l'alegria d'aquesta «Cesária Évora del Carib» i pel ritme animós de les seves cançons festives.

Quan li explico la conversa amb l'Antoine, m'agafen ganes de plorar i veig que a la meva amiga se li arrufa l'entrecella. Dos ulls castany clar amb reflexos verd aigua que espurnegen contrariats.

—Que no veus com t'has quedat ara? De debò, em sap greu tot plegat, però sembla que t'agradi arruïnar-te la vida.

Les arracades criolles de la Rose s'agiten al ritme de la seva indignació. Em commou que es preocupi.

—No és això, Rose... T'ho prometo, he analitzat la situació des de tots els angles i, encara que sigui molt dur, crec que el parèntesi és l'única solució per agafar distància, entendre per què em bloquejo i veure si la nostra història d'amor té alguna possibilitat de tirar endavant...

La Rose remuga, poc convençuda. M'empasso un glop d'infusió abrusadora.

—Compte! —em diu la meva fada amb un somriure—. Qui juga amb foc es crema, i per avui ja has cremat prou la relació!

Tot d'una, se sent el soroll d'una porta que s'obre i una veueta que murmura:

—Mare! Què passa?

La Rose balbuceja unes paraulotes criolles. La Késia s'ha despertat. Dec haver fet massa soroll. És tan bufona, tan petita, amb el seu pijama amb unicorns estampats, aferrada al seu conillet de dormir aguerrit, tot pelat, amb un ull borni. En cinc anys, el conillet ha viscut un munt de coses entre els braços de la Késia.

—Què fas desperta? Només em faltava això! Demà no t'aguantaràs, a l'escola! Au, vinga! A dormir.

La Rose agafa el xaiet esgarriat amb una mà àgil i se'l carrega a l'esquena. El contrast entre totes dues és sorprenent. La Késia sembla una gambeta als braços generosos de la seva mare. La pell blanca, els cabells llargs castany clar llisos com l'herba de la sabana, uns ulls grossos i blaus. Res no faria pensar que pogués ser la filla de la Rose. Quantes vegades la meva amiga s'ha ofès perquè la prenien per la seva cangur? Les lleis de la genètica són inescrutables... Sembla que la nena ha sortit pastada al pare, un suec espectacular, auxiliar de vol, seduït entre dues escales a París, i que va alçar veles tan bon punt va caure la notícia que la Rose estava embarassada. La nena s'aferra amb les cametes esprimatxades als malucs generosos de la seva mare, arrapada com una pagellida a la sòlida muntura d'ossos robustos.

—Mama, va, porta'm a cavallet! —suplica la menuda.

—A aquestes hores no, *timoun*!

—Au vinga, sisplau!

La Rose se'n va trotant alegrement cap a l'habitació.

—Arri, arri! Arri, arri! —crida la petita, feliç—. És molt més divertit tornar així al llit.

La meva amiga esclata amb el seu somriure tronador que tant m'agrada, ensenyant sense complexos les dents separades del davant. Segueix el joc a la seva filla de bona gana. Sé que no li pot negar gaires coses. El Roméo s'hi apunta i comença a imitar la bèstia renillant. Cada vegada que el sento, em quedo bocabadada davant del seu talent d'imitador. Se'n va volant fins a l'espatlla lliure de la Rose i li picoteja el coll amb el bec entre dues onomatopeies. Tot un circ ambulant!

Per tornar una mica a la calma, la Rose fa veure que s'enfada. I li agafa la mà.

—Vinga va, tothom a dormir! Que són dos quarts d'una! Quina bogeria!

—Euh, vols que t'ajudi amb alguna cosa?

—No, tu no et moguis. I tu, torna-te'n a la gàbia. I tu, cap al llit! Ara mateix!

Quan la Rose parla com una sergent, tots obeïm sense dir ni piu. Mare soltera, ha d'assumir tots els papers de l'auca, de mare marona a monstre... Una actriu multifuncional.

Mentre la Rose està ocupada posant a dormir la Késia a la seva habitació, jo em quedo sola amb el Roméo. El lloro, una mica molest perquè fa un moment l'han fet callar, fa cara de pocs amics i em mira malament. És comprensible.

—Sí, noi. La vida no sempre és fàcil!

—No és fààààààcil! —repeteix ell incidint en la sonoritat plana de la paraula.

Quan la Rose torna, em troba fumant al balcó minúscul del pis i em renya.

—Torna cap dins, va, que aquí et moriràs. Quan penses deixar de fumar?

M'he de mossegar la llengua per no dir-li: «Quan sigui realment feliç».

En un dit i fet desplega el sofà llit. Només té una habitació i l'ocupa la seva filla.

—Haurem de dormir una mica juntetes! —diu la Rose, gens avergonyida per aquesta perspectiva.

Amb camisa de dormir, em deixa una de les seves samarretes, que em va deu talles grossa i m'arriba als genolls. Em rento les dents per treure'm el gust de tabac i m'esmunyo sota l'edredó. Guardo les mitges. Tremolo de fred, però no exclusivament per aquest motiu.

Parlem una estoneta més.

—Va, a dormir. Demà serà un altre dia.

Ja...

La Rose apaga el llum i em desitja bona nit. Sé que m'espera una nit llarga.

Escena 5

Meredith
Compte enrere: –182 dies

El despertador sona a les 7.30 h. La Késia ha de ser a l'escola d'aquí a una hora. Per no despertar-me, la Rose intenta fer el mínim soroll possible i xiuxiueja. Tot el contrari que la Késia, que, com no podia ser d'altra manera, parla cridant com fa tota la canalla i es queda garratibada quan veu la intrusa que hi ha a la sala d'estar de casa seva.

—Com és que la Merediiiiiiith ha dormit aquíííííííííí?!

És impressionant l'agudesa dels sons que arriben a emetre els infants, i sobretot l'habilitat que tenen d'acabar les paraules com si repiquessin amb un martell el cap dels pobres infeliços que pateixen insomni.

—Xxt! No cridis tant, *timoun*! La Meredith està molt trista i ha vingut a casa perquè la consolem una mica.

—I quan marxarà a casa seva?

—Késia! —s'enfada la mare, una mica avergonyida.

Se l'emporta a la cuina per preparar-li una tassa de xocolata calenta i el panet de Viena de cada matí untat amb mel.

Quina oloreta! Se'm fa la boca aigua..., però encara no tinc prou forces per aixecar-me. En un estat de semicoma em regiro al llit i remugo; després entaforo el cap sota el coixí.

No em vull moure d'aquí. No vull sortir mai d'aquesta

bombolla de caliu protector. Vull oblidar-me de l'estúpida decisió d'allunyar-me de l'Antoine... Però què em va agafar?

La Rose i la Késia ja estan preparades per sortir.

—Posa't l'abric, Késia! Espavila't, que farem tard.

La nena va al seu ritme. La Rose l'ajuda amb una mà impacient a cordar-se la cremallera de l'anorac. Abaixa la mirada i topa amb les vambes de llumetes i cordons.

—Oh, no! Késia, no pot ser! Saps prou bé que a l'escola no volen sabates amb soles que fan pampallugues! Per què no t'has posat les roses amb velcro?

Ric per sota el nas. Són deu mil vegades millor les sabates amb leds!

La Rose mira el rellotge i remuga.

—Tant hi fa. De totes maneres, ja no tenim temps per canviar-les! Que et renyi la mestra, tu.

La Késia fa cara de penedida, però en realitat veig, per com li brillen els ulls, que està contenta d'haver guanyat la partida i només pensa en la seva satisfacció ara mateix. Fa gràcia la canalla.

—Bé, jo marxo! —em crida la Rose. Queda't tant com vulguis, d'acord? Aquest matí seré fora. Torno al migdia.

—Gràcies, ets un sol. Però em sembla que torno a casa.

—Tu mateixa. Ja parlarem.

—Rose?

—Què?

—Gràcies per tot.

Un cop són fora, decideixo sortir del meu estat letàrgic i aixecar-me. Els peus em porten a la cuina, on espero trobar un cafè que em reanimi. El Roméo, gens cohibit, decideix seguir-me. Quan em giro, ell para en sec. Jugo amb ell un moment a una mena d'un, dos, tres pica paret. Ric, impressionada, i en acabat m'ajupo per gratar-li el coll i acariciar-li el caparró. Ell m'honra amb magnífics parrups i veig que les pupil·les se li dilaten de plaer. Diria que li agrado...

Regiro tots els armaris fins que finalment trobo el pot del cafè i la preuada pols negra. Mentre em quedo plantada davant de la màquina mirant com avança el gota a gota revitalitzant, sento un soroll estrany al costat. I qui veig que aterra a la cuina? El Roméo, que ve com un llamp cap a mi amb els patinets!

—Ei, pallasset! Segur que la teva mestressa et deixa fer això?

El lloro comença a circular al voltant de la taula de la cuina cantant a viva veu una cançó de Rihanna! Aquest ocell està com un llum...

Per calmar-lo, agafo una pinya que hi ha a terra i l'hi allargo. No es fa pregar i deixa els patinets per venir a mastegar aquesta joguina vegetal.

Els crec-crecs de tots dos menjant sonen a l'uníson.

L'inici d'una complicitat.

Em deixo envair pels vapors del cafè acabat de fer. Després pels de la dutxa ardent. Una treva.

Em surt una alenada de vapor de la boca. És gener en tota regla. Hauria de tornar a casa, però em falta la valentia. Si el que m'espera és donar voltes entre quatre parets tot el dia pensant en ell, no, gràcies! Caminar amb el pas àgil sempre m'ha anat bé. Té el do d'exfoliar-me el cansament i d'esborrar de les meninges els pensaments en bucle. Com que visc a l'avinguda de Laumière del districte dinovè, decideixo agafar una drecera pel parc de Buttes-Chaumont. Quantes hores m'he dedicat a recórrer aquest magnífic refugi de pau de París des que hi vaig arribar, ara fa cinc anys? El parc ha vist tots els colors dels meus estats d'ànim... Me'n conec tots els racons, els desnivells, les perspectives, els punts de vista, les coves, les cascades, el llac artificial...

Pràcticament cada dia vinc a saludar els arbres. Som una mica amics. El seu equilibri i la seva força tranquil·la em donen energia i em reorienten. Amb el temps, s'ha establert una complicitat silenciosa entre ells i jo.

Aquí, entre les varietats vegetals exòtiques i tota la quantitat d'exemples volàtils —gavines, polles d'aigua, ànecs collverds—, és difícil pensar que ets a París.

Aquest matí, una densa boira encapota el parc desert. No s'hi veu ningú, tret d'algun corredor psicòpata.

Quan el cel encapotat pesa com una llosa
sobre el cor que gemega presoner dels neguits,
i quan de l'horitzó que abraça tot el cercle
ens aboca un dia negre més trist que les nits;

Aquest poema de Baudelaire, «L'esplín de París», me'l conec de memòria. Quan fa un dia com avui, no em puc estar de recitar-lo. I encaixa a la perfecció amb el meu estat d'ànim. Fins i tot els meus amics els arbres han capitulat acotant el cap, resignats i impotents perquè no em poden consolar.

De seguida arribo a la Passarel·la. Un dels llocs clau del parc. És un pont de pedra format d'un sol arc de mig punt que sobrevola el llac a una altura de vint-i-dos metres. El lloc esgarrifa, i més quan saps que l'anomenen el pont dels Suïcidats.

Tinc la pell de gallina. Aquest punt de vista, amb aquesta passarel·la, aquest penya-segat coronat al capdamunt amb un temple, aquests arbres gegantins que s'agiten, em fan pensar en l'ambient dramàtic d'un quadre de Delacroix i en tota l'època romàntica del segle XIX.

Avanço a poc a poc pel pont i em torna a envair l'esplín. M'aturo a mig camí i em recolzo a la barana. És bonic. És trist. Regiro la bossa de mà per trobar el tabac i obro un lateral de l'abric per intentar encendre una cigarreta a recer del vent gèlid. Sis mesos sense veure'l. Com a mínim. M'adono tot d'una del risc que corro: perdre'l per sempre més. Realment m'he adonat del perill que corro? O bé he estat impulsiva i víctima de les fantasies romàntiques.

Submergida en les emocions, el fred, la falta de son, començo a plorar a llàgrima viva obrint foc contra la cigarreta. Perduda en els meus pensaments, trec l'encenedor que duc en un bonic portaencenedors argentat, precisament regal de l'Antoine, per tornar a encendre la cigarreta apagada, i, en un gest matusser, se m'escapa de les mans. Un crit estrident neix de dins meu mentre veig com cau al buit. En un acte reflex per atrapar-lo, trec mig cos per sobre el pont i allargo la mà cap a l'aigua fosca.

Aleshores noto amb estupor que algú m'agafa per la cintura des del darrere i estreny els braços. Aquesta vegada el que ressona és un crit de sorpresa i d'ensurt!

El cos es propulsa cap a un costat. El moviment m'ha fet trontollar i veig un embalum ombrívol que s'inclina cap a mi. És un home cepat. Faig un pas enrere.

Ai mare, què em farà aquest? Tot d'una estic estirada a terra, en un parc desert, a mercè d'un pervers! El que sempre m'havia fet por...

L'home em depassa de llarg i amb el braç fa un moviment brusc cap a mi.

Per instint, em protegeixo la cara amb les mans i em disposo a etzibar-li una puntada de peu a les parts baixes quan m'adono, in extremis, que m'allarga la mà per ajudar-me a aixecar de terra.

Aplego forces i també proves que em tranquil·litzen: la gorra, la insígnia... És un vigilant del parc.

Estira el braç per aixecar-me. Estic fora de perill. Però aleshores em comença a abraçar amb tanta força que em falta aire. Ai, potser les coses no són com em pensava.

—Això no s'ha de fer, eh? —em diu a cau d'orella.

Què diu que no s'ha de fer?, em pregunto, neguitosa i al mateix temps empipada. Intento alliberar-me de la desagradable abraçada forçada.

—Ei, pari, que m'ofega!

Finalment, s'allunya, i, amb posat greu, em mira de fit a fit als ulls, botits de tant plorar i d'una nit d'insomni. Emocionat, colpit, m'agafa amb fermesa el braç, a l'alçada del bíceps, i m'arrossega per la força.

—Vingui, va, segueixi'm.

—Ei... però què...?

—Vostè calli i vingui amb mi! La cosa no pot quedar així! Ara vindrà amb mi i es beurà una beguda calentona a la meva caseta i m'explicarà tot el que li passa. En casos com aquest cal parlar...

—És molt amable, però tot va bé, cregui'm, jo...

Es gira i em mira com aquell que diu «a mi no m'enganyaràs».

—No m'ho discuteixi! No passa res si necessita ajuda en alguns moments de la vida, no li ha de fer cap vergonya...

—Però si no necessito ajuda!

L'home riu amablement, amb compassió.

—Sempre són els que necessiten més ajuda els que diuen això. Ja hi estic acostumat, va...

Ara m'adono del malentès: jo, al pont dels Suïcidats, els ulls inflats, negats, una ombra desconsolada perduda entre la boira, i el moviment que he fet amb el cos per atrapar l'encenedor...

—Em sembla que hi ha un error —intento dir-li—. Jo no volia...

—No en parlem més, entesos? —em talla ell en sec.

Cansada de lluitar, em deixo portar fins al seu cau. A la colzada d'un camí ondulat, descobreixo la caseta del vigilant, un edifici d'obra vista, decorat amb unes rajoles precioses.

Un cop a l'interior, m'empeny cap a una cadira i m'ordena que m'assegui, mentre ell, orgullós del seu acte de salvació, prepara un cafè.

Passejo la mirada resseguint les parets i hi descobreixo tot de cartes penjades, postals de tota mena. M'aixeco per veure-les de més a prop.

A tot arreu, paraules d'agraïment. En llegeixo retalls: «M'ha salvat la vida!», «No l'oblidaré mai!», «Ha estat un far en la meva nit»...

Ara ho començo a entendre: el vigilant és una mena de santbernat de les ànimes perdudes! Aquesta situació còmica m'arrenca un somriure.

M'allarga una tassa de cafè acabat de fer. Finalment, aquest cop no li faig el lleig i l'accepto.

Amb un ull tendre em remiro aquest heroi ordinari que vetlla en la penombra pels destins a la deriva. L'agent municipal, l'aixafaguitarres de torn, el que prohibeix fer pícnics al parc, oculta la seva disfressa de salvador de la humanitat.

Em deixo arrossegar pel moment i li aboco els meus mals d'amor. Ell escolta fent que sí amb el cap cada vegada que acabo una frase, per animar-me a continuar endavant. No m'havia trobat mai ningú que manifestés tanta empatia. Al cap de mitja hora, jo mateixa estic sorpresa de constatar fins a quin punt em fa sentir bé que algú m'escolti.

M'assabento que es diu Jean-Claude. Que treballa al parc des de fa quinze anys. I jo no l'havia vist mai.

Em disposo a marxar.

—No farà més bestieses, eh? —em demana amb afecte.

Jo li torno un somriure.

—L'hi prometo.

—Si se'n recorda, faci'm arribar notícies seves. M'agradaria saber que li va tot bé.

M'allarga el seu número de telèfon. Quan estic a punt de passar per la porta, em torna a cridar.

—Esperi!

M'estira la màniga i m'agafa la mà per deixar-hi alguna cosa.

—Ja ho mirarà després —afegeix picant-me l'ullet.

Em fico el petit paquet lligat amb un cordill a la bossa i surto d'aquest racó acollidor. Mentre m'allunyo de la caseta, les paraules del vigilant em ressonen a les orelles: «Faci bondat!».

Dic adeu amb la mà a qui a partir d'avui anomenaré «el Vigilant de les Esperances».

Escena 6

Rose

Acabo de deixar la Késia a l'escola. Cada matí, la mateixa cursa contra rellotge. A aquesta edat, encara et deixen acompanyar-los fins a la classe. Els passadissos són un formiguer, és l'hora punta i els pares s'afanyen a deixar la seva prole. Tot de mestres i auxiliars intenten posar una mica de calma. En va. A tot arreu tothom crida i plora. Es presencien comiats esquinçadors de mares que no acaben de marxar, amb un nus a l'estómac perquè han de deixar el seu plançó. Minuts abans l'han omplert de mil petonets carregats de culpabilitat, preocupades per un nas que regalima, un floc de cabells rebel, una cua mal girbada o el llaç de les vambes desfet. Les llàgrimes les amaguen darrere d'una cortina de somriures de façana que cau un cop han deixat enrere la classe. I en acabat hi ha el petit drama del dia a dia: la pobra mare, completament sobrepassada per la doble feina de mare executiva, que comença els matins amb mal peu, corrent com una boja, neguitosa per una important presentació davant del client, i que acaba cometent un error fatal: oblidar-se el peluix per fer la migdiada a l'escola. Tothom se la mira amb una mirada compassiva i de lament. Però no hi ha res a fer: no li queda més opció que tornar a casa a tota brida, traient el seu fuet imaginari per flagel·lar-se durant tot el camí per la seva badada. El sentiment de culpabilitat el coneixem molt bé, les mares, sí. Pel que fa a mi, m'he guanyat les reprimendes de la mestra per les sabates que fan pampallugues, evidentment prohibides. Durant cinc minuts, he tingut cinc anys, i m'han picat el crostó.

Quan surto de l'escola, soc un manat de nervis. Decideixo anar a prendre un cafè. Crec que me'l mereixo, sobretot després d'una nit tan curta i després que tota la matraca de preocupacions de la Meredith no m'han deixat aclucar l'ull.

Penso en la història de la Meredith i l'Antoine. Quan fa sis mesos els vaig presentar, no ho hauria dit mai que entre ells hi hauria un amor sobtat. A primer cop d'ull, semblaven incompatibles. Ella, tan excèntrica i amb la pell tan fina. Ell, tan tranquil i segur de si mateix. Cupido és de la broma. No sé què pensar de la idea llunàtica de la Meredith d'imposar a l'Antoine aquest «parèntesi forçat». Jo a ella l'adoro, però l'Antoine també em cau molt bé i no m'agradaria gens veure'l patir. És un home formidable. I, a més, jo li dec molt: gràcies a ell, fa quatre anys, vaig aconseguir allotjament en aquest pis decent amb la meva filla, que encara era un nadó. Ni més ni menys es va fer passar per company meu i em va avalar! No ho oblidaré mai. Perquè trobar un pis de lloguer sent «de color», «mare soltera» i «treballadora temporal» del món de l'espectacle és una missió gairebé impossible. Abans d'atrevir-me a parlar-li de tots aquests obstacles, les havia vist de tots colors. Al començament, no el volia molestar ni aprofitar-me del seu càrrec important en una de les ràdios més escoltades a França, mentre que hi ha molta gent que no dubtaria a fer-ho i a utilitzar-ho d'una manera o altra. Jo no.

L'Antoine i jo ens vam conèixer d'una manera molt original. Un dia, li vaig salvar la vida! Tan senzill com això! Per si no fos prou, ens vam trobar al mateix piscolabis en una inauguració artística en què l'Antoine, que li va agafar el rampell d'explicar una anècdota davant d'una petita cort d'interessats —la majoria aspirants a treballar a la seva emissora de ràdio—, va tenir la mala pensada d'intentar ensumar una oliva. Si no arriba a ser perquè jo havia fet el curset de la Creu Roja de primers auxilis, i m'havien ensenyat la maniobra de Heimlich, el pas de l'oliva pel forat equivocat hauria pogut ser fatal. Va ser un miracle que jo fos allà. L'Antoine, generós i agraït per naturalesa, hauria pogut donar-me les gràcies i prou, però va insistir que ens tornéssim a veure per trobar la manera d'expressar més dignament el seu agraïment. Quan va saber que jo era actriu, em va presentar els responsables de càsting de veu i de gravació d'obres de teatre per a la ràdio. Una benedicció caiguda del cel per a la jove actriu que era jo, que mai no sabia si arribaria a final de mes. Entre nosaltres no hi ha hagut mai una relació de seducció, l'Antoine no és gens el meu tipus, ni jo tampoc soc el seu. Després d'aquest episodi, vam mantenir el contacte, i ens vèiem de tant en tant.

Fins al famós sopar d'aniversari en què vaig decidir aplegar amics i coneguts meus. Va ser la primera vegada que vaig fer coincidir l'Antoine i la Meredith. I bé, es van devorar amb la mirada tota la nit. Honestament, no hi havia cregut mai, en l'amor a primera vista. Però això era abans que ells es coneguessin, perquè en el seu cas tot va passar amb una rapidesa inusitada! Una prova. L'amor recíproc és un fenomen ben estrany, i passa poques vegades! L'alquímia perfecta, l'alineació dels planetes, la sincronització insolent... Vaig veure com brollaven els seus sentiments tan ràpidament com les flors de lluna, amb enveja, sense gelosia. Sincerament, estava contenta per ells. Que potser no eren la prova que l'amor és possible?

I jo? En quin punt soc de l'amor? Gran pregunta. De vegades perdo l'esperança que el cel em concedeixi un dia el meu desig tan buscat de trobar una ànima bessona. El meu recorregut sentimental ha estat tan caòtic fins ara! Em recuperaré mai que el pare de la meva filla ens abandonés abans fins i tot que ella nasqués? Aquest tipus de ferida no es tanca fàcilment, i, sota aquesta façana de dona forta i impenetrable, la confiança que tinc en mi i en l'altre sexe se n'ha ressentit profundament.

Durant un temps breu vaig tenir temptacions de renunciar irremeiablement a l'amor. Posar-hi fi, perquè el veia com una font de patiment i frustració! Que tranquil·la viuria sense aquesta pressió... Córrer el risc d'estimar és córrer el risc de patir. Però també és donar-se l'oportunitat de ser feliç. Sospesant els pros i els contres, vaig tornar a la cursa. La cursa per trobar l'ànima bessona, difícil, incerta. De vegades m'asfixia la solitud i m'envaeixen els dubtes. I si acabo sola com un gos? I si no arribo mai a trobar «l'altre»? I si no trobo cap home que s'interessi per mi? L'amor correspost no és un mite que algú es va inventar, una quimera, un conte de fades? Quantes probabilitats hi ha de viure un amor realment correspost? N'hi ha tan poques com que et toqui la loteria?

Espanto del cap aquest pensament tan negatiu i trio un racó tranquil del cafè, a prop del finestral. M'agrada veure com passen els vianants. I de vegades, quan tinc temps, m'imagino la vida que tenen. El cambrer em porta un cafè sol doble i ara mateix menjaria un croissant. Sento aleshores la veu de la mare: «Cinc minuts a la boca, dues hores a la panxa i tota la vida al pandero, filla!».

Val a dir que les meves natges són rodones per naturalesa. I que això no ho porto gaire bé... Però què hi farem... Rosego amb delit la llaminadura prohibida i assaboreixo fins a l'última queixalada el bon gust de la mantega.

Però no s'hi val a oblidar els assumptes importants. Trec el mòbil i consulto l'aplicació preferida per a dones desesperades amb mal d'amors. Què em diu aquest matí?

Quantitat de candidats al meu carretó: dotze. Ho sé, la golafreria és un dels defectes més grans que tinc. Sempre he tingut els ulls més grossos que l'estómac. I ara això no canviarà.

Quantitat de perfils falsos sospitosos sobre els seleccionats: sis. Massa bonic per ser veritat. Estic convençuda que no em respondrà cap d'ells.

«Salutacions» rebudes: dues.

Les «salutacions» són petits senyals que envien les persones a qui els agrades: un home molt seriós amb vestit gris fosc i corbata de ratlles malves, cinquanta-cinc anys (o més aviat seixanta-set), originari d'un poble tan remot que podria fer passar la Quinta Forca pel centre del món; i un altre, amb cara de criminal i una mirada inquietant.

Comencem bé el dia.

Nombre de missatges rebuts: tres.

Selecciono la icona d'un sobre i llegeixo:

> Macholatinlove: ola, com ba?

Que original. I que bé que escriu! Espereu, ara sento que estic a dos dits d'un amor a primera vista. Tres paraules escarides i se'n va.

> Gentelman75: no surts malament a la foto. Anem a fer una birra?

No entenc res. Realment té categoria de gentleman? Qui ho diria.

> Ontheroadagain: Hello! My name is Franck. El teu perfil m'ha agradat molt. Com pots veure soc un tio maco i de sentit de l'humor no me'n falta. ☺ He vist que ets artiste? Jo també! Bé, al temps lliure toco la guitarra i faig de Jim Morrison. ☺ Qui ho sap. Potser un dia t'ho podré ensenyar. Hahahaha. Si vols, dons, podem iniciar una conversa.

Anàlisi ràpida. Interrogatori llampec. Senyor gairebé poliglota. No està del tot malament. Dues faltes en set línies? És normal tenint en compte els temps que corren. Viu a menys de vint estacions de metro. Toca la guitarra. Caram, aquest noi ho té tot! Li escric quatre paraules esquer. Ara veurem si pica...

Escena 7

Meredith

L'amabilitat d'en Jean-Claude, el meu Vigilant de les Esperances, m'ha animat. Quan he sortit del parc dels Buttes-Chaumont he decidit que deixaria d'autocompadir-me i que em tornaria a centrar en l'autèntic motiu de la missió, que jo anomeno «Missió Cupido», encapçalada per una pregunta transcendental: et pots preparar per ser capaç de viure un gran amor? Com pots donar-li totes les oportunitats perquè sobrevisqui? Una missió que d'entrada sembla estranya, però que té potencialment la capacitat, d'això no en tinc cap dubte, de canviar-me la vida. I sobretot la que jo projecto amb l'Antoine. Serà possible evitar a la nostra història d'amor l'habitual i dissortat desenllaç de tantes parelles actuals, gairebé resignades ja d'entrada a incrementar, tard o d'hora, els percentatges estadístics: prop del quaranta-cinc per cent dels matrimonis acaben en divorci, sense esmentar totes les altres petites morts matrimonials en el dia a dia de les llars on la cosa no funciona... No! Jo no vull això ni per a l'Antoine ni per a mi. Nosaltres, no!

Les paraules de la meva àvia estimada em retornen al cap: «Som feliços en la mesura que ho desitgem». Beneïda Didina. Vaig començar a anomenar-la així el dia que em va preparar un refrescant diàbolo-granadina, quan jo encara no alçava dos pams de terra.

Però ara tinc el sentiment que amb això no n'hi ha prou. Que també es pot actuar en altres nivells. I si, amb una mica de treball i d'esforç, fos possible millorar l'«estimabilitat» de cadascú?

La paraula m'ha vingut al cap, així, com si res. Mentre remunto a gambades el carrer de Crimea en direcció al meu bar de la bona sort, Le Pavillon des Canaux, em sento inspirada pel concepte que m'acaba de sorgir:

L'estimabilitat, l'habilitat d'estimar.

Els vianants deuen pensar que em falta un bull perquè ric sola. A París, desconfien de tu si et veuen pel carrer rient sol. Ja s'ho faran. Crec que tenim a les nostres mans la capacitat de ser feliços, però que de vegades costa portar-la a la pràctica. En termes matemàtics, la capacitat de ser feliços seria aquest quocient:

Capacitat d'aprofitar les meravelloses coses que t'ofereix la vida	÷	Capacitat de resistència als riscos i a les frustracions de la mateixa vida

Que em vingui aquesta idea al cap em fa riure: precisament jo que sempre he estat un zero en matemàtiques. Com podem estar penedits de trobar-nos de vegades indefensos, de sentir-nos ineptes, davant la facultat que tenim d'estimar una mica deficient? Perquè qui ens n'ha ensenyat? Aquesta estimabilitat me la imagino com una pasta elàstica que es pot treballar amb les mans. Fins i tot esculpir-la... No hi ha res estàtic. La pasta és mal·leable per a qui es dota dels mitjans necessaris per donar-li forma. He de reflexionar en totes aquestes coses...

Ja he arribat al moll del Loira, davant del finestral de Le Pavillon des Canaux. Aquesta casa, redissenyada en cafeteria, davant del canal de l'Ourcq, té el do de consolar-me tan bon punt en passo la porta. El que m'agrada és que m'hi sento «com a casa».

La façana em va cridar l'atenció quan, les primeres setmanes de solitud a París, sortia a explorar el meu barri, buscant-hi racons on m'hi trobés bé. Més endavant vaig saber que l'havien dissenyat dos referents de l'*street art* francès, Alëxone i SupaKitch. L'agència creativa de tercers llocs Sinny & Ooko va tenir la idea de condicionar l'interior de l'edifici per crear un espai on els veïns i els visitants es poguessin trobar per descansar i fer vida social, conservant, però, les peces originals. Fantàstic!

Travesso el *Coffice* de la planta baixa, mig cafè mig oficina, on regna un ambient de feina d'estudiants o d'independents centrats en el seu mòbil, i pujo al primer pis. Passo per un dels petits salons acollidors, dono un cop d'ull a l'habitació oberta a tothom on diria que algú hi fa una migdiada, i me'n vaig cap a la meva cambra preferida: la banyera.

Sospiro de satisfacció mentre el cap em descansa sobre un coixí flonjo amb motius florals. Tot m'agrada en aquest racó: la banyera d'un llampant blau turquesa i la seva escaleta conjuntada, les rajoles blanques de la paret i els rombes grisos de les interseccions, la safata de banyera de fusta clara que fa de tauleta...

Sento les passes de la cambrera que s'apropen. Amb el temps, he après que es diu Silvia.

—Va tot bé per aquí? Què vols que et porti?

—Un cafè amb llet amb molta escuma, sisplau!

Quan he entrat fa un moment, he devorat amb la vista l'expositor de dolços, que desplega tot de pastissos, magdalenes i dònuts temptadors.

—Amb una magdalena, sisplau!

—De xocolata? —diu ella dibuixant un somriure de complicitat.

Coneix bé els meus gustos.

La crido quan ja és a la porta.

—Perdó, em podries portar uns fulls en blanc? És que no he agafat el quadern i...

—DIN A4 et va bé?

—Perfecte! Gràcies!

Mentre l'espero, m'acomodo a la banyera i deixo el braç penjant a fora. Tot d'una em ve al cap el quadre de David, *La mort de Marat*, el revolucionari francès que Charlotte Corday va assassinar a la banyera un 13 de juliol de l'any 1793.

Per un moment em pregunto si, jo també, com a desvalguda revolucionària de l'amor, no estic a punt de matar la meva relació amb l'Antoine. Espanto de seguida aquesta idea corrosiva per tornar a un estat d'ànim més constructiu.

La vida és un risc. Soc conscient que en corro jugant-me-la amb aquest parèntesi, però si no ho intento estaré renegant d'una part del que soc. Per tant...

Al cap d'una estona, la Silvia em porta la comanda. Amb l'escuma del cafè ha dibuixat un cor. Un detall habitual de la casa. Li torno un petit sospir de gratitud. Podria ser que la felicitat es trobi en detalls tan petits com aquest?

Amb el DIN A4 davant meu, escric amb unes lletres ben boniques la paraula «estimabilitat». Aquest serà el meu tema i a partir d'aquí començaré a reflexionar. Què és el que mata, a la llarga, les històries d'amor més boniques? Anoto desordenadament les paraules que em venen al cap, entre dos glops d'escuma cremosa i un mos de magdalena. Ara el full s'ha tacat una mica, però tant és. Tot seguit examino el núvol de paraules i em fixo si se'n desprenen grans temes. Sí. Començo a posar en ordre tot el que he escrit quan el telèfon sona: la meva mare!

«Oh no, ara no. No estic d'humor...»

—Mireille? —em diu amb una veu estrident; hi percebo certa irritació.

—Mare! Quants cops t'he demanat que no em diguis així?

—És el teu nom de pila, no entenc per què el rebutges!

«Déu meu, per què he agafat la trucada?»

—Fa tres dies que intento parlar amb tu. Que no escoltes els missatges que et deixo?

—És que he tingut un cap de setmana complicat, perdó...

—Ai, nena, no m'estranya que no tinguis una vida fàcil, amb l'opció que vas triar...

Per què tinc la desagradable sensació que es rabeja demostrant, a la mínima que pot, que els avisos que em va fer sobre la feina d'actriu eren justificats?

—Ja ho sé, mare —dic amb veu de cansament—. Escolta, ara no és un bon moment per parlar. No soc a casa i no m'arriba bé la cobertura. Que passa res?

—No res, que demà és l'aniversari del teu pare i em volia assegurar que no te n'has oblidat...

—Ja me'n recordava, sí.

—Intenta enviar-li encara que sigui un missatge per dir-li que no t'has pogut escapar! Per sort, la teva germana ha organitzat un dinar, però és clar...

Ja hi som. La germana perfecta. Que, tot i els seus tres fills i no tenir hores lliures, haurà preparat un dinar perfecte i uns regals fantàstics. La meva germana, que va marcant totes les caselles per guanyar-se l'aprovació dels pares. El que jo no he tingut.

—També vindrà el teu germà, amb els nens. Hi serem tota la família! Fins i tot vindrà la tieta Lily, que ha vingut a passar unes setmanes a França...

La tieta Lily... M'agradaria veure-la. Viu a Nova York des de fa vint anys. S'hi va instal·lar després d'un enamorament sobtat amb un americà. Es va portar molt bé amb mi quan vaig passar un any amb ells després d'acabar l'institut. Un any sabàtic per fugir de la pressió familiar respecte als estudis. Vaig anar encadenant feinetes i vaig trepitjar tants teatres com vaig poder, i encara vaig reforçar més la passió que sentia per l'*stand-up comedy*, és a dir, la comèdia en directe. Vaig tornar a França dominant l'anglès i amb el cap ple de somnis. Una eufòria que va durar poc: els meus pares en aquell moment no volien saber res de la meva vocació d'artista i, a contracor, vaig acabar fent una carrera universitària que no tenia res a veure amb les meves aspiracions, per calmar la família. I, en el fons, perquè per fi estiguessin una mica orgullosos de mi.

Escolto sense parar atenció la meva mare que m'explica els preparatius de l'aniversari del pare, contenta amb la idea del clan reunit. Per què de vegades tinc la sensació que soc una estranya en la meva pròpia família?

—Ja us trucaré, de debò —sospiro.

—Mireille?

—Sí, què?

No m'hi encaro ni pel nom. És una causa perduda.

—Però com a mínim et cuides, no?

Quina dona, la meva mare... Malgrat les nostres diferències intenta salvar els mobles de la relació. Aprecio el seu esforç.

—I tant, no t'amoïnis. Records.

—El teu pare també t'envia records!

Li dono les gràcies, però sé perfectament que diu això per protocol. El meu pare no m'ha perdonat mai que marxés de la comarca per una tria professional que a ell li sembla tan estrafolària com destinada al fracàs. La seva desaprovació em segueix a tot arreu com una vella cassola sorollosa.

Pengem.

Cada vegada que penso en la meva família, m'ensorro. En un acte reflex, em passo la mà pel clatell i m'acaricio el tatuatge que em vaig fer quan vaig arribar a París, com a signe de rebel·lió. Volia un ancoratge fort per amarrar bé el pròxim viatge que faria: emancipar-me de la família. No doblegar-me mai, no tornar mai enrere. No trair-me més.

Em vaig fer gravar per un artista del tatuatge una ploma molt gràfica, en què l'extremitat es transforma en un estol d'ocells lliures. No cal dir que, a la meva manera, duc la paraula llibertat gravada a la pell.

El canvi de nom també va ser un senyal de transformació important.

Pensar en la parella que formen els meus pares com a mínim té una cosa bona: em fa venir ganes de seguida de tornar-me a posar a treballar per anar aprofundint en aquest concepte d'estimabilitat. Per motius misteriosos que encara se m'escapen, encara estan junts, mentre que, a pesar dels seus esforços per enganyar tothom, la seva relació traspua el tedi bovarià. Demostren que és possible estar junts per separat i que l'un i l'altre s'extingueixen la flama més eficaçment que un apagaespelmes.

El meu pitjor malson: que un dia em converteixi en una persona transparent i insípida als ulls de l'Antoine!

Això no em passarà si poso tots els mitjans per evitar-ho, penso per donar-me ànims i continuar. Torno a prendre notes i segueixo explorant.

Dibuixo uns cercles i busco en quins punts he d'actuar si vull millorar la meva estimabilitat. Ràpidament es dibuixen tres eixos de reflexió: el que passa ENTRE JO I JO, ENTRE JO I L'ALTRE I ENTRE JO I EL MÓN.

Emocionada amb la troballa, desgrano cada categoria i tot d'una tot sembla més clar.

ENTRE JO I JO

> Ja se sap que, per ser capaç d'estimar l'altre, primer m'he de sentir bé amb mi mateixa. Cuidar de mi físicament i mentalment. Confiar més en mi. Buscar motius per estar orgullosa de mi mateixa... Afrontar les pors. Curar les ferides velles... M'anoto per a més tard: fer una «Llista de tasques pendents».

Prou contenta de mi mateixa, continuo la feina bevent el cafè, ara ja fred. Em demano un te. Necessito benzina!

La segona categoria que estimularà la meva estimabilitat cau pel seu propi pes:

ENTRE JO I L'ALTRE

> L'altre és un altre. Una obvietat, potser. Mentrestant, el compromís de la parella no és arribar a comunicar-se bé i a respectar-se malgrat les diferències? L'alteritat. Subratllo tres vegades la paraula. Realment he dedicat temps a entendre la personalitat i les necessitats de l'Antoine? Penso en tot el que les persones no ens atrevim a dir-nos clarament, els malentesos, les frustracions no expressades i, més a la llarga, les inevitables conseqüències sobre la relació amorosa...
>
> I jo, tinc clar què espero d'aquesta relació amb l'Antoine? Les expectatives de tots dos són compatibles? Com es pot conciliar i trobar l'harmonia estimant l'altre a la distància adequada...

De moment ho deixo en suspens i escric el tercer eix de reflexió:

ENTRE JO I EL MÓN

Possiblement el que mata l'amor és aïllar-se dels altres, la dependència afectiva, el sentiment d'una llibertat limitada... En canvi, trobo que obrir-se al món, emancipar-se, realitzar-se com a persona és essencial per no asfixiar una relació. Penso en la meva carrera, no gaire reeixida, i en les meves ambicions, que de moment no avancen. Ha arribat el moment d'arromangar-se!

Una mica cansada després de veure tots els esforços que m'esperen, badallo i m'estiro. Només tinc una idea al cap: tornar a casa. Entaforo la mà a la bossa per buscar-hi el moneder i em trobo amb el petit detall que m'ha regalat el vigilant del parc. Me n'havia oblidat. El paper de seda groc està lligat amb un cordill de ràfia. A dins, hi trobo una pedra plana, un còdol decorat amb molta sensibilitat. Quina finesa! Hi ha dibuixada una flor blanca envoltada de subtils filigranes. Sota la pedra, un paper blanc. El llegeixo:

> Aquesta flor és una Galanthus nivalis, que ve del grec «gala» i significa «llet», i «anthos» que es tradueix per «flor». Aquesta «flor de llet» és per a tu, perquè t'aporti dolcesa i esperança. El crepuscle simbolitza l'esperança. Quan a Adam i Eva els van enxampar al jardí de l'Edèn, Eva es desesperava només de pensar que l'hivern duraria per sempre. Va ser llavors quan va aparèixer un àngel i va transformar una part de les volves de neu en flors, una manera ben bonica de suggerir que l'hivern aviat s'acabaria i que cediria el seu lloc a la primavera.

O sigui que no ho oblidis: la vida no ha tingut mai l'última paraula...

Confiança i fe. No abandonis mai la lluita: moltes vegades ens trobem, sense saber-ho, a dos dits del miracle.

Cordialment,

JEAN-CLAUDE

Tanta bondat m'emociona. Mentre surto a desgrat de la crisàlide que és la banyera, sento que el mòbil vibra.

Un missatge de text. És l'Alice. La meva agent, que, parlant de comunicació, sempre posa la directa.

> Urgent! Hem de parlar de la gira. Us espero a la Rose i a tu a l'agència demà mateix a les 14 h

Marxo de Le Pavillon des Canaux estrenyent la pedra del vigilant amb la mà per carregar-me de la seva energia benefactora.

Escena 8

Rose

Surto volant de la parada del metro de Sentier. No vaig sobrada de temps per trobar-me amb l'Alice, la nostra agent. Al carrer, no passo mai desapercebuda, amb el metre vuitanta que faig, un pentinat afro desacomplexat, i la vora de pell sintètica de la caputxa que m'emmarca un rostre bastant equilibrat malgrat el nas, que el trobo una mica massa xato.

No falla. Un grupet d'homes que envaeixen el carrer a la sortida d'un bar per fer la cigarreta em comencen a increpar grollerament.

—Ei, tia bona! Vols el meu número de mòbil?

—Ei, reina! No corris tant! Vine cap aquí que et diré una coseta…

Si bé es pensen que no els sento, els seus comentaris em fan mal.

—Hosti, has vist quin cul? Mmm… Hi enfonsaria el cap i tot el que vingui!

Rialles estridents dels pobres desgraciats.

Continuo mossegant-me la llengua. Sospiro: atraure l'atenció, això ho tinc fàcil. Trobar canalles, ídem. En canvi, trobar algú que s'interessi realment per la meva persona és tota una altra història… «No saben el que es perden!», em lamento amb tota l'autoconvicció que soc capaç d'aplegar.

És a dir, quatre gats. Quan penso en el superkit «tot en un», en tot aquest potencial d'amor que encara espera abandonat en un apartat de correus, em dic: «quina manera de desaprofitar les coses!» Com pot ser que no hi hagi hagut mai ningú que s'hagi volgut comprometre amb mi? És a dir, que així que em vegi no em posi l'etiqueta GILF (*Girl I'd Like to Fuck*)? Si per a ells «estar bona» sona com un compliment, per a mi frega l'insult. Com poden reduir una persona a un cul i uns pits?

Crec que cap dels homes amb qui he topat fins ara no s'ha adonat realment del superkit de Felicitat i del genial kit de l'Amor que puc aportar. O potser és que no ho he sabut demostrar prou bé? Les eines «tendresa a dojo», «alegria de la vida», «grans orelles per escoltar i consolar», no les deuen haver vist, no.

Finalment arribo al número 21 del carrer dels Quadrets. Pico a l'intèrfon. La veu de l'Alice crepita un «Ja t'obro». L'agència és al primer pis.

A la paret, una placa daurada una mica tacada i un nom gravat: CAST'ELITE. Empenyo la porta que l'Alice ha deixat ajustada.

Em dirigeixo de dret al seu despatx, travessant el llarg passadís, tan estret com un esòfag estrangulat.

La veig a través del mirall, no para quieta i fa grans escarafalls mentre parla per telèfon immersa en una conversa que sembla abrandada. L'Alice té un físic de mitjana edat, s'ha fet un monyo a cuitacorrents, on ha plantat un boli bic blau que se sacseja al compàs dels seus crits.

Se li poden retreure moltes coses, a aquesta petita agència que fa una mica de tot, però s'ha de reconèixer que l'Alice lluita pels seus artistes i es deixa la pell negociant els contractes davant dels directors de teatre i d'altres contractistes potencials.

Amb les ungles dels dits pintades i indecentment llargues em diu que passi, i després que segui. Una mica incòmoda, miro les parets per entretenir-me i maleeixo la Meredith perquè fa tard.

Hi ha fotos de tot d'artistes comediants enganxades a la paret amb xinxetes. Quina gràcia, tot de quadrets al carrer dels Quadrets... A la seva manera, tots tenen alguna cosa que et commou. Tothom fa els possibles per destacar. N'hi ha que recorren al truc del somriure seductor, sovint massa forçat; d'altres intenten ressaltar una personalitat forta afegint-hi la intensitat de la mirada o una expressió impenetrable... Al començament, t'imagines amb eufòria que et tinguin penjada allà com a «jove esperança». Promesa dels inicis d'una carrera incerta en el món de l'espectacle.

En el meu cas, les esperances ja tenen arrugues. Amb trenta-cinc anys, no soc una «jove esperança» ni una «protagonista joveneta». Aleshores, què soc?

Hi ha dies que no ho sé.

L'Alice penja el telèfon, vagament cansada, i ve cap a mi. Jo m'aixeco i li passo un cap.

Aquest tap de bassa, eixuta i un sac de nervis, morena els 365 dies de l'any, que només es deu alimentar de llavors i germinats perquè està com un fideu, avui porta una faldilla de tub on la meva natgera no s'atreviria mai a entrar, i una brusa elegant descaradament oberta. Enfilada en unes sabates amb taló d'agulla per fer-li oblidar el seu metre cinquanta-cinc, deambula amb un estrany pas d'acròbata. Se m'apropa per esbossar-me un petó, amb la punta dels llavis petits, visiblement poc acostumada a les demostracions improductives de floritures socials, que no suporta i que considera que no fan «bullir l'olla».

Al cap de vint minuts, la Meredith apareix a la porta, vermella i panteixant.

—Ho sento, faig tard —exhala.

L'Alice l'afusella amb la mirada, com m'ha fet a mi, i li ordena que s'assegui.

—Així doncs... —fa l'Alice.

Sempre comença les frases amb un «així doncs», cosa que, d'entrada, sorprèn. Se suposa que l'així doncs introdueix una conclusió. En el cas de l'Alice no, inicia les converses.

—Així doncs, noies —continua ella—, he aconseguit diverses dates per al vostre espectacle.

Les Maripilis!

Friso de l'excitació. Em moro de ganes d'actuar.

—A París? —no pot evitar preguntar la Meredith, amb un raig d'esperança.

L'Alice la mira amb una amabilitat tenyida de compassió perillosa.

—No, és clar que no. A fora. Què t'esperaves? El gran Point Virgule de París?

Els ulls de l'Alice s'aprimen satisfets d'aquesta sortida tan mordaç. La Meredith, de mal humor, es deixa caure en sec a la cadira. L'Alice estossega per esvair el malestar i continua:

—Així doncs, primeres dates: a Marsella. Marxem d'aquí a deu dies. Dues setmanes d'assajos, un mes i mig en escena. Dijous, divendres i dissabte a les 19.30 h. I els dimarts sessió de tarda a les 16 h.

—A on?

—Al teatre de l'Acrostiche, noies!

—I existeix? —no em puc estar d'ironitzar.

L'Alice ni tan sols em respon.

—I quin caixet tenim? —m'atreveixo a preguntar-li amb un fil de veu.

—El director us proposa una retribució fixa més un percentatge de les entrades.

Els nostres ulls esperen respostes més concises. L'Alice sospira, mal senyal.

Quan revela la xifra, veig que la Meredith comparteix amb mi el desengany. La glòria no arriba en dos dies. L'agent arronsa les espatlles. Amb tots els ramats d'artistes novells que representa està acostumada a aquestes reaccions, que no l'afecten.

—Vinga, va, que si feu tres nits a la setmana més el diumenge encara teniu temps per trobar una feineta a prop, eh, noies?

Aquesta pseudofamiliaritat no la suporto. Ric fent una ganyota per dins i somio en el dia que els podré enviar a passejar a ella, el seu monyo malgirbat i els seus plans de segona.

—Ja podeu estar contentes: també us he aconseguit dates a la regió de Lille! Meredith, oi que és la teva ciutat de naixement?

—Sí.

La Meredith no mostra alegria.

—Veieu? No em direu que això no és fantàstic. I gràcies a qui?

—A tuuu, Aaaaaaaaalice. Gràààààcies —responem totes dues com un cor de veus sense que hi posem realment el cor.

El meu el tinc tan compungit que, al cap de cinc minuts, ja penso en la meva filla Késia. No la puc portar de gira. Per res del món no vull interferir en la seva escolaritat ni en l'harmonia de la seva vida ordenada com una partitura. Té els seus referents a París, les seves amigues, la mestra que adora... La meva mare se la voldrà quedar tants dies? I la meva filla, com reaccionarà a aquestes absències llargues? M'envaeix aleshores una onada de neguit i de culpabilitat. Tinc dret a voler continuar vivint una passió, la meva, que amb prou feines ens permet viure? Ho he d'abandonar tot i quedar-me amb la primera feina que trobi fixa per oferir una situació més estable a la meva *timoun*?

Furgo al meu interior, fins al fons de les entranyes, buscant una resposta que resulti «justa». I no, no. No puc. Ara mateix no ho puc decidir! Deixar el teatre seria com una petita mort. Pujar a l'escenari és el que em manté activa, és el somni més gran de la meva vida, el que viu dins meu des que era petita. M'hi sento com a casa. Actuar, això és el que em manté viva. No hi ha res que em faci vibrar més que això. M'hi he d'aferrar, i més i tot. «Puc fer-ho!», em dic en un jurament interior i me'l reafirmo enllaçant els dos dits petits de les mans.

Escena 9

Antoine

Avui he de coordinar el muntatge del nostre pròxim programa en format PSD, «preparat per ser difós». Tot i que soc productor radiofònic, el veritable promotor en aquesta història és qui em contracta: una de les emissores més importants de França.

Soc una mena de director d'orquestra que condueix un ball de persones, columnistes, periodistes, presentadors, col·laboradors... He de prendre les decisions molt ràpidament i saber triar bé: les idees, els convidats, els temes... M'agrada aquesta adrenalina de cada dia.

Quan arribo davant del gran logo de la meva emissora, m'esmunyo pel costat i m'avanço a la cua d'un públic curiós que ha vingut a presenciar una gravació. Els de seguretat fan el filtre. Jo també he d'ensenyar la poteta. Supero l'arc de seguretat —avui dia tots els vestíbuls de les grans empreses semblen les terminals dels aeroports— i presento la credencial per activar el torniquet. Les recepcionistes em reben amb un somriure estàndard. A dreta i esquerra hi ha pantalles de televisió que passen en bucle les imatges dels programes del moment. A la paret, s'hi despleguen uns retrats immensos de les estrelles de l'antena. Premo el botó de l'ascensor. Quan arriba, en surten dues noies joves, que em miren de reüll?

Amb interès? O sigui que encara causo sensació? D'ençà de la Meredith, me n'havia oblidat. A l'ascensor no hi ha ningú. Aprofito per mirar-me la cara al mirall: pell cerosa després de quatre nits pràcticament sense dormir, barba castanya que ja ha superat els tres dies reglamentaris per considerar-se mida sexi, boca seca i clivellada després dels excessos de l'alcohol, boca que es pensava que podria convèncer la persona estimada perquè es quedés i no se n'ha sortit.

Surto de l'ascensor d'un humor més aspre que tots els pèls de la barba de punxes.

La meva secretària em rep amb un cafè. L'agafo murmurant un gràcies difícilment perceptible en l'espectre d'audició humana corrent. A aquest nivell, es podria parlar gairebé d'ultrasò. Ella no respon, deu pensar que val més no fer-ne un gra massa. Veig a la sala tot l'equip esperant-me per fer la reunió de redacció on es decidiran els temes que entraran a la pròxima emissió. Les cares dels meus col·laboradors no paren de moure's davant meu i, no obstant això, jo només veig la de la Meredith, que se sobreposa a totes. Una filigrana insistent. Intento escoltar atentament les propostes, faig veure que m'interessen, però soc a anys llum d'aquí. L'altra nit vaig aguantar davant seu. Em vaig fer el fort, el paio que pot suportar el cop sense problemes. No és aquest el paper que he fet fins ara? Quin engany, em dic. Bravo, Antoine: fins i tot l'has pressionat proposant-li un compte enrere! Com si tu fossis capaç de prendre't tot aquest afer com un joc, una farsa que fa riure. En realitat, quin riure més fals, tan fals com l'ànima de Judes. El senyor és un cagabandúrries. Ha fet com Tom Hanks a *Big*: s'ha encongit i fet petit en un cos d'adult. Abans tenia la sensació que era dur com una roca. Que res no em podia afectar. Sobretot en el cas de les dones. I aquesta vegada m'he estovat. Que potser m'estic fent gran?

—Antoine? Antoine!

Faig un bot.

—Sí? —dic baixant dels núvols.

—Ets aquí amb nosaltres, o no?

—Sí, sí, és clar...

—Tu què en penses, d'aquest tema?

—De què...?

—Doncs això: «Existeixen els àngels de la guarda?»

—Ah, sí...

L'ordinador de bord connecta a tota velocitat neurones i circuits cognitius. En trenta segons, repasso el tema mentalment. I esbosso un somriure vague. Veig un col·laborador que dona un cop de colze a la meva secretària i li murmura, alleujat: «Crec que la idea li agrada!».

Sí, la idea m'agrada. Però no només per a les necessitats de l'emissió. El concepte «àngel de la guarda» m'ha activat una campaneta al cap. Tot just fa un moment estava desesperat i aquesta irrupció em torna una mica d'esperança. He sortit amb una visió fatalista i derrotista en la batalla per no perdre la Meredith. Però... i si jo em prenia aquesta treva imposada com un repte a superar? Perquè sí, soc un home de reptes, m'agraden les emocions. Què hi té a veure l'àngel de la guarda? Doncs bé..., l'àngel de la guarda, penso, podria ser l'actor principal de la pel·lícula de la meva reconquesta...

Escena 10

Rose

La meva mare és tot un personatge, i em veig obligada a recórrer-hi perquè s'ocupi de la Késia mentre jo no hi soc. No puc comptar amb ningú més. Per sort, vivim a pocs carrers l'una de l'altra, la qual cosa és un avantatge important per mantenir sense dificultats el ritme escolar de la meva filla. M'hi assemblo molt. Els testos s'assemblen a les olles. D'ella, les persones de bona fe dirien afectuosament: «Se l'ha de conèixer, va...», una mena d'eufemisme educat per parlar de la seva personalitat totalment fora de lloc. De cap a peus, des del seu look excèntric fins a la manera de viure tan particular que ha adoptat. D'altra banda, els homes han anat caient daltabaix un rere l'altre en topar amb un caràcter rude i escarpat, com si xoquessin contra un escull ocult. Si d'entrada atreu com la llum les papallones volubles i, com a bona llibertina, té més d'una carta amagada dins del seu cosset per atrapar-les entre els seus fils, un cop cauen a la trampa, es desencanten. Sap com fer-los perdre el cap, però, afortunadament, no se'ls arriba a cruspir. I, si bé és amant dels guions pujats de to, no fa mai de mantis religiosa. Tot i així...

Rossa natural, la meva mare s'ha tenyit des de fa anys els cabells de negre corb, la qual cosa fa que li ressaltin encara més els ulls de color gat negre. El contrast entre nosaltres dues és impactant. Ningú no endevinarà mai el parentesc. Com em passa també amb la meva filla. Sembla, doncs, que la història es repeteix. La mare es va deixar seduir per l'encant antillà del meu pare biològic. Que va acabar fugint, com els altres.

Torno a trucar al timbre. Tarda una estona a venir a obrir. Quan finalment apareix a la porta, estrenyo una mica la maneta de la Késia. Deu dies que ara mateix em fan dubtar. L'hora dels adeus ha arribat i, com ja m'esperava, haver de deixar la meva filla em trastoca. Sentiment de culpabilitat? Por de ser mala mare? Neguit per l'impacte que tindran les meves absències en l'equilibri global de la meva filla i en el seu desenvolupament futur? Evidentment. Però què hi puc fer, si no? No me la puc emportar de gira. Ja torno a estar, com sempre, amb l'estira-i-arronsa del meu paper de mare o el meu destí d'artista. Resulta impensable realitzar-me sense conciliar l'un amb l'altre. Per això precisament lluito per fer-me un lloc com a actriu. Espero que un dia la Késia se senti orgullosa de mi...

La meva mare m'engalta un petó sonor que m'embolcalla dins d'una fragància marcada pel pàtxuli, mesclat amb notes de rosa de Damasc. Per la cara llarga que fa, veig que no aprova la gira. Per sort, està boja per la meva filla, amb qui ha establert una complicitat sorprenent. La Késia li va llançar un sortilegi d'amor quan va néixer? No ho sabria dir. Però el cas és que la seva àvia es desviu per ella i la tracta com una princesa de debò, cosa que no ha fet mai amb mi. A casa volaven més les clatellades que els petons. Ja no l'hi tinc en compte. Reconec que jo, amb la meva personalitat, donava guerra. La ràbia que sentia perquè no tenia pare em va portar inconscientment a treure la mare de polleguera?

Més tocada del que ella volia reconèixer perquè el meu pare l'havia abandonat quan jo encara no tenia ni l'any, de petita sempre em repetia: «Filla, sobretot no et casis mai amb un mestís ni amb un bamiléké! Fes cas de la teva mare. O bé són infidels, o, si no, uns canalles. O uns alcohòlics!».

No acostumava a mossegar-se la llengua.

Quan vaig ser adulta, no em vaig saltar els seus consells. Em vaig enamorar d'un noi ben blanc. Un auxiliar de vol d'una gran companyia aèria. Aparentment, complia el patró de noi com cal. Tan bon punt va saber que estava embarassada, em va deixar. Karma familiar, vaja.

Gràcies, Saint-Exupéry, per haver dit que «només hi veiem bé amb el cor». En el cas del pare de la Késia, em vaig guiar per la seva cara bonica i em vaig oblidar d'escoltar el meu sisè sentit. La intuïció té unes antenes màgiques que desconnectem massa sovint, i en això ens equivoquem.

La mare agafa les galtes de la Késia amb una tendresa matussera i se la menja a petons.

—Àvia, prou! Que m'omples la cara de baves!

La Késia se'n va de cap al bagul de les joguines, però no es desenganxa del seu conillet de peluix, que manté arraulit al forat del seu coll mentre fa pipa. No li agrada gens que li renti el seu peluix. Segurament la rentadora s'emporta les feromones que li transmeten seguretat de l'objecte transportador. Aleshores sempre retardo el moment de pispar-l'hi per posar-lo a la rentadora. Sé que després m'esperen dos dies de cara de pomes agres.

Des de fa dos anys la mare està ficada en un moviment kàrmic. Bioenergètic i epigenètic.

Déu-n'hi-do arribar fins aquí quan vens d'orígens protestants. La decoració de la casa és essencialment d'inspiració búdica. Un tapís mural mandala amb un elefant aquí; un zafu, un coixí de meditació zen, allà. Fa les seves consultes en un racó de la sala habilitat darrere d'un biombo. És mèdium.

Aquest univers poc convencional fascina evidentment la meva filla. I tots els objectes insòlits que omplen la casa són una font d'imaginació inesgotable. Per a algú a qui agrada inventar històries, el lloc sembla perfecte per inspirar-se.

Pel que fa al Roméo, l'he deixat a casa. En aquest cas la mare ha estat taxativa: «La teva filla, d'acord, però el teu ocellot, mai de la vida!».

Així doncs, me l'hauré d'endur a les meves peripècies. La cosa promet...

Parlo un moment de tot i de res amb la mare, retardant el temut moment de marxar. Però quan és l'hora... m'aixeco i passo les mans per les faldilles, en un gest mecànic per eliminar les arrugues. La Késia em mira de lluny, i ho entén. S'aixeca d'una revolada i se'm llança com una bala a les cames. Noto com l'esquena se li sacseja pels sanglots. La meva filla plora a llàgrima viva. Jo no hi tinc dret. Encara no. Després. L'abraço amb força. Entre nosaltres, a aquest gest n'hi diem una abraçada sufocadora. Tot seguit m'agenollo per estar a la seva altura i li eixugo les llàgrimes com puc amb els palmells que tot ho eixuguen.

—No vull que te'n vagis, mama!

—Ei, *timoun*, no ploris! Així que pugui et vindré a veure, entesos?

Això no la consola en absolut. Els nens només coneixen un temps: el del moment present.

—Qui és la nena més valenta de totes? —intento dir-li amb un somriure deplorable.

—Jo no! —replica ella, evidentment.

Com me'n sortiré, ara, d'aquesta?

Intento el joc de robar-li el nas atrapant-ne la punta entre els dits índex i polze.

—Oh! T'he robat el nas? És meu. Mmm. Quina bona pinta que té...

Amb un joc de mans, el meu dit polze s'ha convertit en el seu nas i queda atrapat entre els dos dits, i faig veure que me'l menjo i l'assaboreixo. La meva filla riu entre les llàgrimes.

—Mama! Torna'm el nas!

Li torno la punta del nas al seu lloc. Però el núvol de tristesa i tossuderia és ben negre. La Késia fa morros. Aleshores intento una altra estratègia.

—Oh, mira! Allà!

L'índex apunta cap a una meravellosa aparició imaginària. Sota l'efecte sorpresa, la Késia segueix el meu dit i s'oblida de plorar.

—Oh! Què és això? Què tens a l'orella? Què és... Oh, mira, Késia!

Li trec un caramel, el seu preferit. La carona se li il·lumina. En acabat, en faig aparèixer un segon, i aviat un tercer, un quart, de les butxaques, de la panxeta i fins i tot del mitjó. Em fa una rialla sincera i es fica un caramel a la boca. El mastega amb delit. És el moment de desaparèixer.

Un cop al carrer, camino ràpidament. Molt ràpidament. Només espero córrer més ràpidament que les meves llàgrimes.

Escena 11

Meredith
Compte enrere: –172 dies

He quedat amb la Rose a sota del gran rellotge de la Gare de Lyon. Què fa que no arriba? Al final perdrem el tren! Fa més de mitja hora que em té plantada enmig dels corrents d'aire i estic glaçada. I quedar-te immòbil en una estació com aquesta et transforma en presa de tota mena de demandes. Ja hi ha hagut tres persones que m'han vingut a demanar almoina: un sensesostre veterà dels autèntics, seguit de petja per un gos del Labrador fidel i magre, una mare amb accent desesperat i amb un nadó adormit immobilitzat als seus braços, i un jove, llarg i prim com un fideu, amb la mirada perduda. Esclafo la tercera cigarreta i intento localitzar per enèsima vegada la meva companya amb el mòbil.

Per fi, veig a l'altra punta de l'estació la seva silueta que avança entre la gentada. Déu meu: no em diguis que no ha pogut col·locar el Roméo? Entre el seu look excèntric, l'ocell exòtic i la tona de maletes que arrossega darrere d'ella com si estigués de trasllat, m'ensumo que no passarem desapercebudes... Quan és a la meva altura, ens fonem en una abraçada. Que bé que hagi vingut!

—Veig que anem lleugeretes...

Em fulmina amb una mirada assassina fingida.

—Vinga, va, espavila! Que encara acabarem perdent el tren! I no em vull quedar dues hores més plantada aquí.

Intentem esquivar els viatjants fent ziga-zagues ajudant-nos amb els colzes, de vegades esclafant alguns peus o donant cops de maleta desafortunats, dient perdó per sobre l'espatlla i deixant-los flotar al darrere, lleugers com els pèls dels pixallits.

Finalment, arribem a l'altura del cotxe dotze. La Rose, seguint els consells de la veterinària, ha donat un lleu sedant al Roméo. Però no sembla que el medicament tingui l'efecte desitjat. En veure el vestit del revisor a l'entrada del vagó, el lloro comença a entonar «la Marsellesa».

—Allons enfants de la patriiiieuh!!!

L'uniforme potser li ha fet recordar la retransmissió del 14 de juliol a la tele? En qualsevol cas, no li fa gaire gràcia al revisor, que demana a la Rose els justificants del viatge de l'ocell. La veig bregant per trobar els papers que necessita, remenant una de les deu bosses que arrossega. Ens hi posem totes dues, sota la mirada reprovadora del controlador i molestant els altres passatgers, a qui estem entorpint el pas.

Ja està, pugem al tren. Al cap dels deu minuts necessaris per instal·lar-nos i trobar un forat per a tot aquest equipatge, respirem, per fi.

La Rose i jo riem. Però no ens enganyem. Totes dues sabem que tenim motius per marxar compungides de París. Xerrem una estona per enganyar l'altra, però aviat ens refugiem en els nostres pensaments. Jo sé que els d'ella giren entorn de la Késia. Els meus, en un punt mort, giren entorn de l'Antoine. No hem tornat a parlar d'ençà de la nostra famosa escena. Començo a dubtar realment de la meva decisió. Em moro de ganes d'escriure-li, però tinc la sensació que no em toca a mi fer-ho. Que no soc jo qui ha de fer el primer pas. Val a dir que tots aquests dies he tingut temps de reflexionar sobre què vol dir l'expressió «estar seny a perdre». Que potser els enamorats fan referència a totes les vegades que han estat a punt de perdre el cap i de cridar com bojos el nom de la persona escollida? O potser hi ha persones que pensen en l'amor com una malaltia que un cop contraus estàs perdut, perquè, quan estàs malalt d'amor, poc et falta per perdre el seny. En qualsevol cas, les diferents interpretacions se'm van arremolinant al cap i varien d'una hora a l'altra. Unes mil cinc-centes setanta vegades al dia, dono un cop d'ull compulsiu al mòbil no fos cas que ell m'hagués escrit. Però no ho ha fet, és clar.

No em trobo bé. Pateixo. Començo a rosegar-me les ungles.

—On és la pròxima parada?

—A Valence. Falta més d'una hora, si estàs pensant en el teu moment cigarreta.

Sospiro. La Rose em llegeix el pensament.

Quan estàs enamorat, esperar un senyal de la persona que estimes sorgeix del dolç suplici. Els minuts són hores. Acabes comptant els segons. El temps ja no és el mateix. Cada partícula del cos està colonitzada pel desig que tens de l'altre. Ja no et pertanys més. Avui, més que mai, m'ha sobrevingut l'enyorança. Potser perquè aquesta vegada l'allunyament geogràfic és real. L'enyorança m'ataca la carn i se'm cruspeix el cervell. Veig que la Rose m'espia de reüll. Jo sé que ella ho sap. Aquests estats se'ls coneix de memòria. I la cara dels mals dies també, la coneix fil per randa. No cal que li faci un dibuix perquè reconegui l'estat lamentable de la dona enamorada que pateix en silenci, la tendència a abstraure's de la realitat aïllant-se en el seu núvol de melancolia.

Això és el que passa quan l'altre esdevé una obsessió. Però és que a més ens hi aferrem, a aquesta obsessió! Que ningú no ens la toqui! Ens agrada, aquesta torpor malaltissa. Li donem peixet, a la frustració, i l'alimentem una hora rere l'altra amb la nostra desolació i les nostres esperances que esperen.

Òbviament, els meus nervis grinyolen com unes frontisses rovellades. Tot m'irrita. Per començar, aquest maleït lloro, que xerroteja sense treva i el que diu no té ni cap ni peus. Deu ser el medicament. Els nostres veïns ja no poden més. Doncs mira, millor! Quan no estàs bé, hi ha un plaer sàdic a arrossegar els altres. Només la nena del darrere riu a cor què vols davant l'espectacle que ofereix el Roméo. Es posa de peu al seient per veure'l dins la gàbia. Tot aquest batibull em fa venir mal de cap. Entaforo la mà a la bossa per agafar un paracetamol quan el telèfon comença a vibrar, el so específic per a les notificacions dels missatges que arriben. De sobte, sento una esperança boja al fons del meu jo! I si per fi és ell? Visc un moment màgic d'exaltació, sento els dits febrils picar el codi per desbloquejar el mòbil, selecciono amb el cor bategant la icona de la missatgeria. I aleshores..., pataplaf!, m'emporto un disgust d'una caiguda de deu plantes. És publicitat d'una marca de roba.

«Maleïts! Maleïts sigueu tots fins a la tretzena generació del vostre llinatge!»

Sí, estic d'un humor de mil dimonis que frega la ultrança. I el suplici de l'espera bé es mereix que li robi una rèplica a Jacques de Molay, mestre dels templers cremat a la foguera.

—Va, vine, anem a fer un cafè —proposa la Rose—, això t'aclarirà les idees.

Arronso les espatlles, com si li digués: «Ja no ve d'aquí...».

—Què fem amb el Roméo?

—Espera, a veure si ho soluciono.

La Rose demana amablement als nostres veïns —els pares de la menuda— si volen vigilar l'ocell el temps d'una escapada al vagó restaurant. Ells accepten la mar de contents: la seva filla estarà distreta!

Ens dirigim al bar, trontollant i impactant ara contra les parets dels passadissos, ara contra els passatgers que seuen. Veig que n'hi ha que dormen, amb la boca oberta de bat a bat. Per divertir-me, els hi fico una mosca imaginària.

«Pobra noia! El mal d'amor et torna estranya.»

Quan arribem al bar, deu persones estan fent cua. *What else?*

La Rose remuga. Jo, ni això. Al cap i a la fi, esperar aquí o en una altra banda... Estic interessada a armar-me de paciència. Perquè l'arribada no està prevista per a d'aquí a tres hores..., sinó per a d'aquí a cinc mesos, vint dies i sis hores.

Marsella

Escena 12

Meredith
Compte enrere: –169 dies

Soc a prop de la plaça de Bargemon, disposada a travessar el Pavelló M., quan m'impacten unes increïbles escultures de bronze: els personatges semblen turistes que porten una maleta o una bossa de mà grossa. Fins aquí tot correcte, no té res d'estrany. El més sorprenent és que es tracta de cossos incomplets, literalment «perforats», i que desafien les lleis de la física: com ha aconseguit l'artista aguantar-los drets, amb quina màgia? Una placa revela el nom del creador: BRUNO CATALANO, ELS VIATGERS.

No puc treure els ulls d'aquestes escultures i em quedo plantada contemplant-les, i viatjo, jo també, en una fantasia solitària. Aquestes figures tenen alguna cosa que m'interpel·la. Pot ser perquè, com elles, jo també m'he llançat a fer un viatge estrany, deixant una part de mi mateixa darrere meu?

Em quedo fascinada amb l'efecte visual del producte. L'artista ha aconseguit materialitzar el buit. Extraordinari. Com si hagués aconseguit fer visible a l'ull una sensació tan abstracta com la por o la nostàlgia... Emocions que, des de fa dies, em ronden per dins sense que jo les pugui expressar amb paraules. D'altra banda, és estrany el poder que pot agafar aquest buit interior. Se suposa que un buit és el no-res i, per tant, no hauria de fer mal. Però el cas és que comença a ocupar molt d'espai. Com pot ser que tingui el poder de recargolar el ventre com si el tenallés? La paradoxa del buit. Un buit que t'omple de desesperança. O, si més no, d'un sentiment fosc d'impotència.

És exactament el color que sento des que he «deixat» l'Antoine. I el de l'angoixa sorda de no tenir-ne cap notícia... Mil vegades cada hora, intento raonar-ho: «Deixa-li temps perquè ho digereixi. Adona't d'una vegada de la garrotada que li has clavat. T'estima, segur que tornarà amb tu i aviat t'escriurà...». No funciona. Al tren, he tornat a llegir el meravellós text de Roland Barthes, *Fragments d'un discurs amorós*, sobre l'espera:

> Estic enamorat? Sí, perquè jo espero. L'altre, ell, no espera mai. De vegades m'agradaria fer el paper del que no espera; intento ocupar el temps en altres coses, arribar tard; però en aquest joc sempre perdo: faci el que faci, em trobo desocupat, exacte, és a dir, avançat. La identitat fatal de l'enamorat és simplement aquesta: jo soc el que espera.

L'Antoine deu saber-ho bé. El text m'acaba de corroborar, si és que calia, que estic enamorada.

Hi ha dues classes de persones que desvariegen: les velles i senils, i les enamorades en plena crisi del dubte.

En aquest últim cas, l'onada de preguntes s'arremolina en bucle.

Pensa en mi? Si m'estimés, em trucaria, no?

El seu silenci fa mal, com si em buidés el cor. El seu silenci sona tan buit com el de les estàtues. Només dues paraules poden asserenar l'ànim inquiet de la persona que estima.

L'amor et fa un centrifugat, t'esbandeix i et dona voltes i més voltes. Uf! Quin cansament!

I tot això per aquesta idea absurda que he tingut de fer la gira de l'amor. Un periple cap al qual em dirigeixo amb un destí desconegut. Una ingènua de l'amor que no sap exactament què busca i que es pregunta on la portarà aquest viatge... Aquests últims mesos, l'Antoine ha acabat formant part de la meva vida fins al punt que, quan em separo d'ell físicament, tinc la impressió que m'estic amputant una part de mi mateixa. No m'havia imaginat que la separació seria tan dolorosa. No obstant això, soc jo qui ha volgut que fos així. Busqueu l'error. Em tenia per una noia paradoxal, i em trobo que soc un punt masoquista.

Ara, més que mai, m'adono dels perills de l'1 + 1 = 1. El mite de la fusió. Fondre's en l'altre fins que l'altre formi totalment part de tu. Però ja veig per on falla: quan l'altre s'absenta o et deixa, o, pitjor encara, es mor, corres el vertiginós perill de perdre l'equilibri. Convertir l'altre en la teva «mitja taronja» no és condemnar-se a dependre per sempre d'ell, transformar-lo en la crossa necessària o fins i tot vital, en definitiva, debilitar-se un mateix? Si per existir depens en el cinquanta per cent de l'altre, no acabes sent un esguerrat del cor?, no acabes privant l'ànima de les seves extremitats?

L'altre continua sent un altre, i això sempre serà així. Ningú no és aquí per «completar-nos». La plenitud és un camí que s'ha de recórrer sol. Malauradament, de moment sento que encara em falten petits bocins meus, que estan escampats, bocins com els d'aquestes estàtues... «Inacabada» és la paraula que defineix l'estat en què em trobo ara mateix. Com ho puc fer per sentir-me finalment «plena»? Quina serà la massilla que tancarà les meves fissures existencials?

Somio en el projecte que vaig iniciar a Le Pavillon des Canaux i em deleixo per avançar en aquest camí personal. M'aixeco bruscament i els coloms que em rondaven s'enlairen. Necessito un quadern per anotar les idees. Continuo el passeig, i el cervell segueix donant voltes a tota velocitat. Em venen un munt d'imatges, sobretot imatges d'espectacle.

El pensament s'evadeix cada vegada més i millor cap a una escena imaginària: jo, sola, davant d'una sala plena, immensa, l'olor de l'escenari i del pànic escènic, mentre recito un text irresistible sobre totes les petites misèries que ens fa viure Cupido.

Aquest deliri meu em fa riure. M'imagino el meu personatge, ves per què no podria ser la senyoreta Juju, la Julieta dels temps moderns, a qui Romeu acaba de deixar, i que s'ha autoproclamat «exploradora de l'amor», disposada a afrontar el temporal per entendre'n millor els mecanismes, i que explicaria les seves peripècies als espectadors a mesura que anés fent les seves descobertes...

—Caram, aquest Cupido no ens va avisar que el seu camí de roses de l'amor estaria ple d'espines!

[*Focus sobre la senyoreta Juju, totalment desenganyada, un maquillatge exagerat, regalims de rímel sota els ulls, el pintallavis corregut, les trenetes encimbellades dalt del cap, uns enagos estufats de tul negre, les mitges estripades, talons vermells com els de la Dorothy a* El màgic d'Oz, *uns talons màgics també, unes botes de set llegües per explorar les contrades del País de l'Amor com qui recorre un mapa de la Tendresa.*

La senyoreta Juju malparlarà de Cupido:]

—Ens han ben enredat amb les figuretes tan bufones d'un simpàtic angelet de galtes vermelles rodones com la poma de l'amor... Doncs ara us diré una cosa... Qui sap si aquest Cupido… és un vell xaruc miop que d'amor no en sap res, que llança unes fletxes tortes que encerten més vegades el cul que no pas el cor!

[*Rialles del públic.*]

Les rialles em ressonen al cap com si hi fos. Reflexiono en aquestes idees embrionàries mentre camino amb pas àgil pels carrers de Marsella. I si escric el meu propi espectacle? Podria fer un monòleg femení! No és el que sempre he somiat? Evidentment seria un repte actuar en solitari, jo que tinc un pànic escènic terrible. De fet, per això fins ara sempre m'he estimat més actuar en parella. Amb la Rose com a companya d'escenari, tot és més fàcil. Però, i si resulta que el que estic fent és amagar-me darrere d'ella? El meu somni de debò és formar part algun dia de la gran família de còmics. Coluche, Foresti, Elmaleh, i tants d'altres… Ho sé, pico alt, però l'àvia Didine sempre em deia: «No tinguis petites ambicions. Costen tant d'aconseguir com les grans». Em prometo, finalment, que escriuré. I sobretot quan la Rose sempre m'ha dit que veia en mi l'ànima d'una monologuista. Penso immediatament en l'Antoine. Estimar-lo em turmenta, però m'inspira. Passo pel costat d'un noi que es gira per mirar-me, i aleshores penso, enjogassada: «Tenim una paraula per dir "musa" en masculí?».

Escena 13

Meredith

M'encanta vagar per les llibreries. Trobo que totes són com la cova d'Alí Babà. M'ho compraria tot. Però avui vaig de dret al taulell de la papereria. Busco una cosa molt concreta.

—Bon dia. Que tenen quaderns organitzadors?

No acaba d'entendre què li demano.

—Sí, una mena de carpeta amb separadors...

—Ah, sí! I tant. Amb quants separadors?

—Si en té tres, ja em va bé.

—Ah, no. Només en tinc amb cinc.

Penso en els tres eixos de reflexió al voltant de la meva estimabilitat. Què en faré dels altres dos separadors del quadern? La venedora espera.

—Li fa res ensenyar-me'l, sisplau?

La dona se'n va a buscar l'article i jo penso en les dues pestanyes que quedaran buides. I si en una hi anoto les decisions que vaig prenent i els compromisos que vaig assumint, i en una altra els resultats i els èxits? La idea m'agrada. Aleshores ve la dependenta i em porta un quadern d'un color negre molt trist que m'ensorra. Després penso que el podré personalitzar fàcilment i me'l quedo. Tot seguit vaig com una posseïda cap al taulell de belles arts i compro el material que em cal per a la transformació: papers de motius inspiradors per a collages creatius, minimiralls en forma de cor, clips. Remeno totes les caixes buscant-ne que m'inspirin. I acabo trobant també una divertida silueta de Cupido en cartró. Exactament el que em faltava.

Surto de la llibreria amb el cor més lleuger i decideixo tornar a l'apartament. Bé, apartament potser li va gran. Amb la Rose hem trobat un estudi de tres estances, amb dues habitacions petites com capses de llumins, una sala lil·liputenca, ocupada les tres quartes parts per sa majestat Roméo i la seva voluminosa gàbia, un racó cuina de nines i un bany per a un nan de jardí.

Fa només cinc dies que som aquí i ja estic tipa de la dutxa que perd i la calefacció elèctrica que no tira. Resignada, sento els símptomes que m'alerten d'un refredat de cavall. Cada hivern, els microbis es freguen les mans. Val a dir que soc una bona clienta; amb mi, saben que els tocarà la loteria. La meva otorrinolaringologia és la garantia d'una llar duradora, amb contracte de lloguer renovable. La gola és una llogatera de somni. Gens escrupolosa per dos xavos. Nas, tràquea, angines..., accepta tothom i ofereix totes les comoditats: humitat garantida, temperatura ideal controlada pel paracetamol, cavitats de luxe... Les meves amígdales també són de mentalitat oberta: acullen els nouvinguts amb la campaneta a disposar. Els virus saben on passar l'hivern calentons.

Quan no són els virus de veritat els qui em fan males passades, els falsos n'agafen el relleu: tinc el mal costum de ser hipocondríaca. A casa, la treva de la campaneta no existeix. Quan la gola em deixa en pau, s'activa un altre òrgan: el cervell, seu de les emocions. A la mínima que passo nervis, catacrac, ja pateixo un mal de gola imaginari. Quin actor no porta dins la bossa uns Strepsils o unes gotes de bava de gripau miraculoses comprades a preu d'or a les botigues bio i que se suposa que han de frenar l'extinció de la veu, catàstrofe natural de primer ordre per als artistes d'espectacles en directe, equivalent sísmic del 8 o 9 a l'escala de Richter?

M'instal·lo amb una bona capsa de Kleenex al costat, per començar a decorar la tapa del quadern. No permetré que un refredat esguerri aquest instant de plaer! Em diverteixo creant collages harmoniosos amb els papers de seda amb motius, un bocí de paper de plata per donar-hi llum. La figureta de cartró de Cupido hi aporta el toc final. Hi dona un efecte més bonic. He agafat una etiqueta preciosa decorada a l'antiga i l'enganxo al damunt. Ara ja només em falta donar un títol al quadern. Agafo una pastilla per a la gola i la llepo, amb els ulls perduts a l'horitzó, buscant una idea. La mirada aterra de cop sobre l'etiqueta del quadern que he tret al començament. Hi diu: «Quadern classificador». *Refillable organizer* en anglès. Ja està! Ja l'he trobat! Agafo el punta fina negre i m'esmerço a escriure amb una cal·ligrafia treballada: «Organitzador d'Amor».

Estic a punt d'escriure l'última lletra quan sento que m'arriba una notificació. L'indicador tan esperat a la bústia de missatges, aquell numeret en vermell que alerta que n'acaba d'arribar un, fa pampallugues. Els ulls parpellegen, el cor bombeja. Súplica silenciosa. Tant de bo sigui, per fi, ell.

Torrent d'emocions. Com he esperat aquestes paraules!

> Com està la meva estrella naixent?
> Jo visc amb un cel negre perquè tu no hi ets…
> A.

Faig giragonses d'alegria a l'habitació com una ballarina russa, fins que em deixo caure d'esquena de felicitat sobre el meu esquitx de llit. Agafo el mòbil i el premo amb totes les meves forces contra el pit. Tinc quinze anys. Em venen unes ganes irrefrenables de sentir la seva veu. Me'n vaig cap a la sala d'estar.

—Vaja, veig que la cosa va millor! —m'etziba la Rose quan em troba—. Com t'ho has fet per alegrar aquesta cara així de cop?

M'escodrinya aleshores amb el seu radar de ninetes aliades.

—Calla... Que em sembla que has tingut notícies!

—Notícies, notícies! —repeteix alegrement el lloro fent uns sorolls ben estranys amb el bec, com si fes espetegar la llengua entre xiulets, mentre es belluga balancejant-se d'una pota a l'altra sobre el pal de la gàbia.

La Rose em mira perquè em poso d'una revolada una jaqueta de llana.

—On vas així? Tapa't bé! Pensa que a fora fa un fred que pela!

—Sí, mama!

Li envio un petó amb la mà i baixo les escales de quatre en quatre, reduint els vuit pisos en menys de dos, transportada per l'estora voladora en què s'han convertit les paraules de l'Antoine.

No tenia ganes de trucar-li des de l'apartament. Necessitava una mica d'intimitat, un racó on em pogués amagar. On ningú no em vegi ni m'escolti. Només ell i jo. Sols al món. Conec un lloc. Me n'hi vaig. Agafo la primera a l'esquerra, i entro en el carreró arbrat que m'havia cridat l'atenció hores abans. És veritat, fa un fred polar. Se me'n fot. M'arrambo contra la paret de totxos i em cenyeixo la jaqueta de llana al voltant del coll tant com puc, si bé em maleeixo els ossos per no haver fet cas a la Rose quan m'ha dit que agafés l'abric. Desembeino una cigarreta i l'encenc amb delit. Aquest moment serà perfecte. Això si arribo a trucar a l'Antoine abans no perdi un dit per congelació.

El número de l'Antoine és dins dels meus preferits. Li truco. Les timbrades són tan llargues com veloços són els batecs del meu cor. Ja està! Ja l'agafa.

Però qui l'agafa?

És ell? O hauria de dir ella?

Escena 14

Antoine

El timbre sona. Com a mínim divuit cops compulsius. Reconec la marca inconfusible de la meva millor amiga, l'Annabelle. I la seva impaciència llegendària.

Ocupat acabant d'afaitar-me al bany, corro a obrir-li la porta i ensopego amb la catifa. Per poc que no caic, però m'agafo on puc i renego per sota el nas.

—Ara vinc! —crido, penedint-me ja d'haver acceptat la invitació d'anar a aquesta festa que no em ve gens de gust.

Perquè jo ara l'única cosa que vull és quedar-me aquí, fer com si mirés una pel·lícula, en imatge subliminar, amb la cara de la Meredith intercalada cada vint-i-cinc segons. Li acabo d'enviar un missatge després dels quinze dies de silenci i tortura que m'he autoimposat. L'Annabelle, l'única amiga que tinc, consternada per la prova de separació a què m'ha sotmès la meva parella, no ha parat d'empènyer-me perquè recuperi la meva «dignitat d'home ofès» celebrant l'ocasió amb un silenci de ràdio tan llarg com sigui possible. Però un dia més i hauria fet vessar el got —ja ple— de la frustració personal i de l'enyorança que sento.

L'Annabelle no ha esperat a tenir els quaranta per forjar el caràcter de la dona alliberada que s'entén en tots els sentits de la paraula. Uns ulls grisos amb una vitalitat espaterrant emmarcats per una multitud de petites arrugues enriolades, mitja cabellera rossa en un tall de cabells estil bob, una fesomia de formes arrodonides naturals, que contrasta amb el seu temperament esmussat que no cedeix en res.

Reivindica sense pèls a la llengua la seva homosexualitat, estadi últim per a ella de l'evolució amorosa: una dona està feta per estimar una dona, que, en el fons, entén mil vegades més que un home quins són els seus desitjos, els seus plaers i les seves maneres de funcionar. Per a ella, l'esquema tradicional de la parella home-dona acumula cinc dits de pols i és limitat. Tenint en compte que la intervenció de l'home és pràcticament complementària en la concepció dels bebès —els bancs d'esperma funcionen la mar de bé, oi?—, l'Annabelle és d'aquelles que els agradaria revolucionar les maneres de pensar convencionals.

Jo, això, no l'hi discutiré.

Ens vam conèixer als bancs de la facultat i des d'aleshores em va adoptar. «Per ser un home —feia broma—, no ets tan burro». A mi em semblava bé, perquè, sota aquells aires de vegades esquerps, hi reconeixia una empatia estranya, que es traduïa menys en paraules que en accions.

Aquest costat més abrupte em va agradar. Amb l'Annabelle, no perds el temps en floritures socials, a fer veure el que no ets, en converses superficials. És ben poca la gent amb qui em puc treure la màscara d'aquesta manera. Quin descans poder ser un mateix!

Obro la porta i l'Annabelle entra en tromba a casa.

—Que encara no estàs preparat?! —brama en veure'm mitja cara coberta d'escuma.

Jo remugo.

—És que no sé ni si vindré, volia...

Fa el gest de tapar-se les orelles per no sentir-me.

Me'n vaig al bany per acabar d'afaitar-me. I ella em segueix sense cap vergonya.

—I ara què tens?

—Bah, res d'especial...

Veu que la mirada se me'n va al mòbil i després torna al mirall.

—I... d'aquella de qui no vull dir el nom... —em burxa—, no hi ha cap novetat?

M'escaneja la cara i em sento com si m'estiguessin sotmetent a un detector de mentides.

—No, no, cap... —Em grato el coll.

—Ui... et veig molt estrany. Tu m'amagues alguna cosa!

—No, t'ho prometo que...

L'Annabelle reflexiona i canvia d'estratègia. S'atansa al mirall i dibuixa un sis i un quatre i ja tens la teva cara. Jo ric. I continuo afaitant-me mentre veig com es diverteix. Al seu costat, dibuixa una altra cara amb el sis i el quatre, però amb cabells llargs. Entre totes dues imatges, hi traça un interrogant. No pararà fins que aconsegueixi saber què passa.

—Ets terrible, ho saps, oi?

Em queixo. Ella s'ho passa bé. De totes maneres, no li puc amagar res.

—Molt bé, molt bé... Res, que li acabo d'enviar un missatge.

—No pot ser!

Faig que sí amb el cap.

—I ves què et dic, n'estic la mar de satisfet —dic jo, irreverent.

Ella em mira amb un posat de desaprovació i fa que no amb el cap.

—No aprendràs mai res sobre les dones...

M'escruta amb la mirada com si fos un cas patològic,

però, com a bona amiga que és, decideix venir a ajudar-me igualment.

—Vinga, va, ensenya-me'l.

Llegeix el missatge i arrufa les celles.

—Ah sí, però… les coses no es fan així, Antoine! Se't veu el llautó: massa colat!

Ja m'he esforçat prou tots aquests dies abans d'enviar un missatge de text a la Meredith. Ara què vol més? Que amagui el que sento?

Noto que s'irrita per moments.

—Antoine, tot el que et dic no és per tocar-te el que no sona, sinó per ajudar-te. Recorda la llei de l'atracció, Toine. La tensió del desig! Si li serveixes tot en safata, ja no seràs desitjable —insisteix, separant marcadament les síl·labes, una a una.

Encreuo els braços, emmurallat en un silenci murri. No tinc ganes d'entendre res. Pateixo, collons. Tinc ganes d'estar amb la Meredith…, de llegir-la, de sentir-la, de tocar-la. Mai no havia vist un trencacors tan bèstia com aquesta separació.

L'Annabelle m'intenta explicar els efectes contraproduents de mostrar el que sento, mentre se serveix, com si fos a casa seva, un dit de Martini.

—Has vist *Parc Juràssic*?

No hi veig la relació. Agafa una oliva i me l'entafora a la boca.

—Recordes la cabra que està lligada a una estaca com un esquer per al dinosaure aquell tan monstruós i dolent?

—Sí, per què?

—Doncs perquè la cabra, en aquest cas, ets tu! Al dinosaure, la cabra, plantada allà perquè se la mengi, no li diu res, ho entens? Ell el que vol és caçar-la. No que la partida es guanyi amb antelació! Ho entens?

—Sí, és clar, però a mi ja se m'ha passat l'edat de jugar al gat i la rata amb l'amor!

—T'equivoques! Jo crec que no t'has d'oblidar mai de posar un petit tros de formatge per donar vida al joc de la relació...

—Annabelle, em faràs parar boig! Jo només...

El meu mòbil comença a cantar «Back to Black». Em sobresalto. La cara de la Meredith apareix en una bombolla emergent. Plop: una altra finestra emergent al pit. Allargo la mà per agafar l'aparell. L'Annabelle m'atura en sec. Jo m'empipo. Però abans que pugui fer el que fos que anava a fer, ella agafa la trucada. Respon amb un «sí?» voluptuós i sensual, i a mi m'agafen ganes de recargolar-li el coll.

—L'Antoine? Ai, ho sento, és que ara no s'hi pot posar... És a la dutxa... És que avui sortim. Que qui soc? I tu?

Ara mateix li arrencaria els ulls i ella se n'adona.

Aleshores afluixa una mica.

—Ah, hola, Meredith! Soc l'Annabelle, te'n recordes de mi? Ens vam veure una vegada a una festa d'una amiga.

L'aire em comença a arribar una mica als pulmons: la Meredith com a mínim entendrà que no és una conquesta femenina, sinó l'amiga de qui li vaig parlar.

—I tant, ja li diré que has trucat. Adeu, Meredith...

L'Annabelle penja i em mira als ulls, convençuda d'haver actuat pel meu bé.

—Més endavant m'ho agrairàs.

Escena 15

Meredith

Quin sotrac em va fer el cor quan, l'altre dia, em va sortir al telèfon una veu femenina quan em pensava que sentiria la veu de l'Antoine! Després em vaig adonar que era l'Annabelle, la seva amiga gai, i aleshores em vaig calmar una mica. Però la gelosia m'ha atrapat. Gràcies a Déu, l'Antoine m'ha trucat a la nit, i ha calmat totes les meves angoixes. És ben estranya aquesta forma d'alegria gairebé dolorosa que encara porta les esgarrapades de l'enyorança.

Ric quan revisc amb delit aquest moment de conversa íntima i càlida, recorrent els carrers de Marsella a ritme de cursa: he quedat per a una entrevista de feina en un petit restaurant especialitzat en peix i marisc: Le Poisson Calu. La seva clientela és majoritàriament de la zona. He après que «calu» vol dir «boig». La cosa promet.

La trobada amb la mestressa no m'ha decebut gens. Una mena de Brigitte Bardot morena que ja està de tornada. Amb tres flors vermelles de plàstic i el clàssic recollit francès, un banana. La boca, una mica massa molsuda per ser natural, brilla amb un *gloss* rosat. Dos flocs de cabells li cauen com un parèntesi a un costat i a l'altre de la cara. Un dit de *kohl* negre dens per sobre i a sota les parpelles subratlla una mirada que treu foc. En la roba, la discreció tampoc no està de moda. Un llarg vestit negre intenta amagar un cos de formes generoses, que trenca amb unes estrafolàries mitges de ratlles horitzontals multicolors.

M'allarga una mà de ferro, que m'aixafa les falanges. I em fa seure al fons de la sala en una taula de fusta natural que no està parada per al servei. Quan s'asseu i encreua les llargues cames amb les ratlles de l'arc de Sant Martí, em fixo en un detall extravagant: unes sabates de pel·lícula amb unes falques descomunals que allotgen uns desafortunats habitants. A cada taló un peixet que es belluga com un pobre diable! Al començament, no m'agrada el to que fa servir amb mi: de superioritat, autoritari. M'examina amb la mirada de cap a peus i passa pel sedàs el meu currículum de cambrera. He agafat experiència en el món de la restauració perquè de moment no puc viure de la meva vocació. La senyora K, com l'he batejada des del començament —pel *khol* dels ulls i perquè es diu Katia—, rebla les frases amb un esgarrifós «Ha quedat clar?». Deu pensar que soc obedient, perquè durant tota l'entrevista abaixo la mirada. Però en cap moment no arribo a desviar els ulls dels peixos minúsculs empresonats.

Sense fer-ho expressament, sota l'aparença de passar desapercebuda, he aconseguit convèncer-la perquè em contracti. Com a mínim que m'agafi de prova. Ella s'aixeca. Jo m'aixeco. Li dono les gràcies i em replica: «No corris tant». Jo li responc: «No pateixi». Ella respon: «Per aquí». La segueixo. Empeny els batents de la porta de la cuina, em vol presentar el xef. En aquest cas, el seu marit. Quan ell es gira, alegre, s'eixuga les mans i m'estreny la meva amb calidesa.

—Benvinguda a bord!

Es diu Jacques, però tothom li diu Jacquot. Em diu que jo

també li puc dir així. La senyora K arrufa les celles. Ell fa com si no hagués vist res, ja hi deu estar acostumat, i m'ofereix un somriure franc. Que simpàtic, aquest home! Vistos un al costat de l'altra, el contrast és brutal. Són el dia i la nit. Ell, petit i eixerit, espontani i rialler. Ella, impositiva i encarcarada en el seu rol de mestressa arrogant. Què hi deu veure ell en aquesta dona? Jo me'l miro amb un somriure una mica llepaire. Fa cara de comprar-me'l. De vegades, va bé dedicar-se a la comèdia. Agafo les meves coses i toco el dos. Per avui ja n'hi ha prou. El lloc em fa venir basques. I no és només per l'olor de greix.

Un cop fora, respiro una gran alenada d'aire fresc i, al cap de dos minuts, encenc una cigarreta que fumo mentre camino. Tinc sentiment de culpabilitat. És veritat, no té cap sentit fumar mentre camino. Busco una excusa de mal pagador: és culpa de l'altra, de la senyora K. Deixaré de fumar quan els altres em deixin de posar nerviosa. Truco a la Rose.

—Què? Com t'ha anat?

—Pse... M'han agafat.

—No et veig gaire animada!

—Què vols que et digui...

La Rose es diverteix amb aquest humor meu de barrufet rondinaire. Això és el que m'agrada d'ella. Que riu per tot.

—Vens a dinar?

—No, tinc ganes de caminar una estona. Ens trobem al teatre a l'assaig de dos quarts de tres?

—Entesos, sigues puntual...

Faig tres pipades més a la cigarreta, l'esclafo amb el peu i compro un entrepà. El paper se m'enganxa als dits, però el sandvitx em fa entrar en calor. Decideixo passejar tranquil·lament. Em desvio per un carreró i m'aturo un moment davant de l'aparador d'una galeria d'art. Exposat a la sala central, veig un quadre que deu fer un metre cinquanta de llargada pel cap baix, presenta una dansa de tres dones grosses hilarants, en una pèssima imitació de Botero. Els colors cridaners m'agredeixen; no obstant això, el tema m'interpel·la. No puc evitar que em recordi el quadre de les *Tres Gràcies* del pintor Raffaello, que vaig tenir la sort de veure al museu Condé de Chantilly, en la meva vida anterior, quan encara seguia els meus pares en els seus caps de setmana culturals. Aquestes tres dones, aquí bastant abominables, m'evoquen una cosa divertida. Trec el meu Organitzador d'Amor al mig del carrer i m'ajupo per anotar una idea en un dels tres esbossos: pestanya «Entre jo i jo». Confiança i autoestima, vinga, això ja ho tenim! M'imagino un altre quadre amb les meves tres gràcies falses: la senyora Por, la senyora Complexos i la senyora Creença. Tres parts meves amb qui he de passar comptes si vull avançar en estimabilitat.

Cada senyora d'aquestes ocupa un lloc massa important en el meu cap.

M'he assegut a la vorada. Em surt un baf de vapor de la boca. Dec fer una mica de llàstima perquè una vianant em dona un bitllet de cinc euros.

—No es quedi aquí! —em diu la velleta amable. Vagi-se'n a prendre un cafè, no?

Té un marcat accent marsellès que em fa riure. Quina marona. Intento explicar-li que no cal que em doni diners, que estic bé, que no visc al carrer, però la marassa ja s'ha esmunyit com un conillet blanc. Al cap i a la fi, potser té raó. Empenyo la porta de la primera cafeteria que trobo i m'instal·lo en un lloc càlid per continuar el meu somni creatiu. Començo a pensar en la primera senyora, la de la Por, mentre el cambrer em porta un cafè doble. Decideixo posar-me jo mateixa entre l'espasa i la paret: «Mireille-Meredith, però a tu què et fa por? Què t'impedeix tenir una relació plena amb l'Antoine?». Amb els cinc sentits posats, escric a l'Organitzador d'Amor la llista de les pors que tinc en l'apartat «Entre jo i jo». L'anomeno «la meva llista desplegable».

> Em fa por que es cansi de mi. Em fa por no estar a l'altura... Em fa por ser mediocre... Em fa por no saber com fer-lo feliç... Em fa por que em deixi...

N'anoto deu més i miro la llista. Parpellejo. No em pensava que hi hauria tanta teca. Decideixo classificar-les per intensitat atribuint a cada por un nombre concret d'estrelles. Com més estrelles, més profunda és la por. Al cap d'una estona, ja he identificat les meves tres grans pors:

Por que el meu amor es desinfli amb el temps. Ara bé, hi ha alguna cosa més trista que la lenta agonia d'una bonica història d'amor?

Por de fracassar professionalment i, per tant, de «no estar prou a l'altura perquè m'estimi» l'Antoine.

Por que la realitat em desemmascari i es vegi el «meu veritable jo», segurament decebedor, i que l'Antoine canviï d'opinió i em deixi. L'eterna síndrome de l'impostor. Escenari negatiu que se'm repeteix en bucle al cap: de moment, m'estima —he aconseguit crear una il·lusió—, però segurament és perquè encara no ha vist els meus defectes i tot el que no funciona dins meu. Encara m'estimarà quan descobreixi les meves parts fosques?

És estrany. Escriure les pors que sents sobre blanc i negre fa esgarrifar, però, al mateix temps, em reconforta. Com si el fet de reconèixer-les els restés importància, com un enemic que finalment surt de la foscor. Entenc aleshores que reprimir les meves pors és donar-los el poder de tornar encara amb més força. Un efecte bumerang, en certa manera. Millor identificar-les, millor treure-les, qui sap si potser és aquesta la solució.

I si aprengués a buscar una estona de calma per dedicar uns minuts a veure-les passar?

De la mateixa manera que observem com desfilen els núvols grisos i s'allunyen? Crec que la por no se la pot esquivar, sinó que l'has de travessar, precisament com un núvol. Que hem d'avançar amb ella i no contra ella, en el sentit del vent i no a contracorrent. La por és com el dolor, com més el burxes més mal fa. Acceptant-la com a part d'un procés de transformació potser ajuda a atenuar-ne els efectes...

Dono un cop d'ull a l'hora: les dues i deu. El pensament m'ha portat tan lluny que per poc no se'm passa l'assaig! He de sortir disparada cap al teatre. Pago el compte i surto en tromba de la cafeteria, aferrada a l'Organitzador d'Amor, i una nova determinació arrelada al cos: no penso deixar res a l'atzar perquè la meva relació tingui totes les oportunitats de viure. Davant d'una roca, n'hi ha que només veuen una pedra. D'altres, una catedral. Jo tinc ganes de formar part dels que són de la segona categoria.

Escena 16

Antoine

Espero l'Annabelle davant del palau de la Découverte. És ella qui ha tingut la idea de portar-me a veure una expo sobre la seducció en el món animal. Sembla que les bèsties hi tenen més traça que nosaltres. No pregunto què hi té a veure. Sobretot ara que només tinc una obsessió: que la Meredith torni després d'aquest estúpid compte enrere! Cada dia que passa vaig perfilant la meva estratègia de reconquesta. I en aquest punt és on xoquem amb l'Annabelle. Jo no crec que mantenir la Meredith en una frustració crònica allunyant-la de mi, no donant-li senyals de vida ni notícies meves, sigui una bona idea. L'Annabelle té massa idealitzat el sentiment d'enyorança, com si fos un elixir infal·lible per mantenir el sentiment amorós. Passa que, personalment, trobo que l'enyorança actua més com a àcid oxidant que no pas de poció màgica. Com sempre, el cap em diu que busqui un punt intermedi. Fer-se desitjar per crear el desig, sí. Una estratègia que s'ha d'utilitzar a petites dosis. Perquè començo a conèixer la Meredith i les seves contradiccions: d'una banda, li agrada fer-se la senyoreta independent, la que no necessita ningú; de l'altra, jo sé fins a quin punt necessita que li donin amor, atenció i seguretat. I ningú no m'impedirà que els hi doni.

A més, no li he dit a l'Annabelle que, l'altre dia, quan vam sortir del teatre, no em vaig poder estar de trucar la Meredith a la una de la matinada. Oh, quina veu que feia: adormida, una mica rogallosa! Quina emoció que vam tenir tots dos. Era pura, cristal·lina, brillant. A partir d'aquell dia vam reprendre el contacte quotidià. Les migranyes, després de setmanes tenallant-me les temples, s'han evaporat. Com per art d'encanteri... Ella és el meu encanteri.

«Que bonica estaves, ahir, al telèfon... —li vaig escriure l'endemà al matí—. Perdona si t'he trencat el son, sobretot perquè no em puc comprometre a no tornar-ho a fer.»

Me l'imagino llegint aquestes paraules i rient. I un corrent càlid em recorre les venes.

I la seva resposta! Tot el dia he tingut el cor de festa.

«Presència de l'absència. Jo me'n vaig anar. Tu ets a tot arreu. Tu ets aquí, en tot moment, amb mi.»

Com s'explica que els seus missatges m'hagin asserenat i m'hagin omplert d'una alegria pregona?

No li tinc res en compte a l'Annabelle. Sé que ella em vol protegir i que intenta veure el que és millor per a mi. Senzillament, dels consells que em dona, en faig una tria. A més, no s'equivoca en tot. Estic tan enamorat de la Meredith que potser tinc tendència a ofegar-la, a immiscir-me en la seva vida, en les seves decisions. Un vell reflex de voler-ho tenir tot controlat. No és això, de fet, el que l'ha portat a fugir? Ben mirat, potser estava a punt de ficar-la en una mena de gàbia daurada i només jo en tenia la clau. És cert, la volia només per a mi. Fins i tot, en certa manera, ja m'estava bé que no lluís gaire en la seva carrera. Ho reconec. La trobo tan irresistible tal com és ara. La bellesa de l'inacabat. Què passaria si a sobre es convertís en una estrella? Se m'escaparia, no en tinc cap dubte... Ja m'imagino tots els oportunistes de torn bavejant amb ella, rondant-la com voltors, seduint-la... I qui sap si els altres acabarien sent millors que jo...

Així que coincideixo amb l'Annabelle en aquest sentit: per això he de mantenir el punt de dubte just en la Meredith, que persisteixi en ella la possibilitat que potser no torno a la relació. Pel que sembla, per tant, he de reprimir l'impuls, mantenir certa moderació, tot i el risc de perdre tot l'atractiu per a ella. Contenir-me em suposa un gran esforç, sobretot perquè cada dia m'atrapa el desig fervent que sento de tenir-la amb mi.

L'Annabelle arriba, radiant amb el seu gran abric vermell molt fashion, amb una elegant argolla metàl·lica que fa de fermall. Em fa quatre petons. L'Annabelle no és gens del puny estret. Ha comprat les entrades amb anticipació i podem entrar de seguida a l'exposició. De bracet, assaborim aquest moment que passem plegats.

Ens endinsem a la primera sala, que ens submergeix de ple en l'ambient. Un majestuós ocell del qual, d'entrada, no reconec l'espècie, una mena de gall dindi que estén com un ventall les plomes, mentre que en segon pla una pantalla incrustada a la paret ofereix un documental d'uns micos de grans dimensions copulant. Ocells de tota mena, presents amb els seus millors vestits, protagonitzen el Versalles de la temporada de l'amor. Brillen com la Galeria dels Miralls, guarnits estrafolàriament, enllustrats, disposats a fer el gall. Unes girafes fan contorsions amb els colls en un ball digne de les corts més sublims. Tot d'una em ve al cap la cançó de Claude Nougaro.

Estreneu-vos, estrenyeu-vos.
Perquè els vostres cors s'encastin...

Sento la seva veu rogallosa i somric davant de l'aquari gegant que mostra la dansa de l'amor dels peixos espinosos.

Balleu amb mi.
Balleu amb mi.
La nit del vostre compromís.

—Que ho has vist? És impressionant! Els mascles tenen el ventre vermell i els ulls iridescents!

L'Annabelle es gira i em mira amb posat murri.

—Com tu! —em diu amb sornegueria.

—Ha! Quina gràcia.

—Bromes a part, en quin punt estàs amb la teva Esmeralda?

Li explico la veritat o no?

—Doncs... estic al dia del que fa a través de la Rose, la seva companya d'escena?

—Ah! Una Mata Hari a la recambra, perfecte!

Li faig el senyal de muts i a la gàbia.

—Sí, és un secret que tenim la Rose i jo. Em va prometre, abans de marxar, que em donaria notícies d'ella i no n'hi diria res a la Meredith. El que m'ha explicat no m'ha agradat gaire: sembla que el lloc on viuen és justet... La dutxa perd, el calefactor no tira! Em trenca el cor...

—Ja ho veig...

—Les vull ajudar però sense que ho sembli, m'entens?

—Tens raó. A la Meredith això no li agradaria gens...

—Ja ho sé. Aquesta mania seva de demostrar fins on és capaç... S'ho pot prendre molt malament si sap que jo l'ajudo «materialment parlant». Encara li reforçaria més la idea que no és capaç d'espavilar-se sola. Però és que no puc suportar que li falti de res!

—Hauríem de trobar la manera de mantenir-la indirectament.

—Ja ho miraré...

L'Annabelle em deu notar preocupat. Intenta tranquil·litzar-me.

—No t'hi amoïnis, hi pensarem!

Continuo la visita, més alleugerit. L'Annabelle m'ajudarà. De sobte, em sento menys sol. Realment, l'exposició no escatima en escenes de sexe. I no em deixa del tot indiferent. L'abstinència que la Meredith m'imposa no és només un dels desafiaments més grans dels homes que he conegut, sinó també un dels més complicats.

Però això no vol dir que hagi de sadollar les meves necessitats amb la primera que em passi pel davant. Des que la conec, el «sexe pel sexe» ja no em diu res. Aleshores intento calmar els desitjos d'una altra manera, desterrar com puc el vulgar Eros del pensament. El meu amor per ella va més enllà. Les nostres pells tenen tantes coses a dir-se... La seva em porta a contrades fins ara inexplorades. Amb la Meredith, passo a l'altre costat del riu. Allà on comença el país de les ànimes bessones. Les sensacions físiques transcendeixen i creen una trobada a tot un altre nivell. Com podria jo, des d'aquest moment, tenir ganes de mantenir unes relacions carnals tan bàsiques com decebedores?

Acabem el recorregut per l'exposició amb imatges sobre la vida dels bonobos, ximpanzés de la regió del Congo que mantenen relacions sexuals d'una manera convivencial i alliberada, i l'índex d'agressivitat en la seva comunitat matriarcal és sorprenentment baix. Cosins afortunats.

Escena 17

Meredith

Irrompo al cafè teatre de l'Acrostiche amb retard. La Rose m'afusella amb la mirada.

—Perdona, m'ha passat el temps volant...

L'Henri Bosc, l'amo de l'establiment, s'avança i m'allarga la mà, també una mica molest. Un home eixut i nerviós, a qui val més no fer perdre gaire el temps. Quant a la visita, aviat ho tindrem vist. No és gaire gran. Passem pel bar, decorat amb un concepte *vintage*, amb un petit racó de biblioteca, mobiliari antic en una genial combinació de gèneres, una enorme aranya al sostre feta amb plomes d'oca i, en un racó, una rèplica d'un fanal. El cambrer, ocupat darrere del mostrador, ens dirigeix una salutació distant i displicent. Al llarg de l'any veu com desfilen per aquí tot d'aprenents de bruixeria del somriure com nosaltres. L'Henri Bosc ens acompanya tot seguit a la sala on actuarem. Encara som lluny de la glòria: cinquanta cadires com a molt. Les parets estan entapissades amb cartells d'espectacles. Pujo a l'escenari i acaricio d'esma l'imponent teló vermell que em fa sentir com si fos a casa quan pujo a escena. Tot seguit faig unes passes per agafar una idea de l'espai, i sospiro. No és gaire gran. M'empasso sense embuts els meus somnis de grandesa.

—Teniu dues hores per als assajos. Després va el nostre grup de dimecres, que necessita espai. Va bé, així?

Li responem que sí a l'uníson com si fóssim dues nenes petites. A continuació, posem fil a l'agulla. Primer, alguns exercicis d'escalfament: gesticulacions, ganyotes amb la boca per descontracturar els músculs de la cara...

—Estàs a punt?

La Meredith i la Rose deixen pas a *Les Maripilis*. L'escenari potser és petit, però és tot nostre. Em deixo portar, gaudint del text i de la interpretació.

Escena 18

Antoine

Des del matí que la gent no para de passar pel meu despatx. És com si tot el personal hagués reaccionat ara. Com si la primera crida que vaig fer no hagués servit de res. L'altre dia, quan vam sortir de l'exposició, vam anar a prendre alguna cosa per trobar la manera de donar un cop de mà econòmic a la Meredith sense que ho sembli. Gràcies a un *brainstorming* de ca l'ample, vam trobar una idea completament boja però que em va agradar. I així va ser com vaig penjar un anunci, si més no estrany, a la intranet de la meva emissora:

> Per una iniciativa especial de cooperació, compro, doblant la quantitat del premi acreditat, totes les butlletes de rasca-rasca premiades que tingueu a les mans. Gràcies a tothom per la col·laboració.

Em pensava que només tindria un o dos voluntaris. M'equivocava. Desenes de membres de l'empresa hi han volgut participar, curiosos també de la utilitat que jo volia donar a les butlletes guanyadores. Ara tinc de tot: el Solitari, l'Astral, el Black Jack, el Gran Premi, el Bingo... Una faràndula de jocs de rascar s'ha amuntegat dins del gran pot rodó que he posat a disposició de la gent. Per dins estic feliç que rebento, i tant me fa si la sorpresa m'acaba costant un ull de la cara.

Vaig pagant els participants de la cadena solidària a mesura que van passant. És increïble la capacitat seductora que té la idea d'ajudar. Sense voler-ho, també he donat el meu somriure a tota una pila de gent, avui. Al cap del dia, les butlletes guanyadores s'acumulen. Aviam, no són gaires calés, però de mica en mica s'omple la pica, i reunim gairebé dos-cents euros. I s'ha produït la pesca miraculosa: l'Andrea, l'estudiant en pràctiques del departament de premsa, un noi alt, prim i ros, que ha vingut de Florència per estudiar a París. No juga mai als jocs d'apostes però la seva companya l'ha animat a comprar una butlleta pel seu aniversari. Cinc-cents euros, quina sort! Compro el seu bitllet de seguida: em permetrà donar una gran quantitat de diners a la Meredith sense que ella pugui sospitar res. Observo la recol·lecta que he fet. N'estic satisfet, encara que, en aquest estadi, la meva missió només s'ha executat fins a la meitat: potser són butlletes guanyadores, però ja les han rascat!

Perquè la meva operació sigui un èxit absolut, cal trobar una solució que em permeti tornar a cobrir-les de pols de rascar en el lloc correcte. I que això estigui prou ben fet per no despertar les sospites de la Meredith...

Repasso els noms de la meva agenda, o la faig servir ara o mai. Un nom destaca sobre els altres: Angélique. Una ex. Uns quants mesos de vincle sulfurós abans que la nostra història explotés en ple vol a causa de la seva gelosia malaltissa. Tinc dubtes de parlar-hi. No sé si trucar-li. Joguinejo nerviosament amb el pèndol de Newton que tinc sobre la taula del despatx perquè m'ajudi a pensar. Aquesta noia és realment la número u dels dissenyadors gràfics. Treballa des de fa deu anys en una de les grans agències de comunicació i màrqueting i coneix tots els ets i uts de l'ofici. Recordo també la seva gran passió per la serigrafia. D'una banda, estic convençut que em podria ajudar, però de l'altra... Si s'assabenta que he recorregut a ella pels ulls bonics d'una altra dona, soc home mort.

Sospeso els pros i els contres un moment, observo totes aquestes butlletes de joc que tinc a les mans i veig subtilment la cara de la Meredith. Agafo el telèfon.

—Angélique? Sí, és veritat, feia molt que no parlàvem...

Al cap de dues hores soc davant de la porta de la casa de l'Angélique, que ha tingut la bona pensada d'anar a viure a un barri tranquil del sud de París. Bé, una bona pensada..., és un dir, perquè he hagut de fer una hora de cua per arribar-hi. La meravella de París a l'hora punta. Són dos quarts de vuit del vespre.

Truco a la porta i de seguida la ve a obrir. M'empasso la saliva. Premo el botó interior del cervell esquerre, el de les urgències, «el mantra d'emergència» que fa girar els pensaments en bucle com una lletania relaxant: «Fes-ho per la Meredith, fes-ho per la Meredith, fes-ho per la Meredith...». Estar connectat amb el meu objectiu.

L'Angélique té uns cabells d'àngel innegables. Però la seva mirada revela de seguida la puresa de les seves intencions. Enfonso les mans a les butxaques dels pantalons, com un etern adolescent que intenta amagar el seu amor.

—Seu, sisplau.

S'avança per ajudar-me a treure la caçadora i la llança displicentment sobre el sofà blau de disseny nòrdic.

Dono un cop d'ull al voltant i el lloc em sedueix. Com s'ho ha fet ella per trobar aquest loft atípic amb aquest finestral increïble, amb un segell inigualable dels tallers d'artista?

—Angélique, com t'agraeixo que hagis respost tan ràpidament a aquesta petició tan estranya!

—Doncs sí, no és gaire normal! —exclama ella fent clarament una rialleta sensual.

Faig com qui no veu com encreua i desencreua les cames. Realment ha estat bona idea venir aquí? Em maleeixo perquè em poso vermell. Intento fer tornar les coses al seu lloc.

—Ho faig... Ho faig per un amic. Passa un mal moment econòmic i m'agradaria ajudar-lo sense que ho sembli, m'entens?

Jo mateix passo vergonya per la mentida. Però si li dic que el tal amic és una dona, ja he begut oli.

—Oh, doncs quina sort que té, el teu amic. Deu ser un molt bon amic... No sabia que fossis tan... altruista!

Estossego. Per canviar de tema ràpidament, trec la bosseta transparent on he esmunyit les butlletes guanyadores. Ella l'agafa per examinar-les de prop.

Trec de la cartera un altre paquet i l'hi allargo.

—He fet el que m'has dit: he anat a veure el teu impressor i li he comprat una ampolla de tinta de rascar!

—Perfecte. Ja està!

En un acte reflex, sacseja l'ampolleta, em somriu com una maga que està a punt de fer un gran número. I és veritat. Ho serà als meus ulls si arriba a fer possible la sorpresa que vull fer a la Meredith. Hi estic molt interessat.

—Segueix-me, tinc el material de serigrafia al pis de dalt.

Passa davant meu i pugem les escales.

Quan ja som a dalt, obre la porta d'una habitació microscòpica però molt ben equipada. A la paret hi ha penjades tota mena de creacions serigrafiades, i he de reconèixer que té talent. Encén una taula lluminosa per observar les butlletes guanyadores amb més atenció i avaluar la feina que s'hi ha de fer. Tot seguit alça la vista i em mira.

—Necessitaré una estona. Vols anar a fer un tomb?

—No t'hi amoïnis, he portat feina endarrerida...

—Instal·la't a la sala. T'hi trobaràs bé per treballar. I si vols prendre alguna cosa, serveix-te tu mateix!

Li dono les gràcies afectuosament i me'n vaig perquè pugui treballar.

Quan em crida una hora i mitja més tard i ens tornem a trobar al pis de dalt, veig que les butlletes s'estan eixugant a prop de la taula de serigrafia. El resultat és brutal.

—Gràcies, Angélique. No saps prou com t'ho agraeixo...

Ella riu, clarament contenta d'haver-me pogut ajudar.

—Espero que així puguis ajudar el teu amic.

Jo també ric, una mica incòmode per enganyar-la. Tot i que és una mentida piadosa, perquè l'Angélique pot ser una persona maca i encantadora, però també pot transformar-se en una bruixa histèrica si és presa de la gelosia. Quina llàstima! Si no fos per aquest mal, possiblement encara estaríem junts...

—Et quedes a sopar?

—Gràcies, però avui no. Estic rebentat i demà al matí entro molt d'hora...

Fa cara de decepció.

—Ei, et prometo que un dia d'aquests sopem —li dic sense adonar-me'n.

«Antoine! No facis falses promeses, no li deixis la porta oberta!»

M'acompanya fins a l'entrada fent repicar els talons alts sobre el parquet de roure. Estrenyo com un tresor contra el pit el paquet de butlletes renovades. Quan li dic adeu, em sento molt incòmode. Li hauria de fer un petó? Ella decideix per mi, es vincla endavant i em fa un petó a la boca sense que jo tingui temps d'entendre què em passa. Li cremen els llavis i em maleeixo com mai perquè em resulta agradable.

Però tinc un moment de lucidesa i la rebutjo.

—Angélique, no... No vull... No...

Em posa el dit índex sobre la boca perquè calli. No té ganes d'escoltar-me. Em frega una última vegada els llavis, i en acabat se'n torna cap a casa dirigint-me una mirada espurnejant carregada de promeses.

Em quedo al llindar de la porta com un imbècil, atònit. I busco els meus motius. En trobo un mentre m'aferro al meu valuós paquet de butlletes. En guerra, cacera i amors, hi entres quan vols i en surts quan pots, penso jo per consolar-me. Oi que ja he aconseguit el que volia? Em dic a mi mateix que això és el que compta i no el que vingui després... Bo i esperant que la mala consciència no em culpabilitzi més tard.

Escena 19

Meredith
Compte enrere: –154 dies

Aquesta nit és l'estrena. He arribat al teatre amb molta antelació. Em convenço que ho faig perquè m'ho exigeix el meu sentit de la responsabilitat, però en realitat és el gran pànic escènic que m'assetja. Necessito crear-me la il·lusió que ho puc controlar tot, fins i tot el maleït torrent d'emocions que ja em comença a arrossegar, dues hores abans que comenci la funció.

«El pànic escènic és un gos de l'infern que et llepa les entranyes.»

Evidentment, soc un feix de nervis. No tinc gana. Des del matí que pràcticament no he pogut menjar res. Una bugadera sàdica m'escorre les vísceres per treure'n la bilis. Vomitaré, n'estic convençuda. L'Henri Bosc em ve a saludar.

—Tot bé, noieta? Com portem aquest pànic escènic? —fa broma amablement.

De moment, faig cara de Buster Keaton. El meu humor ara és blanc i negre. M'assemblo a una foto dels anys vint.

—Vols un entrepà?

Veig que aquest home és de la broma! Potser que li ofereixi un canvi de papers i que ell agafi el meu lloc.

Aconsegueixo reprimir les ganes d'enviar-lo a pastar fang

—un artista a dues hores d'estrenar-se només pot ser un manat de nervis— i em forço a respondre-li amablement.

—No, gràcies. Estic bé.

—D'acord, doncs, ja et deixo tranquil·la perquè et puguis preparar.

Uf! Per fi sola amb el meu estrès!

Tinc per mi sola el mirall del camerino i els leds lluminosos que sempre desperten la imaginació. Per a alguns nens evoquen les garlandes de Nadal o la fira del parc d'atraccions. Per a mi, l'ambient dels camerinos dels artistes...

Trec tota la parafernàlia de maquillatge i començo a transformar-me. El pànic s'apaga a mesura que la pintura s'imposa. Com si entrés en la pell d'algú altre. Penso en l'Antoine. És curiós, el paral·lelisme que hi ha entre els preparatius de l'artista abans d'entrar en escena i els mètodes de seducció. En tots dos casos es tracta de fer-se destacar, de mostrar-se amb un aspecte més afalagador. Les ferides, els cops, les fissures..., els abandones entre bastidors.

Miro el meu reflex al mirall i em pregunto: he mostrat la meva veritable cara a l'Antoine des que vaig marxar? De quina part meva es va enamorar? M'estimaria tant si conegués millor les meves parts fosques? Penso en les meves Tres Dames Curioses... Què dirien la senyora Complexos i la senyora Creença, en qui encara no havia pensat? Trec el meu Organitzador d'Amor. Al cap i a la fi, tinc cinc minuts. La senyora Complexos és plena a vessar. Es nota que ha estat ben alimentada! Repasso un moment la pel·lícula de la meva infància, i tot surt a la superfície. La meva mediocritat, la impressió de decebre constantment els meus pares quan la meva germana sempre aconseguia encantar-los. I vet aquí que la senyora Creença s'alia amb la senyora Complexos per formar un tàndem infernal. La senyora Creença és allà per explicar-me sempre les mateixes històries, les que són nocives i en les quals crec fermament. Amb la certesa clavada al cos que sempre seria l'aneguet lleig, que no enganyaria ningú amb les plomes de cigne mal enganxades... La mirada una mica preocupada dels meus pares em persegueix per tot arreu. En aquesta mirada, llegeixo la profecia del meu fracàs.

I és en aquest moment que la senyora Por es presenta. S'afegeix al concert de crítiques de la senyora Complexos i de la senyora Creença, que pressionen a l'uníson: qui pot estimar una actriu mediocre, una que està per sota dels altres?

Em miro al mirall i em veig pàl·lida. Els ulls negats com una bleda. Quina expressió més ximple, aquesta de la bleda. No obstant això, a l'Antoine li agraden els meus ulls... Penso en ell i em venen ganes de sacsejar-me. No li agradaria gens veure'm autocompadint-me. Jo a ell el trobo tan fort. Un lluitador. Ja n'estic tipa d'aquest calimerisme. Què m'aporta aquesta tendència a fer-me la víctima? Res. A més, el pollet Calimero ja està passat. Em prometo que trobaré maneres de transformar les tres Senyores Malvades. Vull que tornin a ser el que no haurien d'haver deixat mai de ser: les Tres Gràcies.

La Rose treu el nas per la porta justament en aquest moment. Se la veu relaxada. Envejo com és per naturalesa. Em fa un petó al coll.

—Tot bé, reina? —balbuceja alegrement.

Com m'agradaria saber passar-m'ho bé com ella, entrar totalment en el joc de gaudir del moment i del teatre.

—Ui, veig que tens pànic escènic! Com et conec!

Acoto el cap.

—Tinc una coseta que et farà pujar la moral com un coet!

Treu un paquet i palpo el sobre per intentar endevinar què s'hi amaga. Tot d'una semblo una nena petita emocionada.

—Què és?

—Ah... Obre'l i ho veuràs.

Estripo una part del sobre i en trec unes vint butlletes rasca-rasca.

—Oh! Qui m'ho ha enviat això? —em pregunto obrint ràpidament el DIN A4 que l'acompanya.

Sobre un full blanc, només una frase.

> Et desitjo sort en el joc
> com la que tinc jo en l'amor, de tenir-te...
>
> Antoine

Em fonc. Soc un veritable *coulant* de xocolata, amb el cor ardent. «Antoine, em regales l'ànima», penso, flotant als núvols.

M'afanyo a agafar una moneda per rascar les targetes. Tinc la Rose pràcticament al damunt apressant-me, com una nena impacient.

Les tres primeres jugades les perdo. I mentre el meu cap comença a barrinar la cançoneta de sempre que «Amb la sort que tinc sempre, segur que no guanyo res», rasco una targeta. Guanyadora. Vint euros! Salto d'alegria. Es va encadenant aleshores una ratxa de bona sort impressionant, fins a l'apoteosi: cinc-cents euros? Em frego els ulls, no m'ho puc creure.

—No pot ser! —dic joc mirant la Rose.

—Que bé! Veus com la sort ha tornat des que vas conèixer l'Antoine?

—Tu creus? Podrem arreglar la dutxa i la calefacció! —exclamo feliç—. Però el més important és que et convido al tiberi de la teva vida!

Agafo amb força les targetes entre les mans, i la nota de l'Antoine, encara l'agafo amb més força. Aquesta val tot l'or del món...

Escena 20

Rose

Obro un ull emboirat i intento desxifrar els números del radiodespertador. Em frego les parpelles, incrèdula. Les 12.20 h! Tinc la sensació d'haver fet la volta al món. És com si un tren m'hagués passat per sobre del cap. Em palpo el cos no fos cas que un graciós m'hi hagi posat pega durant la nit: és com si tingués les extremitats literalment enganxades al matalàs. Només la idea d'un cafè ben carregat m'ajuda a desprendre'm dels llençols. Com odio tenir la boca pastosa i aquest gust metàl·lic al paladar! Val a dir que ahir, després de l'estrena, no ens en vam poder estar d'anar a fer un beure amb la Meredith. Després en van ser dos... i tres... En aquest cas, la descompressió n'és la responsable. El pànic escènic de la Meredith es va esvair tan bon punt va començar l'espectacle i, com sempre, vam xalar actuant plegades. Amb tot, vam acabar molt decebudes per la baixa assistència de públic. Dotze persones, ni més ni menys, cinc de les quals eren invitacions. Quin desastre! Però el nostre entusiasme es va mantenir intacte i vam actuar per a ells com si ho féssim a l'Olympia de París, donant-ho tot. Els espectadors van riure. Però les seves rialles no van poder ressonar gaire més fort que unes campanetes. Dotze persones. Els miracles no existeixen. El dit gros del peu toca el terra just quan em sona el mòbil. Estic a punt d'enviar a passeig l'inoportú de torn quan reconec la cara de la meva filla a la pantalla. Ràpid! He de fer bona cara!

—Mama!

—Hola, preciosa! La meva *timoun*! Com està la meva princesa? Va tot bé?

Faig veu de qui ja fa quatre hores que està desperta. Ser comedianta sempre va bé. La Késia sembla tan il·lusionada de parlar amb mi com jo amb ella. El cor se'm revifa immediatament en sentir la seva veu. Quin bé de Déu veure-la. Veig la cara de la meva mare darrere d'ella.

—Mama! Et trobo a faltar!

El cor se m'encongeix.

—Jo també, et trobo a faltar molt, petita! Saps què? La mare està treballant de valent per venir-te a veure!

—Quantes nits falten? —em pregunta, tot d'una, neguitosa.

Faig un càlcul mental ràpid de quants extres puc fer per recollir els diners del bitllet de tren.

—Quants dits tens?

—Deu! —respon ella amb orgull.

—Doncs ja ho tens: deu nits, amor meu!

Riu de felicitat.

—I et portaré una sorpresa!

—Quina sorpresa? —pregunta ella, amb els ulls espurnejants de l'excitació.

—Ja ho veuràs... espavilada! Si t'ho dic ara ja no serà una sorpresa!

—I el Roméo, com està?

Em passejo amb el mòbil en mode de videotrucada per ensenyar-li el lloro.

—Està la mar de bé. Però també et troba a faltar. Oi que sí, Roméo?

Li faig manyagues sota el bec. Quan reconeix la Késia, la seva cresta es dreça com un bonic ventall rosa. Li agrada fer el mec davant de la meva princesa.

—Roooh. Roooooh. Ets molt boniiiiiiiica!

La Késia aplaudeix amb alegria.

Xerrem una estona i arriba el moment de penjar. El temps ha passat volant.

—Mama, t'envio una bossa plena de petons.

Acompanya les paraules amb un gest i ja només veig dues grans formes arrodonides i roses que obstrueixen el visor del mòbil. Com m'agradaria poder menjar-me-la, jo també, a petons. Trobo a faltar la seva pell. Perquè no em caiguin les llàgrimes, serro les dents amb força i m'obligo a semblar contenta. Només té cinc anys. Encara aconsegueixo enganyar-la.

—Fins ben aviat, *timoun*, i fes cas a l'àvia, entesos?

Ella riu davant del meu intent d'autoritat. La intenció és el que compta, oi?

Quan penjo, em deixo caure en una cadira de la nostra sala d'estar microscòpica, abatuda. Però al cap d'un moment, penso en la Késia i em torno a redreçar. No tinc dret de deixar-me vèncer. He de lluitar per ella. Ho aconseguiré. Veritat de la bona. I si menteixo, que em mori aquí mateix.

Escena 21

Meredith
Compte enrere: –143 dies

El cap de setmana ha passat volant. Ja som a dilluns, dia de descans al teatre, i em dirigeixo amb presses cap a Le Poisson Calu. És evident que no tinc cap ganes de trobar-me amb la senyora K i el seu caràcter de mil dimonis. Se m'abraona així que arribo i em pica la cresta per tres minuts de no res de retard. A la cuina, ja van a cent per hora. Corro de punta a punta, ara paro les taules, ara eixugo els gots, ara endreço la compra que acaba d'arribar. La senyora K s'ha instal·lat tranquil·lament en un racó de la sala i fa el transvasament dels petits peixets de colors del dia als talons. Observo de reüll l'increïble dispositiu de talons corredissos desmuntables que omple amb aigua per allotjar-hi les víctimes, que es regiren per l'estrès del transvasament amb l'ajut d'un salabre. En acabat, sense ni un bri de remordiment, torna a encaixar els talons a la sabata i es delecta amb l'espectacle dels seus diminuts presoners.

Reprimeixo una ganyota de fàstic.

Cap al migdia, se senten crits al despatxet. Els amos tornen a tenir brega. Em sap greu per en Jacquot. Té la dona enganxada al clatell tot el dia. No sé com s'ho fa per conviure-hi. És això l'amor: acceptar que l'altre et domini?

Els primers clients arriben i la mestressa apareix feta una fera. Miro de compensar el seu mal humor oferint el doble de somriures als comensals. M'avorreixo agafant la comanda d'aquests plats sabuts i resabuts i em dedico a planificar un concepte molt més divertit. M'evadeixo en una fantasia exòtica mentre serveixo rutinàriament els peixos mig socarrimats i les brandades resseques. Al mig del meu somni hi veig un restaurant meravellós, amb un aparador resplendent, vermell, negre i daurat, inspirat en el disseny dels pubs anglesos. En lletres daurades, s'hi podria llegir EL CUPIDO NEGRE. A les parets hi hauria tot de citacions inspiradores dels grans mestres del pensament sobre el tema de l'amor. Al bell mig de la sala hi hauria una font de motllures *vintage* rematada amb un espectacular Cupido negre que hauria esculpit un artista a mida. L'aigua estaria tenyida de color rosa.

Seria divertit, aquest lloc. S'hi vindria en parella o amb amics per reflexionar sobre el «Cupido negre», el nostre costat fosc de l'amor, que pot fer perillar fins i tot les històries d'amor més boniques. La gelosia, els retrets, els rancors, les mesquineses, la desídia... En comptes de menú, hi hauria per a cadascú, damunt la taula, un qüestionari multiresposta, amb un disseny gràfic potent. L'enquesta permetria dibuixar el perfil del Cupido negre de cadascú i proposaria suggeriments de plats en consonància amb els resultats.

Ja m'imagino servint plats del tot suggeridors:

MENÚ

Una de Delírium de gelosia per a la quinze!

Amanida del dia feta amb oli picant. Amb tres bengales, espurnejants amb mil colors com retrets que esclaten en mil bocins, clavades en una poma vermella –la poma de la temptació–, artísticament esculpida en forma de calavera.

Una de Trencaous per a la dos!

Risotto de vieires i gambes, servit amb amanida i un parell d'ous. Acompanyat amb un magnífic trencaous de disseny fet de fusta i acer inoxidable per desfogar-se trencant un mateix els ous quan ens els toquin.

Una de Trencaperes per a la vuit!

Pastís melindrós amb motius eròtics recobert amb una generosa capa de nata muntada, amb l'opció de llançament de pastís o empastissada amb un suplement a part. Bol de vidre omplert de mil peretes de Sant Joan, Torre de Babel llaminera, servida amb una fona per llançar-les a discreció a qui ens toqui la pera.

Una de Torracollons per a la tretze!

Cocotte de collons de toro torrats de tres maneres, ofegats per especialistes en torracollons o en l'art de complicar-se l'existència amb una meticulositat exagerada, una ment recargolada, i una crítica il·limitada.

Una de Paparres gelatinoses per a la sis!

Ous fusionats agafats amb gelatina, rocafort que va fort i chutney exòtic. Verduretes amb cruixent de paparres. Servit amb un flascó de líquid fluorescent que en destapar-se emana vapors descongestionadors. Color a escollir entre la gamma vermell sangonera, blau asfíxia o violeta ventosa.

Trobo que ser conscient del Cupido negre que porta cadascú a dins és una etapa indispensable. Com podem asserenar aquesta part de nosaltres que pateix? Segurament no jutjant-la, però mirant-la amb tendresa i compassió.

I en el meu cas, quin seria el meu perfil de Cupido negre? Em sento una mica estranya: em fa l'efecte de ser-ho tot i res. Puc ser gelosa i possessiva un dia, i l'endemà esgarrapar i mossegar perquè em deixin en pau, disposada a protegir ferotgement la meva independència... Aquest canvi sobtat d'humor, que un dia estigui apegalosa i l'altre no vulgui pràcticament que em toquin, no deu ser fàcil de portar per a la persona que convisqui amb mi.

No m'estranya que les meves relacions anteriors no hagin superat l'any. Per a mi, és pràcticament com una barrera del so... Passades les turbulències, l'amor sembla finalment un cel llis blau transparent més enllà dels núvols?

El telèfon em vibra a la butxaca com si em respongués la pregunta. L'agafo febrilment. Que bé. És ell.

> Espero que avui al restaurant vagi tot bé. Ja saben la sort que tenen de tenir-te de cambrera? Jo, si hagués de demanar, només demanaria el que sortís de la teva boca, i no pateixis, seria un client dòcil...

Que va calent, el meu home? Llegeixo i rellegeixo el missatge de text, i sento un puja i baixa d'emocions contradictòries. Sempre aquesta porqueria de fred-calent! D'una banda, estic feliç perquè pensa en mi. De l'altra, m'incomoda: m'agrada sentir que em desitja, però no cal que s'expressi d'aquesta manera. Potser les dones sempre tenim por que els homes només ens vulguin per una cosa molt concreta... Aquesta nit, decideixo quedar-me amb el millor del missatge: em troba a faltar. No m'oblida. Què més vull?

Escena 22

Rose

—Estava encantada, de debò... No, no s'ha adonat de res... T'ho prometo! Sí, és clar que arreglarem la dutxa i, de passada, la calefacció... Espera! Ha arribat algú, és ella, bé, penjo, adeu!

Llanço el mòbil al llit i me'n vaig d'un bot al portàtil per fer veure que estic ocupada. Quan la Meredith empeny la porta de l'habitació, em troba amb el nas ficat a la pantalla, concentrada com si estigués a punt d'haver de lletrejar la paraula «rododendre...».

—Hola! Com ha anat el dia? Tot bé? —li dic innocentment.

—Emocionant, gràcies! Els amos s'han tornat a barallar i faig pudor de greix... Si no fos per això, bé... Ah, sí, quan pujava m'he trobat el veí, el vellet corcó, que es queixava que ahir a la nit vam fer massa soroll quan vam tornar... A part d'això, m'alegra veure't.

La Meredith per fi somriu i ve a seure al costat del llit per fer-me un petó al genoll.

—I tu? Què fas?

Li ensenyo la pantalla. «Findaguy.com, botiga d'homes per internet.»

—Ah, la senyora està de cacera, pel que veig!

—He intentat deixar-ho, però el cinturó de castedat no em va...

—N'estàs segura? I si li poses un cadenat petitó? Podries iniciar una moda!

—Molt graciosa!

—I el teu Snack... Ja no en vols saber res?

Snack és el sobrenom que vaig posar a l'última aventura que vaig tenir a París. En comptes de Jack, li dic Snack, perquè ell és com un aperitiu. No m'enorgulleixo d'anomenar-lo així. Sobretot perquè l'Snack és un bon home. I precisament aquest és el problema: massa tros de pa. La vida està mal feta. No m'acaben d'atraure mai els bons jans. Fins i tot m'agraden els homes una mica dominants. Tot i així, el vell fantasma que a les dones els van els nois dolentots, els *bad boys*, s'hauria de tornar a revisar. Quantes males decisions caldran per fer el pas i canviar de càsting? Malauradament, poques vegades dedico temps a comprovar on poso el peu abans de ficar-me de ple en relacions que acaben durant dos dies. Aleshores m'adono —massa tard— que m'enganxo a homes que no tenen res a oferir. Aparentment no és el cas de l'Snack. Recordo l'última nit a París. Les seves atencions, poc habituals. La seva delicadesa. Aquesta manera d'estar per tot i en tot, a la qual no estic gens acostumada... I malgrat tot, quan l'altre dia em va trucar, amb el dit vaig fer lliscar el botó cap a l'esquerra per rebutjar la trucada i, de passada, l'Snack.

—Què, m'ensenyes l'adquisició del dia?

Faig clic al meu carretó per mostrar la compra d'homes.

La Meredith revisa la llista de pseudònims i esclata a riure.

—Caram! Avui anem fortes... No em diguis que has seleccionat aquest Don Joan!

—Què passa? Té una cara bonica, no?

—Rose, tingues cap! El paio té 300.600 punts de fidelitat! Això fa tuf d'amant en sèrie! Ja t'ho he dit mil vegades!

—D'acord, d'acord.

Remugo per fora, però reconec que la Meredith no s'equivoca. Sobretot perquè quan llegeixo l'apartat d'esports, faig una ganyota: *running*, salt de calçotets, *pole dance*, natació... Un humor que no es pot prendre a la lleugera.

—I és que, a més..., t'has llegit la descripció que hi ha una mica més avall?

—No, ara m'ho anava a mirar...

Faig uns ulls com unes taronges, no m'ho puc creure.

> [...] Una clara preferència per DONES DE FORMES GENEROSES, però, també he d'admetre-ho, un veritable amant de les relacions de dominació... Existeixen realment les Cinquanta ombres d'en Grey?

—Tens raó, fa pudor... El torno a la prestatgeria!

La meva amiga ho aprova i continua inspeccionant escrupolosament el meu carretó.

—Chiquilín? —llegeix—. La cosa va pujant de nivell... I ja que hi som, per què no hi ha unes Príncipe?

Em moro de riure. Hi està en contra, però perquè es preocupa per mi i no vol que surti amb el primer idiota de torn.

Examina els perfils amb lupa i no en deixa passar ni una.

—Aviam, aquesta foto està tallada just on comença el front: el teu Chiquilín deu tenir la closca més pelada que el sofà de casa teva, ho saps, oi?

—Ho sé, ho sé... Però sembla maco, no?

—Per això sí: #seriós #nofumo #nobec #casolà #ratade biblioteca. De debò creus que enganxarà amb tu? Pobre, jo no li dono ni dos dies!

Li clavo un cop amb el coixí perquè em deixi tranquil·la.

—Deixa'm estar! Se'l veia maco, si més no…

I trec el Chiquilín del carretó. La Meredith esbossa un somriure victoriós i molest, i continua passant revista als altres pretendents.

—No pot ser! Has seleccionat el Iogurín? Suposo que és broma, no? No sabia que t'anessin els adolescents! No té més de vint-i-dos anys! Vigila, si li pinces el nas, encara traurà llet! I aquest, Funny Zebra? Més aviat s'hauria de dir Mad Cow… Aquest té tota la cara d'heroi del Kubrick. Un grillat!

—Ara has estat una mica dura, no trobes?

—Creu-me, tinc vista!

Tinc bones sensacions quan li presento la meva última mascota:

—Mira! Aquest no està gens malament, oi?

La Meredith se'l mira des de tots els angles i en llegeix la descripció. Ho fa en veu alta:

—Morè… Visiblement honest sobre les seves talles. No s'inventa la tauleta ni uns músculs inexistents. Una mica de sentit de l'humor. No és per tirar-s'hi de cap, però correcte. Pel que diu s'entrega amb esmorzar al llit, instruccions i tiquet de devolució. El pots provar! —exclama finalment.

—Ah! Per fi una mica d'aprovació! I, a més, que es digui Quentin és un bon senyal, oi?

La Meredith arrufa les celles, perplexa.

—Ja saps que Quentin ve de «cinc» o de «cinquè».

—Sí, i què?

—Doncs que jo vaig néixer el cinc de maig. El cinc del cinc! Aquest senyal no enganya, oi?

La Meredith fa que sí per cortesia.

—I tant, Rose, i tant! Vinga, clica'l.

Ara que ja tinc el seu vistiplau, envio un missatge al meu encantador príncep pretendent i li proposo una cita.

Escena 23

Meredith

Surto de l'habitació de la Rose amb un somriure als llavis. Es mereix ser feliç. Espero que aquest Quentin estigui a l'altura...

Seguint les aventures èpiques de la Rose en la seva recerca —totalment aleatòria— de l'amor de la seva vida per xarxes socials, em torno a concentrar en la meva: *créixer* suficientment per arribar a l'altura de la meva història d'amor amb l'Antoine. Créixer guanyant en maduresa en la meva manera d'abordar la relació amorosa. Créixer bo i descobrint el camí de la meva relació. Créixer desprenent-me dels focs mal apagats del passat.

Només creixent podré respectar el jurament que em vaig fer de millorar costés el que costés la meva «estimabilitat», la meva capacitat d'estimar millor. I el primer pas és estimar-me més! L'altre dia vaig gaudir com mai amb un llibre de Fabrice Midal, filòsof, escriptor i ensenyant de meditació. Es diu *Sauvez votre peau, devenez narcissique** i dona tot un altre sentit al mite de Narcís, que fins aleshores ha estat un concepte negatiu en l'imaginari col·lectiu entès com l'admiració i l'atenció excessiva a un mateix. Fabrice Midal revela

* «Salveu la pell, sigueu narcisistes», Flammarion/Versilis, 2018.

l'existència d'un narcisisme positiu: l'ímpetu saludable i beneficiós de centrar-se en un mateix, de mirar-se un mateix per conèixer-se millor, d'estimar-se de dalt a baix, acceptant amb tendresa tant les imperfeccions com les qualitats, atribuint-se el reconeixement que cadascú es mereix. Entenc que pot ser molt pesat bregar constantment contra un mateix, convertir-se dia rere dia en el seu pitjor enemic. Avui, he decidit solemnement treure la bandera blanca i pactar la pau amb mi mateixa.

Com que trobo la idea divertida, em llanço a la redacció d'aquest tractat de pau.

Estimada jo,

En aquest dia de l'any 2018, declaro solemnement renunciar a la infernal guerra de les meves falses creences massa arrelades, totes aquestes idees adoptades i destructives emmagatzemades als dipòsits del meu cervell límbic, responsables dels dubtes que em bombardegen permanentment el cap, víctima de la por, inundada de culpabilitat...

Sí, jo, Meredith, t'entenc!

Sí, jo, Meredith, obro les portes de la reconciliació.

Fins ara i fins aquesta nit no havia entès com n'era de bonic, com n'era d'important, com n'era d'essencial l'autoestima!

A partir d'ara m'esforçaré a:

Perdonar-me les imperfeccions físiques i psicològiques.

Estimar els errors i les fissures del meu passat.

Acceptar la meva vulnerabilitat i els moments de fragilitat com si m'hagués d'ocupar d'un colom ferit per un fusell de guerra.

Em comprometo a fer un pacte d'honor que respecti els meus compromisos i, així mateix, a respectar-me en tot moment, a cuidar-me, a deixar de castigar-me i a buscar sistemàticament el que és més just per a la meva persona.

Rellegeixo el text i agafo la ploma més bonica que tinc per deixar-hi la meva signatura. Satisfeta de mi mateixa, decideixo dibuixar la meva pròpia bandera, la de la llibertat interior. Amb aquesta finalitat, creo un personatge totèmic inspirant-me en l'estil de l'artista americà Keith Haring: un tòtem de la nova Jo desacomplexada, amb diversos braços i cames, gràcies al meu potencial millorat mil vegades per la nova seguretat en mi mateixa. El meu personatge totemisat és d'un color magenta envoltat d'un dens traç negre. L'he col·locat a l'esquerra de la bandera i ocupa un terç de l'espai, respectant la regla d'or: un terç, dos terços..., creant l'harmonia visual. Hi afegeixo al costat dret unes franges vermelles, blaves i grogues: simbòlicament vermelles, pel dinamisme i la passió necessaris per treure el millor de mi; blaves per alimentar la recerca de l'equilibri, la temperància, l'harmonia; grogues per continuar reforçant l'autoestima i la confiança en mi mateixa, seguir en un impuls positiu, alimentar una dinàmica bonica que es dirigeixi a la llum.

Observo la meva creació: estic bastant contenta amb mi mateixa. Evidentment, no és la *Flag* de Jasper Johns, la bandera americana, però no deixa de ser interessant.

Em diverteixo imaginant-me aquest estendard plantat al capdamunt de la meva consciència. Ja ho tenim: ara existeix un nou territori que em pertany i on puc fer prosperar la meva confiança; tinc pensat fer-hi un veritable El Dorado...

Vibro d'alegria! Tret que no sigui el mòbil que tinc a la butxaca...

És l'Antoine. Un altre missatge. El llegeixo ràpidament, com un marrec de tres anys que estripa l'embolcall del seu regal de Nadal.

Amor meu. Petons de bona nit per tot el cos: al coll i més especialment a les zones prohibides...

Em sento decebuda. Hauria d'estar saltant d'alegria perquè em desitja d'aquesta manera, però aquestes paraules em xoquen i desenterren les pors que em pensava que ja tenia superades. Em nego a ser un simple objecte de desig! I pensar que tot just fa dos minuts sentia un raig de confiança dins meu! Però val a dir que en el meu nou El Dorado encara hi ha alguns elements fora de la llei que s'han d'expulsar.

El meu enemic públic número u: la por que l'Antoine només estigui enamorat del meu físic. D'una part ínfima de mi. Que el seu amor sigui una mera il·lusió. Que descobreixi una mena de frau. En resum, que el decebi quan s'adoni de qui soc jo realment. És a dir, ara com ara, poca cosa... Tot d'una els ulls em piquen i el fons de la gola s'estreny. Encara una mala jugada de les meves falses «Tres Gràcies»? Crec que és urgent tenir un cara a cara amb la pitjor de totes tres, la senyora Por. Necessito tenir una xerradeta amb ella.

Salto al llit, m'hi estiro de bocaterrosa, trec el meu Organitzador d'Amor i la crido per passar comptes. N'estic tipa, de viure sota la tirania de la meva angoixa de no estar a l'altura. S'ha acabat! Ja n'hi ha prou! M'apareix en una visió fantasmagòrica, entre un núvol de pols gris del Far West (som a El Dorado), sota un focus lluminós (és el raig de llum de la imaginació). Està d'esquena i només veig dues trenes gruixudes que li cauen sobre les espatlles.

Porta un vestit de floretes blanques i roses sobre un fons negre, damunt d'una samarreta blanca de màniga llarga. La senyora Por és una nena? Juga a la xarranca, a peu coix, a dues passes del *saloon*. Jo ric. Però quan està a punt d'arribar a la casella del Cel, ensopega, es torça el turmell i rodola per terra. Deixa anar un crit de dolor que fa esgarrifar. Corro per ajudar-la i m'inclino cap a ella, disposada a auxiliar-la, però tot d'una em quedo petrificada: té la mirada negra, esborronadora, com la d'una nena d'una pel·lícula de terror.

—M'he fet mal per culpa teva! No arribo mai a la casella del Cel per culpa teva!

Acuso el cop i m'atrapa una impressió desagradable. Evidentment, la seva casella del Cel és el meu planeta de la Felicitat.

—Quines històries t'inventes? —balbucejo.

Ella plora encara més, i jo em sento molt malament. Per què sempre hi ha d'haver algú que toqui aquest maleït botó de la culpabilitat? S'eixuga les llàgrimes i els mocs amb la màniga.

—Per fi m'has vingut a veure! Saps quant de temps fa que m'has deixat aquí, arraconada, podrint-me?

—No és veritat, de debò que jo no...

—Para! Ja sé per què m'has vingut a veure... Et fa una por esgarrifosa que el teu nòvio no t'estimi de debò, és això?

—Podria ser...

—En el fons estàs convençuda que no ets prou interessant per arribar a ser la dona de la seva vida, que no t'ho mereixes. Cert o fals?

Acoto el cap, enfonsada.

—Respon!

Decididament, la meva por té veu!

—Entesos! Diguem que tens raó! Què em proposes fer?

—Des de quan et fa por no estar a l'altura del que espera de tu la gent que estimes?

En aquest moment, tremolo clarament. La imatge d'aquella famosa escena, jo de peu dret davant dels meus pares, decebuts per les paraules del director de l'escola i un butlletí de notes desastrós.

«No treballa. Esforç zero. Notes preocupants.»

Aquell dia, em va quedar gravat a la carn amb un ferro roent el qualificatiu de «Decebedora». Els anys següents es van anar repetint experiències del mateix estil. Fins que finalment han acabat formant part de mi.

La nena es moca sorollosament, i em deixa un temps per entendre el que em diu.

—Veig que ja ho has entès! Les teves pors d'avui no són d'ahir! La por que l'Antoine no se senti orgullós de tu, que s'acabi cansant de tu i et deixi i bla bla bla és una mena de goma elàstica mental que et fa recular al passat. En realitat, reprodueixes les pors i les emocions desagradables d'aleshores. Ho entens? Ara et diré què has de fer: faràs una petita incursió espeleològica en el teu passat...

—Espeleo...?

—Espeleologia, sí! Tu segueix-me! Has de baixar a la cova dels teus records, fent ràpel, com si fessis espeleologia; baixes a visitar les profunditats de l'inconscient i de la memòria per intentar entendre quin és l'origen de les teves pors.

—Ah, sí? I potser penses que he fet això tota la vida, que per a mi això és bufar i fer ampolles?

—Ja m'imaginava que reaccionaries així —replica amb sornegueria—. No és tan difícil com sembla: en comptes d'estar als núvols, com a mínim fes volar la imaginació: entra en un estat de son lleuger. Ho saps fer? Connecta aleshores el cervell amb records de la teva infància en els quals no t'hagis sentit en confiança, que t'hagis sentit ferida...

—Ja ho entenc... I després?

—Doncs mira, apuntes tot el que et ve al cap en aquest superquadern teu.

Assenyala el meu Organitzador d'Amor.

—I no creus que fer ressuscitar tots aquests records no farà destapar una capsa de Pandora negativa?

—Això ho has de decidir tu.

—I si resulta que després encara em sento pitjor?

—Què fas quan et trenques una cama?

—Vaig al metge.

—Veus com tens la resposta?

Aquesta nena em treu de polleguera!

S'aixeca de la cadira d'un bot i em mira amb un aire de menyspreu que m'exaspera.

—De totes maneres, no m'esperava miracles. Encara falta temps perquè em pugui allunyar de tu! Ai sí, encara ens queden uns quants anys per estar enganxades!

Sento que m'encenc de ràbia tota jo i tinc ganes de posar-la al seu lloc, aquesta mocosa!

—Ei! Ja n'hi ha prou, no? Com a mínim, em podries parlar com cal!

—Ah, ara vols que et respectin! És un bon començament...

I la mocosa s'allunya.

Aleshores m'adono d'una cosa nova: un atac de còlera saludable acaba sent més beneficiós que rebolcar-se en la tristesa i l'abatiment. Hi ha una bona energia en la «còlera justa», quan s'utilitza amb finalitats positives, com la de reaccionar per fer el pas de canviar. No permetré que el passat m'hipotequi el present! Puc decidir, a partir d'avui, que no li vull concedir aquest poder.

També he de parar de repetir-me històries negatives! I barrar el pas a la famosa profecia del fracàs, que jo mateixa alimento des de fa tants anys... Al cap i a la fi, potser soc jo que estic interessada a refugiar-me en aquestes pors per no agafar les regnes del meu destí una vegada per totes.

Existeix el destí del fracàs? Segur que no. Les ferides del passat són senzillament paranys per a llops. De vegades, ens oblidem que hi són, els trepitgem, i ens mosseguen els turmells i rabiem de dolor. El parany m'enxampa cada vegada que penso que soc una noia mediocre que no farà mai res de bo, cada vegada que dono la raó als meus pares sobre el meu destí d'aneguet lleig... Però els paranys, els ceps, en realitat, es poden desactivar.

Amb un pal —que a partir d'ara portaré al damunt— espantaré aquesta idea negativa per un pensament molt més positiu: atrevir-me a seguir el camí que em permetrà fer realitat els meus somnis. Miro totes les pàgines que he anat escrivint en el meu Organitzador d'Amor, el tractat de pau que he signat amb mi mateixa, la bandera de la meva llibertat interior. N'estic bastant orgullosa: he fet bona feina.

Escena 24

Rose

Tinc el senyor Cinc davant meu. Àlies Quentin. Abans de quedar a la nit davant l'abadia de Saint-Victor, m'ha dit que portaria un barret negre perquè el pogués identificar. Quan arribo, no m'emporto cap decepció, ben al contrari: ambient de sèrie B creat per a l'ocasió. No es treu el barret Borsalino per fer-me un petó —sí, és estrany com a gorra—, i la visera m'entra a l'ull.

—No passa res —menteixo eixugant-me la llàgrima instantània que surt quan et fiquen el dit a l'ull.

La nit comença bé. M'agafa espontàniament del braç i em porta qui sap on. I això em molesta. Quan li faig la pregunta, adopta un posat misteriós i xiuxiueja «Ja ho veuràs, ja ho veuràs», que, en altres circumstàncies, hauria resultat emocionant, però en aquest moment generen una aprensió que ara mateix m'estalviaria. No sé d'on surt aquest paio i amb tants misteris encara em sento més neguitosa... Però, com sempre, per variar, faig el meu somriure més bonic.

—Tota l'estona tens el somriure a la cara. És molt agradable.

No li explico que en aquest moment exacte estic calculant la probabilitat que el pugui classificar en la ínfima franja de la població d'assassins en sèrie, abans de dir-me per dins que soc una idiota rematada. Recordo aleshores el consell de la meva mare: «Filla, quan et trobis sola amb un home en una situació delicada, tu camina ràpidament i parla com una cotorra. Tu posa-li el cap com un timbal. Potser això et salva!».

De seguida poso en pràctica el consell matern i li vesso el primer que em passa pel cap mentre camino amb pas àgil.

—Caram, tens xerrera, eh?

Ja està, ja li he inflat el cap. Ho veig perquè desvia la vista i està neguitós. Ara és ell el que té por d'haver anat a parar amb una sonada. Per sort, el malestar s'esvaeix quan arribem al que sembla la nostra destinació. Una pizzeria? Per una primera cita? Que és una broma? Intento ocultar la meva decepció mentre entrem dins.

Amb un gest que no té gaire d'autoritari, em diu que m'esperi i no em mogui, tot seguit va a buscar l'amo del local i li murmura alguna cosa. Cada vegada té comportaments més estranys i estic a un dit de tocar el dos, cames ajudeu-me. De lluny, sento que l'home que és a prop del taulell pregunta:

—La contrasenya?

I el meu Cinc li xiuxiueja alguna cosa a cau d'orella. Es gira de cop i tinc un ensurt. Amb un gest de cap sec i viril em diu «Vine, nena». Faig veure que estic relaxada, però en el fons les cames em fan figa. Per quins set sous m'atrauen aquests tios estranys? Celles tofudes que reforcen la negror d'una mirada massa espurnejant, barba aspra i dura com una Gillette... Virilitat o masclisme?

Un mala bèstia o un bèstia i prou? Per què em fa por i a la vegada m'atrau? Sort que no em veu acariciar l'amulet de peluix que porto amagat al fons de la butxaca, el que em va donar la meva filla quan marxava...

Anem fins al fons del petit passadís i, un cop allà, sorpresa, apareix una biblioteca i revela una escala inesperada. Observa de reüll la meva reacció i, per la seva mirada de satisfacció, m'imagino que deu ser d'aquells que després de fer l'amor et pregunten: «Què? T'ha agradat?».

Pugem per les escales i descobreixo un lloc curiós, una mena de bistrot antic amb l'encant de les tavernes d'abans, amb bancs amb pell de talp, caixes de fusta rústiques i, a les parets, fotos envellides d'algunes figures emblemàtiques de la clandestinitat.

—És un restaurant clandest...

—Xxxxxt! —m'etziba ell, molest, com si hagués parlat massa fort. Tot seguit riu, satisfet de la seva broma—. Sí, es diu així: Il Clandestino. T'agrada? —em pregunta amb una veu enjogassada.

Pentino la sala amb la mirada i em fixo en el vell piano, en el Borsalino. He de reconèixer que el lloc m'atrau. Una cambrera amable ens instal·la: Al Capone, a la dreta, Quentin àlies Cinc, davant meu... Veig que els seus ulls ataquen negligentment la meva pitreta i constato, avergonyida, que quan m'he tret l'abric deu haver saltat un dels botons de la camisa.

—Estàs fantàstica —diu ell amb un bleix de veu.

Aixeco els ulls al cel interiorment.

—Fa gaire que navegues per les pàgines de contacte?

Intento esquivar la pregunta.

—Mmm. Va a temporades, crec... I tu?

—Doncs no t'enganyaré... Ja he tingut algunes aventures per aquesta via... Però amb tu... De debò, crec que tu, tu ets...

Busca les paraules que facin efecte, però es deuen haver perdut pel camí perquè no les troba i, finalment, per desviar l'atenció, em comença a acariciar el braç. Aleshores comença un vaivé de manyagues de tota mena per anticipar-me un tastet del seu potencial sexual. Dubto entre esbufegar i engegar el braç a pastar. Me n'estic: si vull acabar la nit acompanyada, hauré de posar-hi una mica de la meva part. Me'n desempallego, per tant, amb un moviment delicat. Demanem al cambrer. Aquesta nit pecarem de golafreria. I per com em devora amb els ulls, ja sé a qui li tocarà ser les postres...

Escena 25

Meredith
Compte enrere: –132 dies

A les nou del matí veig que arriba la Rose feta una coca i amb cara de males puces. Val més que no li digui res. Ni tan sols em mira, llança la bossa i es tanca a la seva habitació amb un cop de porta. Una nit mogudeta, suposo. Jo tampoc no estic de gaire bon humor. He passat la nit del lloro. Després del missatge que ahir em va enviar l'Antoine no aixeco cap. Continua dirigint-se a mi amb un registre eròtic que no suporto. Estic al límit!

> Avui, visita amb peixos grossos al palau de Tòquio, però somiant tota l'estona en el que s'amaga a la teva boca...

Sí, em sento una mica... marrana! Jo sé que la seva intenció no és fer-me sentir com una senyoreta de dubtosa reputació, però no ho puc evitar, aquesta mena de missatges em violenta! Potser no soc prou oberta de ment? És excessiu el pudor que sento en ple segle XXI? Aquestes preguntes ridícules no m'han deixat agafar el son i no he pogut aclucar l'ull fins a l'alba. I ho he intentat tot. Les herbetes per dormir —que són més diürètiques que no pas soporíferes—, els grànuls homeopàtics de passiflora, tan eficaços com una cullera per tallar fusta, l'esprai de lavanda per al coixí, agradable als narius però incapaç de descongestionar el meu ànim agitat... Tot. Ho he provat tot. Quan ja he llançat la tovallola, fins i tot he enginyat un mètode per positivitzar l'insomni: el «gimnomni», o la gimnàstica del somni, una enginyosa contracció relaxació de les natges amb el cos en posició panxa enlaire, amb un recompte diligent dels moviments del darrere. Val més comptar els moviments del cul que un ramat d'ovelles saltant tanques, oi? I així he aconseguit que l'insomni sigui menys cruel, gairebé hi sortiria guanyant: si bé no evitaria les ulleres de l'endemà, almenys tindria unes natges ben modelades.

Durant el matí intento submergir-me en la feina per pensar en una altra cosa i, sobretot, avançar en el meu projecte secret, una sortida, un greal, els galons del meu orgull personal... Amb els ulls clavats en l'ordinador portàtil, començo a donar forma als textos del meu primer monòleg, que de moment es diu «projecte Cupido».

La meva concentració s'assembla a un corrent d'aire. Arrufo les celles —de vegades això ajuda—, però de sobte em destorben uns sorollets de fons. Toc, toc, toc. Rac, rac, rac... Alço la vista i em trobo amb l'estrany comportament del Roméo. Va amunt i avall de la sala com si li faltés un bull. Té les pupil·les dilatades i se'n va a buscar frenèticament engrunes o pinyes per portar-les com una ofrena a la porta de la seva mestressa, que li deu semblar que està malalta. Pica amb el bec suaument al marc de la porta sense deixar de repetir: «Rose-pupa-Rose-pupa...». M'adono que no porta bé la ressaca de la meva amiga. Un lloro hipersensible, el que faltava. Deixo de treballar i m'hi acosto, l'agafo amb els braços i l'acaricio dolçament per calmar-lo.

—No pateixis, nano! La teva mestressa es posarà bona... Només necessita dormir una estoneta.

Sembla que amb la meva veu es calma una mica. Ei! Sembla que li agradin d'allò més les meves festetes! Al cap d'una estona, el seu cos se sacseja d'alegria entre els meus braços. I just en aquell moment la Rose decideix sortir de la seva habitació.

—Ja t'has despertat? —balbucejo, incòmoda perquè m'acaben d'enxampar *in fraganti* en un moment de tendresa.

Ella es mira l'ocell amb uns ulls amorosos.

—Ostres... és que fins i tot ell m'és infidel!

—Ah sí? Qui t'és infidel?

—Bah... Ningú no m'és infidel, però... ja n'estic tipa dels homes!

La Rose se sent obligada a crear un gran terrabastall clavant una manotada al taulell de la cuina, com si no ens haguéssim adonat ja que està de mala lluna.

—Em vols explicar què ha passat? —dic fluixet, sense ni tocar-la.

La conec, no se l'ha de pressionar.

La Rose arronsa les espatlles com si digues «i de què serveix». Al cap de dues tasses de cafè, veig que té temptacions de deixar-se anar i confessar. Els detalls de la cita d'ahir a la nit li couen als llavis. El Roméo, més tranquil en veure l'estat de la seva mestressa, torna a fer exercicis de vocalització. I sota aquesta banda sonora original, la Rose m'explica «l'aventura d'en Quentin el Cinc».

—... I aleshores, quan ve el cambrer amb el datàfon per pagar la factura, li dona directament la seva targeta. I penso: «Caram, tot un *gentleman*!». Ja estava a punt de sumar-li trenta punts, quan va i em diu amb tota la tranquil·litat del món un terrible: «Paguem a mitges, no?». Les meves il·lusions romàntiques han caigut en picat des d'un tercer pis. I ja no diguem la mirada de llàstima del cambrer! Tan humiliant...

Observo els ulls negres melosos de la Rose, i desxifro el que hi ha implícit. Tot el pes de l'autoestima ferida, la sensibilitat d'una dona atacada per l'actitud poc elegant de certs homes. Els seus ulls tradueixen aquesta còlera. Què cal fer per rebre les atencions que esperem?

—I tu què has fet?

—Què volies que fes? He pagat la meva part, ves!

—Mmm... És clar. I després?

—El pitjor és que he continuat fent el paper de la noia alegre que passa una supernit amb una clatellada de setanta euros estampada a la cara!

—Pobreta meva! I després?

—No estic gaire orgullosa del que ha vingut després... He pensat que ja que havia hagut de suportar tot allò, com a mínim havia d'arribar al fons. I aleshores, la història de sempre: petó amb llengua a la porteria de casa seva, magreig a l'ascensor i despilotada en entrar al pis...

La Rose s'aixeca per servir-se una tercera tassa de cafè tot gesticulant amb les mans per fer-me reviure les escenes.

—Ah, i al final com ha anat?

—Al principi, encara... Llavis calents, mans inspirades... Però després la cosa s'ha esguerrat... Em despulla en un obrir i tancar d'ulls, tres moviments a l'entrada, després m'aixeca per portar-me a l'habitació. En aquest moment, m'ha fet gràcia. I aleshores em llança al llit i...

—I...?

Al cap de cinc minuts, la Rose agafa un tros de paper de

cuina i l'esbocina minuciosament per calmar els nervis. Després en fa boletes i joguineja amb elles, incapaces d'absorbir el seu desengany.

—Doncs a partir d'aleshores hem entrar en un *Bad Sex Monopoly*.

La Rose s'explica:

—T'ha tocat la carta dolenta de la pila: no passes per la casella de preliminars, no toques les estrelles, ves directament a la casella presó... amb l'extra de les manilles de pell del senyor!

Molt tragicòmic.

—No pot ser. Però no t'ha fet el numeret de les manilles, oi?

Fa que sí amb un posat melodramàtic que en altres circumstàncies potser m'hauria fet riure.

—I això no és tot! Perquè amb les manilles encara hauria pogut riure. Però el que no m'ha fet cap gràcia ha estat la seva dèria de confondre les meves cames amb unes cireres, i me les volia penjar darrere de les orelles! I després de jugar tot solet al «Temps de les cireres» en versió accelerada, va i em deixa a mitges, just quan ja... Quan passes vergonya, no hi ha plaer...

—Oh, no! Nena... i per què no li has dit que parés?

—No ho sé... Quan soc allà, amb tot l'ardor del moment, no em sé imposar. El pitjor és quan, al cap de no res, s'ha arrossegat per sobre meu com un ase mort. Fins i tot m'ha deixat... No, no m'atreveixo a dir-t'ho... M'ha deixat els cabells xops de la suor! Ecs! Te n'adones? I després, ja t'ho imagines, com sempre: ha rodolat a un costat, visiblement satisfet d'ell i de la seva exhibició. Com pot ser que encara hi hagi homes que es pensen que aquesta mena de *sprint* mecànic ens envia al setè cel?

Patètic...

Penso en l'Antoine que, gràcies a Déu, no m'ha tractat mai així. I encara que m'incomodi amb els seus missatges de text pujats de to, he de reconèixer que és de lluny el millor amant que he tingut mai, el primer que realment m'ha tractat amb delicadesa i ha obeït tots els meus desitjos. Per fer bé l'amor, no has de buscar primer ser amor per l'altre? I reconec que també va ser amb ell amb qui vaig descobrir els veritables orgasmes simultanis. Abans, sempre em contenia. No m'atrevia a deixar-me anar totalment davant de l'altre. Algunes de les meves conquestes de vegades m'havien inhibit durant l'acte amb una pressió monumental per arribar a l'orgasme. Les pitjors frases que m'havia sentit dir? «Vinga, ara!» o «Vinga, espavila, que t'espero!». Quan estic sola no tinc cap problema a trobar el plaer. Però de vegades, amb un home, la por de no arribar-hi o de dedicar massa estona a arribar-hi acaba resultant estressant.

Fins i tot en aquest lloc íntim on només hauria d'existir la dolcesa i la voluptuositat, les pressions de l'èxit reapareixen, tant per a l'home com per a la dona. Cal demostrar que s'està a l'altura. I al final de vegades ho acaba esguerrant tot! Bloqueig emocional, fracàs, inconvenients diversos... Tot això perquè pretenem FER l'amor en comptes de SER amor.

—No entenc com encara estem en aquest punt! Per què no s'interessen a oferir a l'altre una qualitat de presència i d'atenció? Crear sobretot un clima de complicitat íntima, connectar-se plenament a les seves sensacions i als seus desitjos, no buscar un altre resultat que no sigui donar i compartir.

—I com creus que es pot fer aquest miracle? —pregunta la Rose.

—Doncs mira, per exemple, no participant en el sexe en

l'acte en si. I per què no? Per què no, també, permetent-te ser més? Per què no ens dediquem més a la sensualitat que a l'estricta sexualitat? Estaria bé fer tocar els homes de peus a terra, recordar-los que una immensa majoria de les dones és clitoridiana, i que, d'una manera o d'una altra, els cal com a mínim uns vint minuts d'estimulació contínua per arribar a l'orgasme, i que el *combo orgàsmic* té poques possibilitats de prosperar si no ens centrem en l'associació màgica penis-clítoris.

La Rose riu del meu discurs, que li fa rememorar algunes situacions.

—Recordo un tio, ja fa anys, que, quan veia que jo m'acariciava mentre em penetrava, es posava nerviós i preferia agafar-me les mans i immobilitzar-me-les sota el cap!

Totes dues esclatem a riure.

—Segurament alguna cosa hi té a veure que «tècnicament» el plaer de la dona pot ser autònom i, en certa manera, se li escapava de les mans. El plaer de la dona, per arribar a ser una realitat, necessita alguna cosa més que el simple membre masculí brandant com una espasa d'Excalibur!

M'embarco en una diatriba sobre l'ús dels cinc sentits per donar a les relacions sexuals una altra dimensió, i en això la Rose hi està totalment d'acord. El poder de les paraules, la intenció en el tacte, l'estètica visual, l'ambient sonor, les essències corporals... Tots aquests paràmetres poden donar més subtilesa i profunditat a l'intercanvi íntim!

—Desgraciadament, l'erotisme femení és més misteriós que un temple inca, i, d'exploradors autèntics, n'hi ha ben pocs —dic jo.

Vet aquí la cara de la Rose que es torna a apagar. N'està tipa d'experiències fracassades, de «muntanyes russes» sentimentals, com ella les anomena. Ella sap que totes aquestes trobades fortuïtes son homes pedaç per oblidar les misèries i enganyar el buit, sadollar temporalment l'espera interminable i ocultar una veritat insuportable: no hi ha un amor en la seva vida. I aquest buit, no té el valor d'afrontar-lo. S'estima més fer veure que no passar res i anar amb el primer que troba, com és el cas d'en Quentin el Cinc.

—Tinc la sensació que no trobaré mai ningú que valgui la pena...

—Para, Rose! Segur que hi ha algú que t'espera, i a més deu ser a prop, n'estic convençuda...

—Ja pots dir el que vulguis, que jo sé molt bé el que em dic. Els anys passen... i res! No, creu-me, acabaré sola...

El Roméo no sembla que comparteixi la idea i acosta el bec al coll de la seva mestressa buscant-hi les seves carícies.

—Mira! De moment ja en tenim un que vol estar amb tu!

La Rose es moca sorollosament. Just en aquest instant, truquen a la porta. Vaig a obrir. Un repartidor. Amb un gran ram ben embolicat en un paper metal·litzat rosa i blanc espectacular.

—Rose..., diria que és per a tu.

Dono les gràcies al repartidor i porto el regal a la Rose, que obre els ulls, incrèdula.

És un gran ram de... croissants! Sí, de croissants de mantega muntats en tiges metàl·liques, envoltats de fulles i d'algunes flors de pasta de sucre.

—Qui pot enviar un ram com aquest?

Corre a llegir la targeta.

> Hi ha tants croissants com els matins que he passat lluny teu des que vas marxar. Quin sentit té regalar roses quan ja sabem quina és la més bonica de totes?

—Un admirador? Quina sort!

—És l'Snack. Te'n recordes?

—El bon jan de París?

—Sí, ell...

—Doncs n'està molt de tu! Una estratègia molt creativa...

La Rose es queda pensant.

—Llàstima que no m'agradi.

—De debò que no t'agrada?

—Sí que fa bons petons, però...

—Ah! Veus? Això ja és molt!

—Deixa-ho córrer. No m'interessa.

No obstant això, agafa un croissant i li clava una bona queixalada. Se li dibuixa un somriure als llavis. És el plaer de la mantega dolça, o el dolç plaer de sentir-se desitjada?

Escena 26

Antoine

Em llevo amb la Meredith al cap, menjo amb la Meredith al cap i me'n vaig a dormir amb la Meredith al cap. La meva millor amiga, l'Annabelle, diu que això és el *Blues del Loverman*, i això la fa riure molt. En realitat, és menys divertit del que sembla, sobretot quan l'objecte dels teus desitjos es troba a més de mil quilòmetres. Ara ja fa dos mesos que no veig la dona de la meva vida, i cada vegada acuso més l'enyorança. A més, des de fa uns dies, trobo que els seus missatges són una mica més distants. Hi denoto una certa reticència que no acabo d'entendre. Els missatges que li envio són insistents, escrits perquè ella entengui que la distància no desgasta en res el desig que tinc d'ella! Fins i tot l'intensifica! Hi ha dies que començo a tenir dubtes: i si a poc a poc ella comencés a desconnectar-se de mi? Aquest pensament em resulta insuportable. Aleshores segueixo la meva rutina com un autòmat una mica espatllat. M'aixeco, poso una mica de cafè a la màquina, agafo una camisa qualsevol, dic bon dia a tothom com si digués a reveure, de la pressa que tinc d'estar en un altre lloc. D'estar, senzillament, amb ella.

A l'ascensor, observo la meva cara. La gent ho nota quan estàs enamorat? No ho sé, però estic convençut que la gent ho percep, com si alliberessis una mena de fluid que atrau l'altre sexe. No són imaginacions meves: mai no he tingut tant d'èxit amb les dones de l'emissora com ara. Què hi veuen de diferent en mi? Potser aquest posat com si estigués als núvols, irresistiblement inaccessible, la meva tendència a respondre vagament quan em fan una pregunta. La casella marcada invisible que indica que ja no estic lliure, i això encara em fa endimoniadament més excitant? D'ençà que vaig conèixer la Meredith, la meva pell desprèn un altre perfum, i el meu cos, efluvis afrodisíacs.

Em diverteixo veient com se les enginyen aquestes noves pretendents. Veig com ronden a prop meu mentre jo intento treballar. Em toquen subtilment, riuen més fort, es queden fins més tard per acabar documentació menys urgent que la necessitat de flirtejar amb mi. Les enxampo mirant-se entre elles, marcant el territori. Tot i així, els seus moviments no em deixen indiferent i l'atracció carnal de les meves pretendents m'esperona els ulls i els sentits, que, des de fa unes setmanes, estan sotmesos a una prova de foc. Que fàcil hauria estat emportar-me una d'aquestes temptacions a casa meva, oblidar un moment als braços d'una altra l'infernal compte enrere que m'ha imposat la Meredith, deixar-me arrossegar per una voràgine embriagadora i sense pensar en l'endemà! Però no. Em mantinc en un home d'un sol ús. Reservat a una sola dona. Per ella, estic explorant el sentit de la paraula «estoic».

Esvaeixo els meus fantasmes amb un gest brusc i torno al meu lloc, on em tanco amb pany i forrellat. A la Meredith la faig mestressa de l'única clau del meu cor.

Escena 27

Meredith
Compte enrere: –115 dies

Com cada matí, des de ja fa unes quantes setmanes, vaig al teatre de l'Acrostiche. Però aquesta vegada és la recta final. Només ens queden tres dies d'actuació. Després, la Rose i jo tornarem breument a París abans de marxar cap a Lille per continuar amb la gira de *Les Maripilis*. He de reconèixer que no em sap gaire greu que s'acabin les funcions de Marsella. Tota experiència té la seva part positiva, però, malauradament, aquí, els resultats estan lluny de ser satisfactoris: no es pot dir que el teatre hagi aconseguit atraure les masses. Però això no vol dir que la Rose i jo ens haguem de treure mèrit. En cada sessió, ens hi deixem la pell. Amb un pressupost per publicitat inexistent i la nostra fama que frega el nivell zero, ho teníem difícil.

L'Henri Bosc, l'amo, ve entre bastidors.

—Aquesta nit tampoc no ha vingut gaire gent. Haureu de fer pits i llonzes per animar l'ambient, eh, noies? Compto amb vosaltres!

Aquesta sí que és bona. Nosaltres ens dediquem a fer riure la gent, no als trucs de màgia.

Davant del mirall envoltat de leds, em concentro en el maquillatge per no pensar en com em rebenta actuar en aquest antre. A mesura que em caracteritzo, canvio de pell. M'aplico el perfilador d'ulls negre sobre les pestanyes, un gest que implícitament m'ajuda a recuperar la calma. Darrere meu, la Rose escalfa la veu fent uns gargarismes estranys, i no em puc estar de riure. Mentre jo necessito dedicar-me al meu ritual de gestos per centrar-me, la Rose, en canvi, necessita moure's per entrar dins del joc. De fet, recorre amunt i avall el camerino, remenant la cintura com si hi tingués un *hula-hoop* o fent estiraments rocambolescos.

—Noies, us toca. Esteu a punt?

I és en aquest moment que normalment sento una fiblada més forta al cor. El pànic escènic i jo avancem en la penombra del *backstage*. Allargo el coll per veure quantes persones hi ha assegudes a la sala. De moment aquesta nit no canviarem el curs de la història! La Rose i jo ens dirigim una mirada de complicitat i xoquem discretament les mans. Som-hi!

Les Maripilis aquesta nit triomfen, encara que només hi hagi quinze espectadors! Hi ha un moment en què interpel·lem algú dels presents. Triem una persona a l'atzar entre el públic i el fem pujar a l'escenari l'estona que dura el número. A la gent li agrada aquesta mena d'interacció. Quan el focus il·lumina les cares de la gent, baixo a la sala per triar una persona. Escorcollo els assistents amb la mirada i, per segona vegada en menys d'una hora, sento una punxada al cor: reconec algú, a la tercera fila hi ha... l'Antoine!

M'assalta un torrent d'emocions múltiples i perdo la serenor un instant. La Rose deu haver vist que vacil·lava i m'ha vingut a rescatar. Reconeix l'Antoine, també es queda paralitzada, i tot seguit reacciona. *The show must go on*. Triem un senyor que sembla un llenyataire canadenc i es cargola de riure quan és a l'escenari, visiblement content i excitat que l'hagin fet participar. Es tracta d'això. Intento oblidar la mirada de l'Antoine posada en mi, continuar en el meu paper costi el que costi, professional fins al final. Però és extremament difícil i pertorbador. Quan finalment arriba l'últim número de l'espectacle, sento un alleugeriment immens i surto a saludar amb una sensació d'alliberament. Me'n vaig entre bastidors corrents, tanco la porta del camerino d'una revolada, i em desfogo amb la Rose.

—Hòstia, que l'has vist? Era l'Antoine! Què hi fot, aquí? Tu ho sabies?

Em promet que no. Se la veu tan estranyada com jo.

—Però estàs contenta, oi? És una bona sorpresa!

El somriure se li paralitza quan veu la meva cara de moniato.

—No t'entenc, Meredith. Fa setmanes que m'infles el cap amb l'Antoine, que el trobes a faltar tant, i ara que el tens aquí reacciones com si fos un empestat!

—No és això, però és que…

Piquen a la porta. El cor em fa un bot. Estic convençuda que és ell. La Rose em fa signes muts per saber si pot obrir. L'Antoine apareix al llindar. Porta un ram de roses negres i blanques. Ha recordat que no suporto les vermelles. Els meus ulls es passegen pel seu cos. Que guapo és! Té estil. Uns texans cenyits, una jaqueta negra amb unes ratlletes molt fines gris antracita, pràcticament invisibles, armilla de vellut sobre camisa blanca. I, per rematar-ho, unes sabates negres esplèndides embetumades amb cura. Està impressionant. Em mira sense pestanyejar, una mirada que diu molt sobre les últimes hores, la mirada intensa i penetrant dels homes que han pensat i esperat massa. Amb tot, no el vaig a buscar. Ni li somric. M'envesteix un altre torrent de ràbia, com el que havia tingut feia poca estona a la sala. La Rose deu haver notat que s'apropa la tempesta.

—Bé, us deixo sols, d'acord? Ens veiem després...

Li agraeixo aquest detall. Quan ja és fora, li giro l'esquena a l'Antoine.

—Quina rebuda!

El to sarcàstic i afligit de la seva veu em deixa glaçada. Però el neguit de veure'l és més fort que jo. Estic enfadada amb ell.

Noto que s'aproxima un pas.

—Meredith? Què passa?

—...

—Però digues alguna cosa, coi! Que no et fa il·lusió veure'm?

Detecto certa angoixa en la seva entonació. Em sap greu tractar-lo així, però no puc reaccionar d'una altra manera.

Em quedo clavada en el meu mutisme fins que ell em gira a la força perquè el miri a la cara. Tinc llàgrimes als ulls. Intento no pensar en la dolcesa de les seves mans càlides sobre les meves espatlles i enretiro la cara; ara només veu un matoll de cabells desordenats. L'allunyo de mi i em refugio en un racó de l'estança per esplaiar-me.

—Per què has vingut, Antoine? —dic amb veu trèmula—. No volia que et presentessis aquí sense avisar, per sorprendre'm una nit així...

—Una nit com què, Meredith? —em diu, finalment, nerviós.

Aleshores em treu de polleguera.

—Una nit patètica, Antoine! Una nit que hi ha tres matats a la sala! Una nit que em tornes a veure com una humorista d'estar per casa! Que ho entens?

L'Antoine acusa el cop i deixa que es faci un silenci.

—I a mi què m'importa, això, Meredith? Creus que això té cap importància per a mi? Encara estem igual?

—Doncs sí! —crido jo fora de control—. Encara no ho has entès. Necessito que estiguis orgullós de mi, necessito tenir èxit, demostrar de què soc capaç!

L'Antoine s'apropa per intentar calmar-me. Reculo un pas. Arrufa les celles davant d'aquest nou senyal de rebuig.

—Jo ja estic orgullós de tu, Meredith. Tu ets l'única que no ho veu.

—Sí, és clar, gràcies! —responc amb sequedat.

No el necessito perquè em recordi que em falla l'autoestima.

—O sigui que l'únic que et provoca que creui tot França per aplaudir-te i venir a veure't és això?

No dic res.

—Molt bé... Ja veig que les ganes no són les mateixes per totes dues bandes...

Rebento.

—Parlem-ne, de les teves ganes! Has vingut perquè trobes a faltar una cosa, oi? Ja ho he entès amb els últims missatges que m'has enviat. Però en el fons no soc jo qui enyores, Antoine. El que enyores és el sexe!

Penso en tots els seus últims missatges de text carregats d'al·lusions eròtiques. Estic a punt de plorar.

Ell aplaudeix amb cinisme.

—Caram, bravo. Aquesta escena encara no me l'havia fet ningú. I sí, collons, és clar que et desitjo. Tinc ganes d'estar amb tu i, sí, aquest allunyament nostre m'està matant, si vols que et digui la veritat! I no, no trobo a faltar només el teu cul! I n'estic fins als nassos que dubtis constantment de l'amor que sento per tu. —Cada vegada el veig més nerviós fins que esclata—. Oh, i a sobre... No sé per què collons m'intento justificar!

Obre la porta del camerino i la fa petar sorollosament.

Em trobo sola amb la meva estupidesa. Una de les dues sobra. El silenci em paralitza. Decideixo córrer darrere d'ell, amb el maquillatge de Pepona a la cara, amb el boà rosa al coll, la faldilla bufada i les mitges de colors.

Escena 28

Antoine

Surto en tromba del teatre, ensopego amb un noi i li cau la cervesa a terra. Desaparec, enfurismat, pel carrer, deixant enrere les protestes. Enfonso els punys a les butxaques amb tanta força que m'estranya que no les foradi. Un plugim fastigós em glaça la cara, i la humitat em cala per la més petita escletxa que troba. M'apujo el coll de l'abric per combatre el fred. Veig a terra un paquet de tabac buit, esclafat. Li etzibo una puntada de peu per calmar els nervis i continuo la cursa que he iniciat per aquests carrers embriagant-me de la meva pròpia ràbia. És que s'ha de ser idiota! Com se'm pot haver passat pel cap venir a veure-la sense avisar? Ho hauria d'haver endevinat, que no ho suportaria. La gerra d'aigua freda me l'he buscada jo. Estic empipat amb mi, i amb ella. Com pot ser que no s'adoni que està a punt d'espatllar-ho tot amb aquests refotuts complexos que té? I pensar que aquest instant de retrobament hauria pogut ser màgic... I en canvi, què ha fet ella, eh? La Meredith m'ha esguerrat la il·lusió. Cada retret que m'ha fet ha estat una ganivetada dolorosa.

El mòbil vibra a la butxaca. És ella. Se me'n fot. No tinc cap ganes d'agafar-l'hi. Deixo que soni. Que no és el que m'acaba de fer ella fa un moment? Tinc un buit a l'altura del cor, profund; és el que m'ha deixat una mena d'aspirador, que n'ha xuclat tots els meus bons sentiments.

Quina merda de temps! Hi ha dies que són així.

Cínicament, demano a la persona que s'ho està passant tan bé, en alguna part de la Terra, que pari de clavar agulles a la meva nina vudú.

El telèfon torna a sonar. No l'agafo. Ella hi insisteix. Tampoc no l'agafo. Se m'ha fet una bola de ràbia a la gola. Me la imagino, la cara desfeta, intentant contactar amb mi. Sento un formigueig a la punta dels dits i em reprimeixo per no respondre. Però enfonso una mica més profundament el telèfon a la butxaca interior de l'abric. És on l'he enterrat. Adreço un «descansa en pau» a la meva història d'amor i ara ja només tinc una obsessió: fugir. Ben lluny. Arribar com més aviat millor a l'hotel, fer la maleta i pujar al primer tren. Amb una mica de sort, encara podré agafar l'últim del dia.

Escena 29

Meredith

Corro pels carrers buscant l'Antoine. He demanat a l'amo si ha vist en quina direcció se n'ha anat. «A l'esquerra», m'ha dit. «I digue-li que encara espero les disculpes per l'enrenou!» «Sí, ara mateix no pensava en res més», em dic. La boirina m'entela la vista. O potser són les llàgrimes de rímel. Però no és cosa només dels ulls. Una boira poc habitual a la zona flota en l'aire i transforma els vianants en siluetes fantasmagòriques que em dirigeixen mirades estranyes i s'allunyen al meu pas. És veritat que dec fer por amb aquests ulls embogits i espantats, i la roba estrafolària que porto de Maripili. Vaig i vinc pels carrers del barri, en va. Ni rastre de l'Antoine. Evidentment, intento parlar-hi pel mòbil. No l'agafa. Les meves trucades cauen desesperadament en el buit. Tinc el cor destrossat. Ja no vol parlar amb mi. Ho he espatllat tot. El seu silenci explica fins a quin punt li dec haver fet mal. M'assec al marge de la vorera i ploro a llàgrima viva.

El telèfon sona. Faig un bot de tres pams. Però no és ell. És la Rose. Responc.

—On t'has ficat? —em crida a l'aparell—. Estic preocupada!

—Se n'ha anat! —li dic mentre m'empasso els mocs, destrossada.

—Evidentment que se n'ha anat —respon ella, serena, implacable—. Amb la rebuda que li has fet, no m'estranya!

—És que..., és que m'he sentit superada —ploro, desesperada.

—Ho sé, nena, ho sé. Va, on ets?, que et vinc a buscar...

Al cap d'una estona apareix la Rose. Ha tingut la bona pensada d'agafar un paraigua i un abric per tapar-me. Sort que en tinc, d'ella! Me li llenço als braços.

—Què faré, ara?

—Deixa'm pensar... Jo, després d'una discussió com aquesta, el primer que faria seria tornar a l'hotel, estàs d'acord amb mi?

Faig que sí amb el cap.

—... i amb tota la ràbia del món, faria la maleta en dos minuts. Sí? Encara em segueixes?

Ja veig on vol anar a parar i tinc un esclat de lucidesa:

—L'estació! Deu ser a l'estació!

La Rose treu el mòbil per consultar els horaris dels trens.

—L'últim surt a les 19.04 h... O sigui que ens queden...

Les dues cridem a l'unísón:

—... vint minuts!

Atac de pànic entre Les Maripilis. Correm com dues esperitades, veiem un taxi, ens hi llencem i l'assaltem amb la història del retrobament que només pot acabar amb un final feliç. Ens pren per dues boges, però canvia d'idea quan la Rose li allarga un bitllet de cinquanta euros.

—Escolti, hem de ser a l'estació abans de les set.

El taxista entén l'objectiu i prem l'accelerador a fons. Els nostres cossos xoquen violentament contra el respatller.

No ens deixa davant de l'entrada de sortides sinó que més aviat ens hi expulsa. Correm a tota velocitat fins al primer panell d'informació. Via 4! Em giro per buscar la Rose i veig en la seva mirada un «Corre, afanya't, t'estimo, burra!», més o menys explícit. El meu cor desborda d'amor per ella. Li envio un petó amb la mà i corro a l'andana. M'aturo en sec a l'altura de les màquines validadores. És allà. El veig a cinquanta metres. El crido pel seu nom amb totes les meves forces, però només passa a les pel·lícules que et puguin sentir a aquesta distància enmig de tant xivarri. Aleshores, em poso en la pell de l'Usain Bolt per atrapar-lo. Li salto al coll per darrere. Em sembla que l'he espantat de debò. Quan es gira i em veu, fa un pas enrere. Deixa els braços morts. L'Antoine no m'abraça. Ara soc jo qui té por. En acabat, després d'un moment que em sembla interminable, fa un pas endavant i m'allarga per agafar-me la meva. Ens mirem de fit a fit un segon, i ens preguntem si cal parlar, dir alguna paraula que ratifiqui la fi de la baralla. L'impuls de tots dos posa fi al debat: ens desfem en un llarg petó a la boca, sols al món, enduts pel moment en una meravellosa escena cinematogràfica que es mereix una edat recomanada de setze anys. Un deixar-se anar que no és del gust de tothom. Una vella carca remuga quan passa pel nostre costat.

—Aneu-vos-en a un hotel!

Gràcies a la bola màgica de la gent feliç: aquestes paraules amargades ens rellisquen.

—Perdoni, senyora, té raó!

Sufoco el riure al coll de l'Antoine. La senyora sembla sorpresa i gairebé decebuda que no donem corda a l'agressivitat que porta al damunt.

La meva àvia Didine sovint em deia: «Tu passa a prop de dues persones que s'abracen i tindràs poques possibilitats d'atrapar un petó. Passa a prop de dues persones que es barallen i tindràs moltes possibilitats de rebre un cop».

I és ben bé així. Com em puc enfadar amb aquesta dona?

Qui sap si ella no ha tingut la sort de sentir, com jo en aquest moment, el seu cor desbordant de l'alegria de sentir-se estimada?

Ben aviat, els pensaments que ella m'ocupa s'esvaeixen mentre l'Antoine se m'endú lluny del brogit de l'estació de tren, cap a racons molt més íntims…

Escena 30

Antoine

La Meredith. Em farà tornar boig... Però com m'hi puc resistir? Després del vendaval de la baralla, el retrobament de la nit ha agafat un tomb inèdit, i una intensitat fins aleshores inigualable. La veig davant del recepcionista a qui he demanat la targeta d'accés a la meva habitació, amb la mà càlida agafada a la meva, ruboritzada pels moments precedents a l'amor, com jo, febril, gairebé enfervorida. La torno a veure, a l'ascensor, impacient durant l'interminable trajecte fins a la sisena planta, els nostres cossos separats per una parella de turistes anglesos, embriagats per la seva onada de paraules melodioses, però menys reveladores que el nostre silenci. La torno a veure un cop més, encastada contra la paret entapissada amb una tela de flors estampades, la pelvis arquejada, una espatlla nua i tot el seu cos reclamant el meu.

Trontollo i em clavo un cop contra la paret. El tren, que ha iniciat una cursa contrarellotge per recuperar el retard, es balanceja bruscament, però el seu moviment no supera el del meu cor. Ahir a la nit, jo també vacil·lava. Un vaixell embriagat de plaer. Un creuer dels sentiments. Li he donat el que ella volia, el que ella sempre ha esperat de mi: l'amor en una subtil alternança de força i tendresa. L'amor que comença amb paraules blaves i s'inflama amb paraules ferotges. Aquell moment en què a ella li agrada oferir-se, on la relació de força es rendeix, o, en la intimitat, abaixa la guàrdia fins a permetre's una tendra submissió al plaer.

M'agrada la Meredith quan es deixa anar i, finalment, em permet estimar-la. Penso en la discussió que vam tenir i torno a sentir una esgarrifança. Què en traiem de complicar les coses quan podrien ser ben senzilles? «Meredith, realment ets especialista en crear-te problemes inexistents!» Havia estat a punt d'engegar a rodar el nostre retrobament amb les idees que es fica al cap de la seva carrera que no acaba d'engegar, el seu futur incert, i tota la seva cançoneta per dir que no se sent suficientment a l'altura de la nostra història d'amor. Bestieses! Com si jo tingués cap necessitat que sigui cap de cartell per estimar-la més! No pot entendre que vull estar al seu costat en totes les etapes de la seva vida, sense esperar, des d'ara mateix? Ser allà, justament perquè ella encara no ha aconseguit arribar en la seva carrera al lloc on hauria de ser. Ser al seu costat, justament quan les coses vagin mal dades, tan habituals en aquest cruel àmbit artístic. Però la Meredith és tossuda de mena...

Tot i així, he de deixar d'intentar llegir la situació des del meu punt de vista si vull tenir l'oportunitat d'entendre el seu. És un fet: la Meredith no se sent prou orgullosa d'ella mateixa. I per més vegades que li repeteixi que té tots els motius per estar-ne, n'ha d'estar convençuda ella tota sola... No puc ser jo qui recorri aquest camí per ella. La Meredith, com una funàmbula sobre el fil incert de la vida, busca el seu equilibri, i jo no puc fer cap altra cosa que no sigui estar al seu costat, disposat a allargar-li la mà quan la necessiti, si ensopega...

Esclata un soroll estrident i de l'ensurt gairebé em quedo sense alè. Acabem de creuar-nos amb un tren d'alta velocitat. Els vidres tremolen. És l'efecte que té la Meredith en la meva vida: em trastoca, em deixa sense respiració.

Una dona surt del lavabo. S'acaba de repintar els llavis. Un color gerd intens. Em dirigeix una mirada seductora. En altres temps, potser hauria picat... Però ara mateix només tinc ulls per a la Meredith. És així.

Continuo avançant cap al vagó restaurant. Necessito menjar alguna cosa que em revifi. Em sento baldat. Ple i buit al mateix temps. Pot ser, això? I, encara que no ho vulgui, continuo rumiant-hi. «Meredith, per què no em deixes que t'estimi i prou?» Noto en ella tantes reticències a submergir-se en la nostra història! És com si hagués construït una barrera al voltant del seu cor per evitar que ningú entri en el seu jo més íntim. Aquesta mena de conflicte interior no l'abandona, responsable del vaivé constant entre el desig d'estar en parella i les ganes ferotges de fugir per continuar sent lliure.

Però l'estimaria tant si fos més fàcil dominar-la? Ja no em faig aquesta pregunta. L'estimo i prou. Arribo al vagó restaurant. Hi ha cua. No soc l'únic de voler matar el temps entretenint la gana.

Demano un entrepà i un cafè doble llarg. Hi ha un seient lliure al costat d'una mare i el seu fill petit. Els crits estridents del nen no m'espatllen els pensaments. Així que faig els primers glops de cafè, em trasllado mentalment a l'habitació de l'hotel amb la Meredith. Ens vam estimar més no sortir: teníem tan poc temps per a nosaltres... Vaig trucar al servei d'habitacions, encara que cap dels dos no teníem gaire gana.

Després d'esmorzar, tot just fa un moment, hem fet l'amor una última vegada. Amb un regust agredolç. L'alè curt i els cossos regirats. Busco una paraula que tradueixi aquesta sensació: voluptuositat! La Meredith em va portar a cims de voluptuositat i de sensualitat. I què puc dir de la seva emoció en aquell moment intens en què semblava que per fi ens havíem fos en un sol cos, fins que la seva boca feia gust de llàgrimes, quan he sentit la seva cara molla contra la meva sense que hagi buscat ocultar la seva tristesa per la nova separació imminent de tots dos? M'ha trasbalsat. Volia beure les seves llàgrimes fins al final, aquestes llàgrimes que potser explicaven per si soles el lligam que sent amb mi i no aconsegueix expressar en paraules.

Ah! Espero que un dia li puguin sortir aquestes paraules... Però tindré paciència. M'esperaré. El temps que calgui.

Encara em sento tan ple d'ella després d'aquestes hores robades, màgiques, torbadores..., que no em puc estar d'enviar-li un missatge de text mentre soc al vagó restaurant.

> Nivell 1: feliç. Nivell 2: satisfet. Nivell 3: extasiat. Nivell 4: Meredithisat.

Espero que acabi entenent fins a quin punt em pot fer feliç. Però primer ha de donar una oportunitat a la nostra relació! D'aquest viatge també m'emporto una idea crucial: la Meredith no se sentirà bé fins que no se senti segura en el seu futur professional. Necessita sentir-se realitzada, avançar en la seva carrera per estar orgullosa davant meu. Venir a veure-la en un moment de fragilitat, mentre actuava davant d'un públic tan escàs com la flora al Mar de les Dunes de Tattoine, ha estat un error immens! Cal de totes totes que tingui confiança en el seu talent, que vegi amb més serenor el seu futur artístic. Ara ho veig clar: ja no ha de passar més per aquesta mena de desengany! He de vetllar perquè això no passi.

Sé que aviat se n'anirà a actuar al teatre dels Guillemets, a Lille. Les actuacions començaran d'aquí a dues setmanes. Tinc, per tant, quinze dies per aconseguir omplir la sala, i per demostrar-li que el verb «estimar» no és només un verb d'estat, sinó sobretot un verb d'acció... Tot i que està clar que ella d'això no n'ha de saber mai res.

Lille

Escena 31

Meredith
Compte enrere: –106 dies

Dalt del tren que em porta cap a Lille, la ciutat de la meva infància, no paro d'escriure. D'ençà del retrobament (massa breu) amb l'Antoine, em sento més inspirada que mai. La nit d'amor, amb què tantes setmanes havia somiat, ha estat fantàstica, com de pel·lícula. Això m'ha fet pensar en la conversa que vaig tenir fa poc amb la Rose sobre l'art de fer l'amor i m'ha inspirat un *sketch* còmic per al meu monòleg. M'ha semblat divertit descriure el desfasament que hi pot haver entre fantasia i realitat en el joc de l'amor. Faig uns esbossos per donar forma a l'esquetx.

> [*Focus sobre la senyoreta Juju, la nostra Julieta dels temps moderns, gran Exploradora de l'Amor.*]
>
> És la gran nit! La nit de LA cita. La que promet vuit hores de cabrioles ininterrompudes, del dret i del revés, una ruleta de sensacions, de quedar-se sense alè i de frisança garantida... Ja fa vuit dies que fantasieges pensant en aquest dia. Te l'imagines matí, migdia i nit. La imatge es repeteix trenta-sis vegades al dia... Com si ja l'haguessis viscut...
>
> [*La senyoreta Juju imita l'escena somiada amb l'amor de la seva vida.*]

Òbviament, ho tens tot calculat perquè la nit sigui màgica.

[*La senyoreta Juju gesticula exageradament amb els braços com si fos un mag.*]

Ja et veus en aquesta penombra ideal, el cos magnificat per la presència d'una espelma de perfum «afrodisíac» (sí, sí, el de la botiga t'ho ha assegurat). Ja tens prevista LA música per reforçar l'ambient. I quan allargues el dit al mòbil, això sí, amb les ungles ben retallades i cuidades, selecciones el títol de la cançó perfecta, la que et deixa sense alè, música al pur estil *striptease*: la veu d'Etta James, ronca i provocadora, ressona a l'habitació «*I just want to make love to you*».

[*Els tècnics regulen el so, mentre la senyoreta Juju esbossa a l'escenari l'inici d'un* striptease *tòrrid. En acabat, suspèn el moviment lasciu i el cos reprèn una postura tristament ordinària. Aleshores prem el botó gegant virtual del mode de realitat projectat en vídeo sobre la pantalla que té al darrere.*]

En la realitat, ja no és el mateix quadre! Us n'heu adonat? Voleu encendre l'espelma miraculosa, la del venedor de sensualitat, la metxa no s'encén bé i l'heu d'intentar encendre tres vegades. Deixa anar un fum d'olor acre, mentre la nostra conquesta espera amb els braços penjant, en un silenci tot d'una incòmode. Per fer-te contenta, es veu obligat a dir: «Magnífic!». En realitat, s'ha de reconèixer: aquesta espelmeta fa pudor. Però deixes córrer aquest detall i ataques la seqüència de despullar-te...

[*La senyoreta Juju comença una caricatura de* striptease *matusser en mode «vida real»*.]

Intentes treure't les mitges amb sensualitat, però se t'encallen als peus i tentineges. I en el moment en què te les treus a l'estil Kim Basinger t'adones de la cel·lulitis que tens. I en aquell punt...

[*La senyoreta Juju fa una contorsió còmica de dona intentant trobar el costat bo del seu cos. Continua alternant la seqüència realitat-fantasia, utilitzant el truc del botó virtual. En les seqüències de la «fantasia», adopta una veu emfàtica i suggeridora. En les seqüències de la «realitat», empra una veu més greu i desil·lusionada.*]

[*Botó Fantasia activat*]

Feu l'amor com els déus, ets una deessa meravellosa i t'agrada perdre't en els ulls del teu enamorat, on veus com resplendeix una llum d'admiració espaterrant, mentre el fas tornar boig de desig amb aquests moviments tan elegants.

[*Botó Realitat activat*]

El company una mica més i et provoca un esquinç. Tot apunta que s'ha oblidat que fa tres anys que ja no vas al gimnàs. I mentre tu esperes que et plogui un devessall de paraules boniques, ell et llepa l'orella amb tot d'expressions de dona de poca reputació que es perden en un fil de bavaaaaaaaa...

[*La senyoreta Juju exagera movent i fent espetegar la llengua per fer reaccionar el públic.*]

[*Botó Fantasia activat.*]

Assoliu tots dos el clímax en un impuls sublim, i la voluptuositat transcendeix la bellesa dels vostres dos cossos abraçats...

[*La senyoreta Juju fa viure al públic el moment fantasiós a la perfecció amb una dansa de gestos i moviments exagerats.*]

[*Botó Realitat activat.*]

[*La senyoreta Juju marca el trencament canviant radicalment d'actitud corporal.*]

La teva conquesta acaba el seu tema en dos segons amb un gemec de bèstia humana. Et ve al cap la imatge d'un documental d'animals, del tot inoportú. Amb els ulls clavats al sostre, et preguntes si mai arribarà el teu dia del punt G...

[*Botó Fantasia activat.*]

Tots dos sortiu de la dutxa rient, il·luminats per l'única flama oscil·lant d'una espelma perfumada, i, sota el raig d'aigua bullent, us continueu estimant bojament.

[*Botó Realitat activat.*]

És evident que un dels dos sobra a la dutxa. Et sents més sardina que sirena. Intenteu posar-vos sota el raig d'aigua per torns, amb un somriure una mica forçat: com pots reconèixer que... en el fons t'estàs congelant! Maleïu els que han inventat els telèfons de dutxa d'un sol mànec. Com és que no han pensat en els telèfons bidutxa perquè els dos membres de la parella puguin gaudir del fil d'aigua calenta? Un raig que, evidentment, t'acaba aterrant a l'ull. El rímel regalima sense pietat. Ara fas cara de víctima d'un thriller de segona categoria. O d'un cocker mullat, tu tries. Mentre us eixugueu, ja notes una punxadeta a la gola. Genial: a sobre has arreplegat una galipàndria! «Amor, t'ha agradat?»

El tren entra a l'estació. Ja? El viatge m'ha passat volant! Recullo les meves coses i em preparo per sortir. Acabo d'arribar a Lille. El bressol de la meva infància. Benvinguts a *Retorn al passat*.

Escena 32

Meredith
Compte enrere: –95 dies

Quan vaig dir als meus pares que m'instal·laria a Lille durant dos mesos van expressar la seva alegria... més aviat contingudament. Vaig notar, per un moment, el neguit que van tenir quan em van preguntar on viuria.

—No patiu —vaig respondre amb una subtil nota de cinisme a la veu—. Hem llogat un apartament amb la Rose. No us molestaré!

Els he vist tan alleugerits que he sentit una pessigada al cor: ja hi estic acostumada. Viuen a dues passes del teatre on actuarem i hauria estat més pràctic i econòmic instal·lar-nos a casa seva, però compartir el mateix espai amb ells hauria resultat insuportable.

Els meus pares viuen en un pis del carrer Jan Sense Por, i no és cap broma. També el podeu anomenar Joan I de Borgonya, duc de Borgonya i de Brabant, comte de Flandes, d'Artois, d'Hainaut i del Charolais, senyor de Mâcon, Chalon... entre d'altres. Eren altres temps, altres costums... Aquest senyor va fer assassinar el duc Lluís I d'Orleans el 1407, abans que l'assassinessin a ell el 1419. Era la violència d'aquella època.

De fet, nosaltres també tenim la nostra, oi? Encara que sigui menys flagrant.

El cas és que en aquest carrer la meva innocència va ser assassinada. Si més no, va ser aquí que vaig perdre la innocència del cor i l'ànima de nena.

Era un dia de novembre. Una conversa acalorada sorpresa per una discussió entre els meus pares que es pensaven que estaven sols a casa. Per les paraules desafortunades i explícites del meu pare, em vaig assabentar —molt a pesar meu— que jo era una filla no desitjada. Un «accident».

Tots dos comerciants sobrepassats en el seu negoci, amb dos fills ja darrere seu, els meus pares es van prendre el meu naixement com una càrrega complementària, de la qual haurien passat de bon grat. «Els diners no surten dels arbres», repetia sovint el pare amb un to de retret, com si jo fos l'única responsable de les dificultats econòmiques familiars per la mala situació que vivia el país. Per tirar endavant havien de fer més hores que un rellotge. Un tercer fill els complicava la logística i frenava les seves ambicions.

A més, malauradament, em va costar més d'un any dormir tota la nit seguida. Un altre error imperdonable, que, a sobre, em va suposar penjar-me una etiqueta: la de nena complicada, la que dona feina, la pesada de torn. La filla que sobrava. Aleshores vaig aprendre de seguida que el millor era passar desapercebuda. I ara m'adono que, ben aviat, aquest comportament dels meus pares va deixar en mi un dubte terrible: em mereixo que m'estimin?

La meva autoestima va quedar tocada per sempre.

Estressats constantment per les exigències de la seva professió, als meus pares no els sobrava tendresa per donar. La meva situació no va millorar quan, ben aviat, es va demostrar que no valia per a l'escola. Jo intentava donar-ho tot, però per més que ho donés tot, mai no era suficient. Mite de Sísif, un perpetu tornar a començar la feina per intentar treure bones notes, i aquesta temptativa acabava sempre, inevitablement, amb l'assignatura suspesa. L'escola no m'interessava, m'hi avorria molt. Que potser tenia el cervell recobert de tefló antiadherent perquè no s'hi enganxessin les idees? El cas és que em sentia com una oca d'aquelles que les engreixen a la força. En va. Com em podia treure del damunt una etiqueta tan enganxosa com la de la mediocritat?

Ja de gran, cada vegada que torno a Lille, no puc evitar que m'atrapin els pensaments nocius i se'm reobren aquestes múltiples ferides i humiliacions de la infància. Aleshores només em ve de gust una cosa: tornar-me a trobar amb l'única persona que sempre ha estat al meu costat, la meva àvia, la Didine, ara enterrada al cementiri de Lille-Sud.

Compro pel camí un petit ram de flors salvatges —les úniques que li agradaven perquè no suportava gaire la sofisticació de les flors més esnobs— i creuo l'arcada del portal principal, reprimint una esgarrifança desagradable.

Avanço cap a una de les nombroses avingudes circulars i busco la seva tomba. Val a dir que el creador d'aquest lloc ha dissenyat una mena de teranyina amb els camins! L'ambient de Halloween està garantit cada dia. Els cementiris sempre m'han fet venir fred a l'esquena, però aquest d'aquí s'endú el premi. Aquí, fins i tot la primavera ho té cru. Amb tot, la verdor intenta aportar calidesa amb els seus braços verds a aquests embalums de pedra i marbre.

Veig una rèplica de l'àngel ploraner de la catedral d'Amiens, repenjada en un crani. Sé que la meva àvia no deu ser gaire lluny. Arribo davant de la seva làpida i de sobte m'envaeix l'emoció.

—Didine! Et trobo tan a faltar!

Deixo el ram de flors i em fixo en les males herbes agafades a llosa. Les arrenco i n'observo un moment les arrels negres. Les arrels... Penso en les meves. En els meus pares. En el seu comportament amb mi. Les arrels de la meva inseguretat, de la meva baixa autoestima i falta de confiança en mi mateixa. En tots aquests anys que he intentat que m'estimessin i que és evident que no ho he aconseguit. En totes les passes que he fet per aproximar-me i trobar un gest d'afecte m'he topat amb el rebuig de la meva mare. Com si fos al·lèrgica a la meva tendresa. Però ho feia subtilment, és clar, s'excusava, amablement, deia que no tenia temps, sempre trobava un motiu per evitar-me. Però la canalla ho capta tot.

A sobre, al meu pare se li havia ficat al cap que jo em gratava la panxa. Fins al punt que va decidir que era la seva obligació ser dur amb mi per corregir el que ell qualificava d'una tendència innata a ser mandrosa, i volia intentar ferme sortir de la meva pròpia mediocritat. De seguida es va transformar en un ventilador de missatges negatius, que m'atacaven l'amor propi constantment. Amb el pretext que ho feia pel meu bé, havia agafat el costum d'infravalorar-me: reguitzell de comentaris ofensius, sobrenoms burletes, mà de ferro sense cap tacte; violència discreta, sense contusions ni bonys visibles, però sí a l'ànima, que va acabar afectant el meu amor propi.

Ràpidament, la nena que havia estat jo va arribar a la conclusió que apropar-se gaire als pares buscant-hi afecte acabava sent dolorós. Així doncs, a poc a poc, vaig evitar establir-hi un vincle. El meu cor ha agafat distància, s'ha tornat desconfiat. L'amor ha agafat aires de galleda d'aigua bullent i ha creat un reflex de retirada: «Perillós, no acostar-s'hi».

I això ha fet néixer dins meu un sorprenent conflicte interior, sobretot pel que fa a les relacions amoroses: en el fons, tenia unes ganes i una necessitat terrible que m'estimessin, que em consolessin, que em mimessin; però massa sovint encara em venien ganes d'escampar la boira cada vegada que aquesta possibilitat estava a punt d'arribar. El cas de l'Antoine és un clàssic: per culpa d'aquest passat mal digerit, estava a punt d'arruïnar totes les possibilitats que tenia de ser feliç en el present.

El passat... Encara me'n recordo que, per esvair-me de «l'ambient de casa», m'estirava al llit i m'hi passava hores escoltant música i somiant. Quantes pel·lícules m'havia fet al cap! Històries d'amor o històries divertides, ja aleshores.

Miro la creu que presideix la tomba de l'àvia. La meva pobra Didine. T'imagino tancada aquí dins i se'm fa un nus a la gola. El fred, la foscor, el confinament. Això no t'hauria agradat gens a tu!

Àvia, sempre has estat la meva font d'oxigen, tan viva i enèrgica. Si un dia arribo a curar totes aquestes ferides del passat, serà per tu. El dia que ho aconsegueixi, et prometo que obriré una ampolla de granadina en honor teu! I correrà a dojo, oi tant que sí.

M'assec un moment sobre la tomba i trec el meu Organitzador d'Amor. Busco la pestanya «Entre jo i jo» per retrobar-me amb la senyora Creença. Penso en la meva herència emocional. La convicció que no valc res, que no soc digna de res...

Ui, ara plou? M'eixugo la cara amb la màniga. Estic rabiosa. Com s'arriba a plorar en un cementiri... Haurien d'instal·lar dispensadors de mocadors de paper a les creus.

Quants moments de desaprovació parental vaig llegir en els seus rostres! I la vergonya que m'envaïa aleshores!

Quanta necessitat tenia que em mostressin la seva confiança, els seus ànims. Signes afectius com aquest m'haurien donat seguretat en comptes de convertir-me en una persona fràgil en la part afectiva!

Penso en l'Antoine. En el compte enrere que li he imposat. Encara em costa creure-m'ho, però crec que m'estima. Aquesta vegada va de debò. I, aleshores, què faré? Permetré que aquestes velles històries ho engeguin tot a rodar? Una ràbia sorda reapareix.

És la senyora Creença que ha aixecat aquests murs de por, les barricades darrere les quals m'atrinxero. La creença que estimar és perillós, que això no pot funcionar de cap manera, i que qualsevol temptativa acabarà en fracàs, li dec a ella. Però és un destí inevitable?

Miro fixament la foto menuda de l'àvia Didine, que tot d'una sembla que em parli.

—És això el que vols? Continuar sabotejant-ho tot? Deixar passar una oportunitat?

—Tinc massa inseguretats, àvia Didine...

Arrufa les celles en senyal de desaprovació.

—Excuses. No vull sentir-te parlar així. La inseguretat té solució!

—No sé com fer-ho i, a més, ho arrossego de fa temps...

—I si comencessis deixant d'autocompadir-te? Eixuga't les llàgrimes. Et proposo una idea perquè el passat deixi de sabotejar-te el present... Et crearàs un cementiri de records dolorosos.

—Què?

—Sí, en un racó del cap, crearàs un lloc simbòlic on enterraràs les ferides del passat.

—No t'entenc...

—Sí, veuràs, la clau és arribar a estar en pau amb el passat, a guarir les ferides passades. Ara bé, perquè «descansin en pau» i no reneixin com uns zombis en la teva vida d'ara, de tant en tant les has d'anar a visitar i dedicar-los una estoneta.

—Per què?

—Perquè això les curarà. Serà l'estona que els dedicaràs i els donaràs una consideració sincera i autèntica. Així doncs, visitaràs la nena dolguda que vas ser i li donaràs unes paraules de consol i confiança.

—Que parli amb ella? I què li dic, àvia?

—Que no és culpa seva, i que es mereix que l'estimin al cent per cent. Fins i tot te la pots imaginar i agafar-la a coll i omplir-la dels petons que li van faltar. Digue-li que té tot el dret del món de no ser perfecta, ja que no hi ha ningú que ho sigui, i que la bellesa de tot ésser humà és ser una barreja de forces i de flaqueses.

—Tot això?

La meva àvia fa que sí amb el cap i em mira amb un somriure de complicitat.

—Confia en ell —m'acaba dient, referint-se a l'Antoine—. Tinc la sensació que aquest home realment vol que siguis feliç.

Les seves paraules m'arriben de ple. S'ha alçat un airet fresc i se'm fica al coll. Crec que hauria d'anar tirant.

—Gràcies, àvia. No saps com et trobo a faltar.

—Sempre em tindràs a prop teu, ho saps prou bé.

—Sí...

Faig un petó a la punta dels dits i l'enganxo sobre la foto de la meva àvia. Juraria que ella m'ha seguit amb la mirada mentre m'allunyava.

Quan marxo, em trobo amb el vigilant i el saludo. Més tranquil·la, estic determinada a posar fil a l'agulla i a acabar amb la ràbia interna que alimento des que era petita per culpa d'aquesta experiència familiar. Faré tots els possibles perquè no m'espatlli el present, i sobretot perquè no m'esguerri la meva relació amb l'Antoine. No vull per res del món que acabi al cementiri dels amors morts!

Les meves pors i els meus dubtes són com el plom. He d'inventar la meva pedra filosofal, la que els transformarà en or, la que revelarà les qualitats dels meus defectes i les forces de les meves febleses...

Escena 33

Rose

En el moment que torna la Meredith, estic a punt d'ensenyar un nou número al Roméo. Ara ja és capaç de reconèixer les formes, els colors dels objectes i de deixar-los al seu lloc. Aplaudeixo amb entusiasme el meu ocell prodigi. Penso una altra vegada en la carta de l'Institut Peterson, que he guardat curosament en alguna carpeta sense respondre-la, que em suplicaven que els deixés el Roméo ingressat per estudiar les seves capacitats superiors. No en vull ni sentir a parlar. Perquè això significaria separar-me d'ell com a mínim uns quants mesos i no tinc ni les ganes ni el valor de fer-ho. Veig com la meva cacatua fa l'exercici amb una celeritat espectacular, i m'assalta un punt de culpabilitat: realment tinc dret a quedar-me'l per mi sola, egoistament, mentre podria contribuir a fer progressar la investigació? Un entorn com l'Institut Peterson li permetria, sens dubte, fer avenços encara més evidents perquè estaria envoltat d'experts de debò. Oi?

Em faig la promesa de tornar-hi a pensar...

La Meredith fa més bona cara d'ençà que ha tornat del cementiri.

—Ha anat bé? No ha estat un pelegrinatge complicat?

—Estic bé, estic bé... M'ha anat bé, però també la trobo tant a faltar...

—És normal.

—Sortiré a comprar. Què et ve de gust avui per sopar?

La Meredith obre la nevera, inspecciona les quatre sobralles que hi queden, en acabat es dirigeix a la petita taula del menjador i es fixa en el full que acabo d'imprimir.

—Veig que l'Snack encara treu el nas per aquí! Està ben enganxat a tu! Quin correu més maco que t'ha escrit.

—Sí, és veritat. Però saps quin és el problema? Que a mi no m'agraden aquests homes que són tan bons.

—I què? Sempre anima que algú estigui enamorat de tu, no?

—Sí, sí... Bah, no ho sé. És estrany però em fa més nosa que res...

—Sí, estrany de nassos! —riu la Meredith mentre obre l'última bossa de patates fregides.

M'aixeco per anar a recuperar el missatge que m'ha escrit el pretendent.

—Sí, em molesta perquè és com perdre el temps. En el fons, em molesta que no sigui una altra persona. Que no sigui l'adient.

—Ah, perquè ja saps quina cara fa l'adient? Quina sort!

Llanço un coixí cap a la Meredith perquè pari amb els seus comentaris burletes.

—Jo només et dic que el problema no és l'Snack i prou! No hi ha cap explicació... A mi ell se me'n fot!

—Mmm, sí, ja ho veig. Per això imprimeixes el mail. És clar...

Quan la Meredith es fa la Sherlock Holmes dels sentiments i ho vol endevinar tot em treu de polleguera. Es pensa que és la més llesta de totes! Sort que li sona el telèfon i acaba de ple aquesta conversa exasperant. Diria que és la seva mare. Veig com li canvia l'expressió de la cara i les faccions se li endureixen. Aprofito per guardar el missatge imprès de l'Snack dins de la meva Moleskine. No és que rebi tantes cartes d'amor per no conservar-la.

—Sí, mama. Euh, no ho sé... Gràcies, però és que encara no ho sé... Espera, no pengis, que l'hi pregunto...

La Meredith tapa el micro del mòbil i em xiuxiueja a la desesperada.

—Rose!

—Què vols? Què passa?

—Els meus pares ens volen convidar a dinar diumenge amb tota la família. Sisplau, digues que sí, vols venir? No em deixaràs penjada, oi?

I a sobre això... Un dinar familiar en diumenge. M'hauria estimat molt més anar al cine. La Meredith multiplica els gestos de súplica. Francament, després del que m'ha explicat de la seva família, no em ve gens de gust conèixer-los. Ara ajunta les mans i suplica. No m'hi puc negar... Faig que sí resignadament, perquè soc una bona amiga, perquè, si no... La Meredith m'envia petons muts mentre li diu que sí a la seva mare.

—Gràcies, Rose! T'ho compensaré!

—Ja hi compto! Això val per tres tandes de rentar els plats!

—Dues?

—I a sobre regateges? Tres o res.

—Molt bé, d'acord...

Escena 34

Antoine

He anat donant-hi tombs i més tombs al cap fins que de sobte ho he vist clar. Fins que m'he desvetllat. Sempre he tingut aquesta impressió: la Meredith no podrà tornar amb mi fins que no se senti més segura de si mateixa, i aquesta seguretat no la trobarà si no aconsegueix l'èxit. No havia caminat mai tant per París: pel que sembla això m'ajuda a despertar la creativitat. Mentre prenia un cafè a prop de la font Stravinsky, a dues passes de Beaubourg, he traçat el meu pla. Sé que el pròxim destí de la gira de la Meredith és Lille, la ciutat de la seva infància... He decidit moure els fils perquè l'espectacle faci el ple. És un pla molt ambiciós. No puc evitar veure les coses en gran. O potser és la Meredith qui m'inspira aquesta megalomania? Cinc funcions per setmana durant sis setmanes. És a dir, trenta sessions per seixanta persones. Una xifra de públic que no està gens malament. I no obstant això, em deixo endur per la il·lusió folla del meu pla. Una bogeria que no aconsegueixo treure'm del cap. Com que soc un home racional, intento tanmateix justificar els seus actes: al cap i a la fi, en aquest estadi de la relació, que potser no estava a un pas de regalar-li un sumptuós anell de compromís com a mostra del meu amor? El gest d'omplir la sala, cosa que ella no sabria, no és molt més valuós que un anell? Cada vegada tinc més clar que he triat bé. La Meredith ara mateix no necessita un anell sinó reconeixement del públic per avançar en la seva carrera. Una veueta interior fa d'advocat del diable.

«Sí però quin valor té un èxit fals, fabricat a mida? Si algun dia se n'assabenta, no t'ho perdonarà!»

Se'm torna a fer un nus a la gola. El risc hi és, sens dubte. Jugo amb foc. Però si em quedo de braços plegats, estic convençut que ho puc perdre tot. I d'això sí que no em recuperaria...

Deixo propina i m'afanyo cap al metro, he de posar mà a l'obra de seguida. Mentre van passant les estacions, vaig perfeccionant el meu pla. Hauré d'anar amb molt de compte. Que mai dels mais no pugui dubtar que aquesta afluència sobtada del públic ve de mi...

Escena 35

Meredith

Des que ha començat el dinar que tinc enganxat a la cara un somriure fals. És la cara de circumstàncies que m'ajuda a refugiar-me cada vegada que poso els peus a casa meva. Bé, a casa dels meus pares. Aparentment tot va bé. Responc amb educació, dono les gràcies, ajudo a parar taula. De cara enfora, tot és bonic com aquesta taula tan ben parada amb el seu ram de flors que ha costat trenta-dos euros amb vuitanta-sis cèntims a ca la Gisela, la florista del barri que des de fa vint anys és la nostra provisora, amb la vaixella de diumenge, els coberts de plata i les argolles dels tovallons rodones com la conversa que hi ha entre nosaltres..., la comèdia de l'harmonia fictícia per guardar les aparences i fer el paperot de família unida. Però dins meu no està tot tan ben parat. Tinc els budells arronsats i el plexe enfonsat, com si me l'espremessin. Cada vegada és la mateixa història. Abans de venir em mentalitzo. Em dic que ara ja soc gran, que tot anirà bé, que ja me'n puc distanciar i viure aquest dinar com una persona adulta de ple dret, que els records ja no em tornaran a afectar. Però quan soc davant de la meva família, i sobretot davant dels pares, torno a ser presonera d'aquest malestar. Soc un autòmat. Cap dels meus gestos és natural. Sovint em pregunto si s'adonen de l'infern que estic vivint en aquest moment.

La família s'ha reunit al complet.

La meva germana Bénédicte, i el meu gendre perfecte, l'Édouard, els seus tres fills, Zoé, Tom i Valentine. Un retrat de família com Déu mana. Sento unes ganes irrefrenables de gratar la pintura per veure el que hi ha realment a sota.

El meu germà també hi és: en Jean-Philippe, la seva dona, Abigél, i els seus dos fills, Manon i Jules.

—Està tot boníssim, senyora!

És un sol, la Rose! Aprecio molt els esforços que fa per integrar-se i per ser encara més amable. Veig perfectament que s'ennuega amb el rostit de la meva mare, massa fet, acompanyat de les patates en camisa, com sempre, a les quals de tant en tant no els aniria malament descamisar-se una mica... Ja no sé el que em dic. És aquest lloc. Tota aquesta canalla tan ben educada despara la taula per anar a jugar, i comença a fer xivarri, molt a pesar de la meva mare. En canvi jo em sento descansada perquè per fi em trobo amb éssers «vius» i no amb nines de cera.

—Tens fills, Rose? —li pregunta el meu germà.

—Sí, una filla. Es diu Késia.

—Un nom molt bonic.

No m'ho puc creure. Ara resulta que el meu germà fa el burro amb la meva millor amiga, i als nassos de la seva dona! I les miradetes? I el flirteig encobert? Miro de reüll la meva cunyada i em sento malament per ella. Pel que sembla, hi ha una mica de xivarri a l'habitació del fons: els nens s'han transformat en velociraptors, en zombis carnívors... Com que és bona persona, s'aixeca per anar-hi i posar ordre. La mare comença a desparar la taula. El pare s'excusa per anar a fumar al balcó i veig com el meu germà s'esmuny per seure més a prop de la Rose al sofà i poder conèixer-la més tranquil·lament. La vigilo de lluny. Conec la seva particular manera de parpellejar. Diria que el joc li agrada. El meu germà reforça l'atac. Hi hauria d'intervenir? La mare em crida perquè la vagi a ajudar a preparar les postres. No em queda més opció que deixar-los fer en aquesta petita dansa de seducció. Al cap i a la fi, la Rose ja és prou grandeta...

Escena 36

Rose

Hauria d'haver fet cas a la Meredith. Intento amagar els ulls inflats de plorar enfonsant-me la gorra de llana, que decideixo no treure'm per més que dins d'aquest pub faci calor. Tant de bo em pogués amagar a un cau, com un ratolí, i no sortir-ne més. Com puc haver estat tan ingènua. Quina vergonya. En secret, he tornat a veure en Jean-Philippe, que per a mi ja s'ha convertit en en JP, de Joc de Paraules. Quina habilitat que té amb les paraules. Amb quatre mots s'ha ventilat els obstacles amb què topa la seva situació personal, m'ha cobert d'elogis com qui cobreix la dona de joies, m'ha fet mil promeses com en els contes per a infants crèduls en què les pedres es converteixen en diamants. Quan busques l'amor a la desesperada, és increïble com caus de quatre grapes a les urpes de Cupido, fins i tot quan són grolleres. Necessito tant que em prestin atenció, creure que aquesta és la bona, que m'aferro a qualsevol oportunitat a la mínima temptació que se'm presenta, ben bé com una mosca embogida. Ara bé, totes les dones ho saben: embolicar-se amb un home casat és atribuir-se menys de l'u per cent de possibilitats d'aconseguir una història amb cara i ulls. M'he aventurat, per tant, en aquest noranta-nou per cent. El més divertit és observar, *a posteriori*, l'actitud del senyor abans de passar a l'acció, i després de comparar-la amb el seu comportament els següents dies. Abans: gratinat de missatges farcits de dolçor, faràndula de petites atencions ensucrades, còctel d'atencions en almívar. Després: dieta blanca de silenci sepulcral, amb guarnició d'excuses falses, *fondue* d'evasives... Un festival de desenganys.

Quan trec el quinzè mocador de paper, s'obre la porta del bar i apareix una cara coneguda: la Meredith. Com s'ho ha fet per localitzar-me? Arrufa les celles quan em veu feta un nyap davant la cervesa, i s'adona que no és la primera.

—Però Rose! Què fas? No suporto veure't així...

—Com m'has trobat?

—No era tan complicat...

—No tinc ganes de parlar-ne.

—Ningú no diu que n'haguem de parlar. Saps què? Que encara que sigui el meu germà em moro de ganes d'anar a fer-li una cara nova...

Aleshores li somric pietosament, agraïda pels esforços que fa per apujar-me la moral. Intento fer bona cara dos minuts però aviat m'ensorro. Finalment, exploto.

—N'estic tipa, Meredith! Només faig que acumular fracassos! Tinc la sensació que la meva vida és així...

—No generalitzis.

—Però és que és així! Que no te n'adones? Les històries d'amor per a mi són carrerons sense sortida.

—Quina imatge més bonica! Hauries de pensar a fer-ne un *copyright*.

Ric entre llàgrima i llàgrima

—Para! Que burra...

—Sí, però això no és cap novetat.

—Mai n'enganxo un de bo... Mai.

—«Mai», «sempre»... hauries de començar a sortir d'aquest cercle. I ho has de reconèixer: tens pretendents que no estan gens malament, que estan enamorats de tu, però tu no et dignes a donar-los ni una oportunitat.

—Ah, sí? I qui són?

—Doncs qui vols que sigui? L'Snack, el que t'ha enviat un ram de croissants... Jo, de debò t'ho dic, crec que és un diamant en brut.

—I què vols que hi faci si no m'agrada!

—Entesos..., l'atracció no té explicació... Però com a mínim reconeix que tens més èxit del que acabes de dir.

—Ja em diràs de què serveix que agradis als que a tu no t'interessen.

Faig un generós glop de cervesa, sentint-me realment desesperada. A on ens porta aquesta conversa, de totes maneres?

—I, segons tu, per què en tema d'amors les coses no et van bé?

—No ho sé... És com si els homes no em prenguessin mai seriosament. Com si sempre veiessin en mi «una noia per passar l'estona». Una «diversió», això és el que soc per a ells!

I ja hi tornem a ser. Noto que em sobrevé una nova torrentada de llàgrimes.

—Rose...

La Meredith fa tots els possibles per consolar-me.

—Ets una dona magnífica, una amiga com n'hi ha poques, una artista amb talent, una mare fantàstica! Potser és que no mires on has de mirar.

—Què vols dir?

—Que potser has idealitzat massa la imatge del teu príncep blau, que ha de tenir tantes qualitats que és impossible que superi els teus criteris de selecció... El podries tenir al costat i no veure'l.

—Calla!

Arronso les espatlles, però les seves paraules comencen a fer efecte al meu cap.

—I si m'ho permets, encara hi afegiria una altra cosa...

En el punt en què em trobo, la Meredith pot continuar afegint-hi llenya. Tal com estic, soc tot orelles, estic disposada a escoltar tota mena de consells.

—Crec que també t'hauries de plantejar una mica la teva postura en relació amb els homes...

—A què et refereixes?

El cambrer ens serveix unes patates fregides de la casa i em mira de reüll la cara devastada que intento ocultar darrere la mà.

—Ja coneixes la dita: «Fuig de mi, que jo et seguiré; segueix-me, que jo et defugiré»?

—Sí, per què?

—Perquè en les lleis de l'atracció entre homes i dones es tracta una mica d'això. Si ho dones tot massa ràpidament, perds el teu atractiu. I jo et conec: tens tendència a voler cremar les etapes. I de fet el més important passa en els preàmbuls... i no em refereixo als preliminars del sexe, sinó a la qualitat del moment que permet desplegar els sentiments amorosos. Construir un joc de seducció, no descobrir-se del tot, deixar alguna cosa per descobrir... són com els silencis tan valuosos en una obra de teatre o a l'òpera... L'home necessita un temps per respirar, que no se senti «ofegat» d'entrada per una dona que li mostra constantment que el necessita.

—No em facis riure! Quan estàs enamorat, no pots viure sense veure l'altre! Vols estar tot el dia al seu costat...

—Jo no he dit que no sigui complicat. Per a mi tampoc no és fàcil, saps? Jo només he comprovat que funciona molt bé deixar respirar l'altre de tant en tant. Que tingui un temps per reflexionar sobre els seus sentiments. Si vols que un home s'enamori de tu, t'has de convertir en l'objectiu dels seus pensaments.

—O sigui que, segons tu, he de fer veure que passo d'ell? No la veig, aquesta estratègia teva.

—No es tracta de fingir, sinó de controlar una mica els famosos impulsos compulsius que fan fugir els homes.

—Caram, es nota que estàs ficada en el teu Organitzador d'Amor, eh?

La Meredith agafa un bon grapat de patates i decideixo burxar-la una mica.

—És clar, perquè veig que se't dona bé la gestió dels impulsos compulsius, oi?

—Perfectament! —s'exclama ella escopint bocins de patata. Després, agita el dit índex brut de greix i continua alliçonant-me.

—I després hi ha un altre tema, Rose. Només cal que desviïs l'atenció en una altra cosa.

—Eh?

—La qüestió és que ocupis el pensament cultivant altres passions, m'entens? Potser fins i tot trobant altres taules de salvament...

—Et refereixes a ataconar-te de patates i cervesa?

La Meredith em mira enfurismada.

—Em refereixo a passions de veritat.

—D'aquí a dos minuts em diràs que surti a córrer, que faci meditació o pintura sobre seda...

Fa una ganyota de consternació: és evident que amb mi no hi ha res a fer. Els ulls se me'n van cap a un home recolzat a la barra, immers en una conversa amb un amic.

—I si resulta que la teràpia consisteix a un clau treu un altre clau? —dic jo amb ironia.

—Ah, no! Això no. Has d'eliminar els homes de la dieta durant un temps! Cura de desintoxicació de tres setmanes com a mínim... Dieta d'una mica de solitud, que és molt sana, i de prou distanciament per agafar perspectiva.

—Fins al setè cel, vols dir?

—Ets insuportable —em diu la meva amiga abans d'aixecar-se.

Abans de marxar, llanço una última mirada a l'home de la barra, no sense un pessic de lament. «Ep! Que toca dieta!», em murmuro a mi mateixa. Però la Meredith potser s'ha oblidat d'una cosa: quan fas règim, sempre has de desconfiar dels efectes io-io, i tal com soc jo...

Escena 37

Meredith

Al cap d'uns dies torno de comprar i em trobo la Rose omplint una bossa de mà amb quatre peces de roba, com si marxés de viatge.

—Què fas?

Fa un petit sobresalt, com si no m'hagués sentit arribar.

—Eh... Seré fora tres dies...

—Com? I els assajos? Et recordo que d'aquí a cinc dies comencen les funcions!

—Ja ho sé, ja ho sé... Et prometo que tot anirà sobre rodes. Saps perfectament que anem sobrades. Amb totes les actuacions que hem fet a Marsella, tenim un bon rodatge, oi?

M'atanso a la meva amiga per ensumar quina en porta de cap.

Li agafo el braç.

—Rose, què trames?

Intenta desempallegar-se de les meves urpes, en va. Tot seguit, respira fondo.

—No passa res, Meredith. T'ho prometo. Passa que...

—Què?

Amb els ulls intento que m'agafi confiança perquè finalment confessi. Acaba afluixant la llengua.

—Necessito diners. Ja no aguanto veure tan poc la meva

nena i a sobre li vaig prometre que la pròxima vegada que l'anés a veure la portaria a Disneyland! Però, és clar, Meredith, estic a zero... I no puc esperar que ens paguin d'aquí a un mes!

—Rose... I quin pla has trobat?

La Rose és l'especialista dels plans A, B, C i D més absurds que s'hagin vist mai.

—No et preocupis per mi. És un pla que sortirà bé, ja ho veuràs...

—Ui! Ara sí que em deixes garratibada!

No diu res i continua fent la bossa encara amb més determinació. Li arrambo la bossa a veure si així em fa cas.

—Rose, que m'escoltes?

Ella s'esforça per recuperar-la però salto com una cabra per tota l'habitació perquè no la pugui agafar fins que no m'ho expliqui.

—Torna'm la bossa!

—Abans m'hauràs de dir quin pla tens aquesta vegada! Segur que no val res.

—Sí que val! I a més està molt ben pagat, perquè ho sàpigues!

—Això és el que em preocupa! Va! Canta!

Cansada de la correguda, acaba esfondrant-se i es deixa caure al llit amb tot el pes del seu cos, que rebota a batzegades. Encreua els braços darrere del cap i clava els ulls al sostre per no mirar-me a la cara.

—He acceptat sotmetre'm a proves clíniques.

La informació recorre el seu camí fins que m'arriba al cervell.

—Oh, Rose! No pot ser! No ho faràs, oi?

—Sí. Ho tinc molt clar.

—Ja has pensat en els efectes secundaris?

Descarta aquesta possibilitat amb un gest.

—No, però ara tot està molt controlat.

Veig que ho minimitza.

—Per què no me n'has dit res? Si fem un pot comú entre el que hem guanyat totes dues aquest últims dies podrem aconseguir els diners per aquest viatge que has de fer a París i a Disney amb la teva filla.

Em mira, agraïda però tossuda.

—Ni parlar-ne! Amb prou feines t'arriba per a tu perquè m'hagis d'ajudar a mi. No pateixis, que ja m'espavilaré. Són tres dies a l'hospital, unes quantes analítiques de sang i, com a recompensa, dos dies de pel·lícula amb la meva filla!

La conec perfectament, la Rose, i ja veig que no la faré canviar d'opinió. S'adona que em preocupa i s'aixeca per venir a abraçar-me.

—No t'hi amoïnis! Ja veuràs com tot anirà bé!

Pateixo per ella, com qui ho fa per una germana gran. Ella se n'adona.

—Tsss... Mira que n'ets de sensible, eh? No siguis burra i aprofita aquests tres dies que seré fora. Quan torni diràs: «Mira que soc... Tenia tota la casa per a mi i no ho he aprofitat!».

—Ho dubto! —remugo—. A quina hora hi has de ser?

—Allà? D'aquí a una hora.

L'ajudo a acabar de fer la bossa, amb el cor trist d'haver de deixar-la viure una experiència que m'hauria estimat més estalviar-l'hi. Quan se'n va, gairebé ni em mira. No vol retardar el moment.

—Vinga, ja ens veurem! Adeu! No aprofitis per acabar-te la reserva que tenim d'ous Kinder. Abans de marxar he comptat quants en quedaven.

Riu i em deixa allà plantada. Li he vist fugaçment els ulls, però per la manera que li brillen les ninetes, sé que està espantada.

Vaig a la cuina i em deixo caure a la cadira, i aparto els croissants que acabo de comprar. Ja no tinc gana. El Roméo sembla que necessita unes quantes manyagues i em ve a buscar.

—Hola, company! Tu també et sents abandonat?

No trigaré a deprimir-me si no surto d'aquí. Per això, decideixo agafar les meves coses i me'n vaig cap a la biblioteca municipal del carrer d'Édouard-Delesalle. Entaforo en una motxilleta l'Organitzador d'Amor i l'altre tresor que duc sempre a sobre, un quadern Moleskine on anoto idees que em venen al cap per al pròxim espectacle. Penso en la Rose: fins on està disposada a arribar per guanyar quatre xavos, i tot això és perquè no arribem a fer-nos un lloc, perquè el nostre espectacle no acaba d'enlairar-se? Serro els punys i sento que creix dins meu una determinació desconeguda. Em puja per les artèries i corre fins als punys, on la sang batega amb més força, tota la força de la meva voluntat infranquejable de canviar les coses. La ràbia de lluitar per arribar-ho a fer. S'ha de fer i prou. I per aconseguir-ho no hi ha secrets, només una solució: arromangar-se. Un u per cent d'inspiració, un noranta-nou per cent de suor, gràcies senyor Edison, ho sabem! Agafo la bossa, hi fico un croissant per a més tard, una ampolla d'aigua i el tabac, i baixo les sis plantes d'una revolada.

Un cop al carrer, l'aire encara fresc de l'abril em va la mar de bé. Caminar em tonifica la musculatura i, a més, m'ajuda a aclarir el pensament. Penso en la Rose. En aquesta feineta de conillet d'Índies en assajos clínics per col·laborar en la recerca.

No sé què pensar: d'una banda, és una manera innegable de fer avançar la ciència. Però, de l'altra, em preocupen els riscos que puguin tenir per a la meva amiga. Tot d'una penso en un article molt interessant que vaig llegir no fa gaire sobre els avenços en qüestió de nanotecnologia i biotecnologia. I sempre em quedo bocabadada amb les possibilitats que s'obren en el futur: píndoles intel·ligents! Implants minúsculs capaços d'anar deixant lentament els seus valuosos principis actius al llarg del temps. Càpsules programades a distància per uns corrents elèctrics mínims. Dosis controlades, com, per exemple, la insulina per als diabètics... i moltes altres aplicacions per subministrar la medicació en malalts crònics!

Just en aquest moment rebo un missatge de l'Antoine. Em fa riure. Després del numeret que vam fer al teatre de l'Acrostiche, crec que s'ha adonat de la por que em fa que només em vulguin pel meu cos. Ha passat d'un extrem a l'altre, ja no s'atreveix a fer cap mena d'al·lusió eròtica...

> Ahir, la teva veu, al telèfon.... Les teves paraules tenen l'habilitat de fer-me florir i creen en mi un jardí ufanós com n'hi ha pocs. Preciosa, tant de bo que la rosa del nostre amor faci flor a la primavera... A.

Pobre Antoine... Quin mal li devia fer l'última vegada que va venir i li vaig retreure que m'escrivia uns missatges massa pujats de to! Em commou pensar que, per acontentar-me, escriu en un registre líric i poètic, gairebé d'una altra època. Aquesta intenció de seduir-me... Però quant de temps l'hi durarà? Sento una esgarrifança i aquesta vegada l'airet fresc de l'abril no té cap efecte: les velles pors tornen a bufar i se'm fiquen coll endins com un corrent d'aire maligne.

A la cantonada, la senyora Por fuma una cigarreta i riu

quan em veu passar. I si resulta que un dia l'Antoine ja no em troba atractiva? Arribarà el temut moment que ell tindrà la terrible impressió d'haver-ho vist tot de mi? Em convertiré en aquelles joguines tan usades que s'arraconen?

Penso, aleshores, que la nanotecnologia hauria d'inventar immediatament càpsules de PBA: Píndoles contra la Baixada d'Atractiu. Hop! Mantindria en els enamorats el nivell constant d'hormones del desig i del vincle emocional! Just la dosi necessària, a poc a poc, per evitar el llarg treball de sapa del pas del temps, de la monotonia, de la rutina.

No anirien gens malament aquestes píndoles de PBA. N'hauré de fer un esquetx per a la senyoreta Juju. Pot ser divertit...

Tot i així, faig un moment d'autocrítica: li retrec a l'Antoine que m'escrigui uns missatges que traspuen un desig massa evident, i després em faig mala sang pensant en el dia que ja no em desitjarà... Soc molt conscient de les meves pròpies paradoxes.

I ara soc aquí a la biblioteca. M'encanten aquests ambients d'estudi i recolliment. Les sales són lluminoses, gràcies a les vidrieres que donen sobre un bonic jardí arbrat. Contemplo un moment el desmai i el seu llarg fullatge que oneja gràcilment, i torno a pensar en les píndoles PBA. Interessant. Malauradament, caldrà trobar una idea més realista perquè duri la meva història d'amor! Som-hi, a treballar! Recorro els passadissos inundats de llibres arrenglerats en les prestatgeries d'alumini gris i m'instal·lo en un racó tranquil del primer pis. Trec el meu Organitzador d'Amor. Aquest tema del desig i, de retruc, la por que l'altre canviï d'idea en qualsevol moment em porten a visitar la segona pestanya: «Entre jo i l'altre».

En què consisteix realment «conèixer l'altre»? En primer lloc, un torbament deliciós, la incertesa, l'esperança que l'amor sigui correspost. En segon lloc, sorgeix el desig, la improbable coincidència entre dos éssers, l'alquímia secreta que tants savis haurien volgut descobrir fins ara, que tantes ments il·lustres han volgut desemmascarar per conèixer-ne l'essència. Com Jean-Baptiste Grenouille a *El perfum*, de Patrick Süskind, som capaços de percebre en l'altre la seva fragància única, no en termes d'olor, sinó de l'essència de l'ànima, de marcador d'identitat? Què segrega la pell en el fons, més enllà de les conegudes feromones? L'ànima existeix materialment? Les vibracions invisibles que envia troben en l'altre una caixa de ressonància, o sonen irremeiablement buides?

El sentiment amorós és un misteri i no sembla que tingui cap intenció de mostrar-nos el seu secret.

Per algun motiu es diu que els començaments són difícils. Quan els sentiments neixen tot es trasbalsa. El cor batega turmentat, frenètic, presoner del foc o d'alguna cosa més: una lava, un magma de sensacions, de preguntes, de por barrejada amb necessitats irrefrenables, amb desitjos volcànics. La passió dels inicis s'emporta tot el que troba al davant, fins i tot el seny. La realitat imaginada veu com es transformen els seus paisatges. El cor enamorat només vol explorar un món: el de l'altre. Tot i així, encara se sent que trepitja terres foranes. No sap ben bé per quin terreny camina. Per això no se sent còmode. Però el sentiment és poderós, i el cor es llança a la seva conquesta, no com un mercenari aguerrit, sinó més aviat com un buscador d'or carregat d'esperances esbojarrades. El cor enamorat està farcit de tendresa i ingenuïtat. Vol creure.

Si l'amor és cec, és bàsicament per una simple quimera: la de la fusió impossible. Malament va qui es pensa que busca la seva meitat. La pitjor utopia és la més devastadora. No existeix l'1 + 1 = 1. La fusió només condueix a una relació de dependència. La casa dels amors feliços pràcticament no té parets i les finestres sempre estan obertes.

Fullejo les prop de cinc pàgines de l'Organitzador d'Amor que he omplert de reflexions i faig un badall. Rellegeixo el que he escrit. Tot això m'ajuda a desenvolupar la meva estimabilitat? Decideixo que sí, que aquest preàmbul per aclarir les etapes de vida del sentiment amorós és necessari per veure-hi més clar. No obstant això, necessito un bon cafè per continuar la feina.

Veig una màquina de cafè al replà. Quan hi soc davant, m'adono que no tinc canvi. Un home fa cua darrere meu. Es deu adonar del destret en què em trobo.

—Que necessita canvi? —em pregunta amablement.

—Oh, gràcies! És que he de posar l'import exacte... Tingui, només tinc una moneda de dos euros i la màquina no me l'accepta.

—No pateixi, no cal, de debò.

—Gràcies, moltes gràcies...

—De res. No és gran cosa.

Me'n vaig amb el meu cafè ardent. Que bé que m'entra. Torno a seure i em fixo en l'home que m'ha convidat, assegut unes taules més enllà. No m'hi havia fixat fins ara. Ell alça la vista i em mira i jo li torno un petit somriure d'agraïment, que ell accepta amb un gest del cap i es torna a submergir en la seva feina.

I jo en la meva.

Reprenc el fil de les meves reflexions. Entre jo i jo: una cosa està clara, el problema no es troba en l'època daurada dels inicis de la relació, on l'altre és perfecte, només se li veuen virtuts, i el cor embriagat s'encarrega d'apedaçar els defectes i corregir els petits desajustos amb la realitat. Crec que la veritable aventura comença després d'aquesta etapa. L'amor sincer ha de fer les seves primeres passes. De la mateixa manera que un nadó desenvolupa el seu sistema immunitari contraient un seguit de malalties infantils, l'amor jove també s'ha d'exposar gradualment a les coses que fan mal per sortir-ne reforçat.

L'amor veritable s'inicia després de l'etapa de la decepció.

Dues persones s'han buscat. S'han agradat. Han tocat el cel. I, finalment, arriba la desil·lusió..., ja va bé, millor que sigui així. Perquè no hi ha pressió més difícil de suportar que haver de mostrar sempre la nostra millor cara.

La decepció és la prova de foc. O se supera o ho estronca tot. L'amor novell la podrà superar?

I, amb tot, no hi ha una mena de descans quan, finalment, pots mostrar una part dels teus defectes amagats i crear aquell lloc on per fi pots deixar la màscara i els teus estris, i com un guerrer de la vida exhaust, assaborir el dolç repòs de ser un mateix, sense més artificis?

Encara abaltida pels sentiments encegadors dels inicis, mentre la ment es desperta gradualment i surt d'un llarg període d'anestèsia, tothom se sorprèn de l'estrany pessigolleig dels sentiments veritables, els que resisteixen la duresa de la realitat. Ara bé, la realitat no envelleix gaire bé. Un mes rere l'altre, any rere any, corre el risc de caure en la banalitat. La realitat agafa les regnes de la monotonia, de la rutina, dels rancors gangrenosos i de les frustracions insidioses. I és en aquest moment quan es juga la partida de debò. És aquesta la que, des d'un bon començament, no vull perdre. Perquè inevitablement vindrà. La lenta dimissió. L'allunyament traïdor.

Dec fer cara trista perquè l'home de fa un moment em mira de gairell des de l'altra punta de la sala. Li faig un somriure discret i ell torna a submergir-se en els seus llibres. A què es deu dedicar?

Com qui no vol la cosa, examino la seva fisonomia. No té els quaranta anys. Té la cara ovalada, emmarcada per uns cabells castanys foscos, i la pell fina li contrasta amb la barba tosca i densa. Aturo en sec la inspecció quan veig que aixeca la vista dels llibres i mira en la meva direcció.

Per on anaves, Meredith? Va, no et despistis!

Recupero el puntafina negre i el faig lliscar pel full. Subratllo quatre vegades l'última frase: acceptar les regles del joc.

Si bé Marivaux va escriure una fantàstica obra de teatre sobre «el joc de l'amor i de l'atzar», no deixo de pensar que l'èxit en el joc de l'amor té de tot menys atzar. Crec que l'amor és una qüestió d'acceptació de les regles del joc, d'una banda, i de voluntat de perdurar, de l'altra.

REGLA DEL JOC DE L'AMOR: ACCEPTAR QUE L'ALTRE ÉS UN ALTRE.

Que potser no venen d'aquí la majoria de les desavinences i dels fracassos sentimentals? Que potser no ens oblidem massa ràpidament que l'altre no està fet com nosaltres, que no sempre té les mateixes necessitats, les mateixes esperances, la mateixa manera de funcionar…?

D'aquestes diferències no acceptades neixen la majoria de les controvèrsies. I quan hi ha massa controvèrsies la fractura acaba sent inevitable.

Quin és, doncs, el secret per sortir-se'n?

Per començar, la comunicació. Després ve la flexibilitat. Identificar les necessitats de l'altre, deixar que s'expressin, fins i tot, si cal, fora de la relació. Deixar que l'altre tingui el seu espai de llibertat, la possibilitat de ser amo d'un mateix.

En acabat, es tracta de decidir. Subratllo la paraula amb un fluorescent perquè que l'amor sobrevisqui amb el pas del temps depèn d'una decisió: actuar sense relaxar-se perquè la flama no s'apagui. Exigeix tant d'esforç i de valentia com sortir a córrer sota una pluja torrencial. La pluja són tots els obstacles de la vida que posen l'amor a prova. El bonsai dels sentiments necessita moltes atencions quotidianes per sobreviure.

Quan arribo a aquest estadi de les meves reflexions, n'estic bastant satisfeta. Però encara hi ha una pregunta que m'amoïna: com es pot assolir l'equilibri estable i feliç en la relació, evitar els eterns alts i baixos, aconseguir una felicitat més profunda i constant? M'aixeco per anar a buscar respostes a la prestatgeria dels filòsofs. Fullejo algunes obres i deixo ballar sota la meva mirada les paraules dels vells mestres pensadors. Hedonisme, eudemonisme, ataràxia...

Ai, sí! L'ataràxia m'interessa.

> A. - *filos.* Tranquil·litat, impassibilitat d'una ànima que esdevé mestressa de si mateixa gràcies a la saviesa adquirida ja sigui per la moderació en la recerca dels plaers (epicureisme), ja sigui perquè s'aprèn a valorar les coses (estoïcisme), ja sigui per la suspensió del judici (pirronisme i escepticisme) [...].

M'impregno de la definició i intento analitzar-la.

Aquesta felicitat que sembla que se'ns esmunyi constantment de les mans és inacceptable! El gran concepte que han desenvolupat aquests filòsofs és trobar una forma de felicitat més constant en comptes de caure en el parany d'una persecució desesperada darrere de plaers efímers que comporten un encadenament de fases d'eufòria seguides de fases de baixada en picat. El punt just, no cal l'excés. Pel que fa a les esperances, han de ser raonables. I més que no pas centrar-se en el que no funciona en l'altre, cal potenciar el que en valorem pel que és i pel que fa. No s'ha de caure en el retret sistemàtic.

—Veig que li interessa la filosofia...

L'home és al meu costat i fa veure que consulta un llibre. Esperem que no sigui un entabanador.

—Busco informació, sí...

—Sobre el pensament antic?

Faig un somriure educat.

—No ben bé, però sí, sobretot quan ens ajuda a aclarir les preguntes que ens fem actualment. I vostè, què busca?

—Aquesta biblioteca és com la meva segona casa. Soc professor de Literatura Moderna i Contemporània a la Universitat de Lille.

—Ah, caram. Ja veig, doncs, que aquest és el seu ambient!

—Sí, més o menys. Si em diu quin tema busca, li puc aconsellar quins llibres l'interessen.

Tinc dubtes. Té la mirada franca i els seus consells em poden ser molt útils.

—Estic fent un treball personal. M'interessa el tema de l'amor i la recerca de la felicitat en general.

—Molt interessant —diu l'home sense cap to irònic—. Precisament he escrit una tesi sobre aquest tema.

—Ah, sí?

És una estratègia per impressionar-me?

—I tant. Fins i tot tinc la meva opinió personal sobre el tema...

—De debò?

—La podria compartir amb vostè, si vol.

Es deu haver adonat de la desconfiança que desperta en una dona un desconegut en un lloc públic, però sembla que això no l'afecta. Em fa un somriure que em desarma i em resulta encisador.

—No sé si...

—Ai, que animal soc, si encara no m'he presentat! Em dic Laurent, encantat de coneixe-la.

M'allarga la mà tot i que m'ho penso dues vegades abans d'encaixar-la. Però, fet i fet, de què tinc por?

—Jo, Meredith.

—Quin nom més bonic! És un nom de musa...

—Ah, sí?

Ja ha sortit l'engalipador. Torno a tenir les meves reserves. Ell se n'adona i hi torna amb tota la sinceritat.

—Escolti, no està obligada a res. Senzillament que em faria il·lusió compartir amb vostè el resultat de les meves investigacions, perquè veig que treballa sobre el mateix tema. Potser al voltant d'un cafè?

—Potser sí. Encara no ho tinc clar.

—Pensi-s'ho, d'acord? Li deixo la meva targeta.

Agafo la targeta i l'esmunyo a la butxaca dels pantalons texans. Li dic adeu amb poca convicció, convençuda que no li trucaré mai.

Escena 38

Meredith
Compte enrere: –83 dies

Per què li he trucat? De debò que no ho sé... Deu haver estat la curiositat, que m'ha picat. En el fons volia conèixer quina teoria tenia ell sobre l'amor. I fer un cafè tampoc no em lliga a res...

En Laurent s'ha posat content. «Aquesta conversa promet», m'ha dit. Ja ho veurem, he pensat jo. Ja veig de lluny la façana marró torrefacte de la cafeteria Magnum. Ell seu en una taula una mica aïllada, clarament abstret en les seves reflexions, el bolígraf suspès enlaire, per damunt de les seves notes.

Estossego per assenyalar la meva presència. S'aixeca d'un bot, com si es reactivés, i m'estreny afectuosament la mà.

—Meredith! Quina il·lusió tornar-te a veure. Seu, sisplau.

Em desbotono lentament l'abric i me'l trec sense cap pressa, com si volgués guanyar temps abans d'afrontar la incomoditat que genera fer un cafè a soles amb un desconegut.

Demano un cafè llarg. Ell, un cafè amb llet i un got d'aigua.

—O sigui que també estàs estudiant l'amor? És un tema inesgotable. Jo he necessitat uns quants anys per fer la meva pròpia teoria...

Em té intrigada.

—Ah? I quina és?

—Ara te l'explico.

Veig que els ulls li brillen.

—Coneixes la llegenda del cor de vidre, Meredith?

—Mmm, doncs no, no la conec...

—És la història d'un déu desconegut de l'Olimp, Glyptós, a qui Zeus havia encarregat que fabriqués el cor més sòlid que pogués en el moment de la creació dels homes. Així, doncs, Glyptós va buscar la matèria més resistent i va trobar en la pedra de diamant el que necessitava. Aleshores, va donar forma al cor dels homes amb aquesta matèria preciosa, impossible de trencar...

Em deixo emportar per la seva veu greu.

—I què va passar?

—Un dia, Zeus, es va enamorar follament d'una humil mortal, Acàcia, literalment, «la que és innocent»... Tot i ferli la cort durant anys, la bella Acàcia es mantenia pura i no va cedir mai a les seves pressions.

En Laurent fa una pausa mentre el cambrer ens porta el cafè, i el meu contacontes s'afanya a enretirar l'escampadissa de fulls que envaeixen la taula.

Em mira de reüll per veure si el convido a seguir.

Endavant.

—A Zeus cada vegada li bullia més la sang. Vivia aquest rebuig com un desaire intolerable i perdia de vista les lloables i castes motivacions de la noia. Va acabar creant-se la idea que la jove mortal, rebutjant-lo, utilitzava un subterfugi per obtenir encara més favors. Amb el cap emboirat per tots aquests pensaments tòxics, Zeus, colèric, va decidir tirar pel dret: agafar la noia a la força. Quan ja estava a punt d'atrapar-la, Acàcia, desesperada i atemorida, va intentar fugir de les seves urpes i va caure des del capdamunt d'un penya-segat. Zeus va viure aleshores en la pròpia pell el que podien sentir els humans quan deien que morien de pena. Acàcia li havia trencat el cor...

—Quina història més trista, Laurent.

—I això no s'acaba aquí: per no oblidar mai el dolor atroç que li havia causat aquesta mortal i que els homes recordessin com de fràgil pot arribar a ser un cor, va ordenar a Glyptós que fabriqués a partir d'aleshores cors de vidre per als humans...

Jo vaig esclafir a riure.

—Laurent! Aquesta llegenda te l'has inventat tu!

Ell em mira amb murrieria.

—I ara! D'aquí neix la certesa que els nostres cors de vidre són fràgils, que tantes històries d'amor es poden trencar en mil bocins...

Torno a riure. Quin conte més bonic.

—Ara et toca a tu explicar-me una mica què t'ha portat a explorar el tema de l'amor. Et faria res?

Realment, té un somriure molt persuasiu.

Li parlo a grans trets de la meva cerca, de com m'he transformat en una mena de Càndid de l'amor. Li explico que vaig començar a abordar la pregunta en una gira de l'amor iniciàtica, lluny dels braços del meu estimat. Se'l veu captivat per la història.

—He de reconèixer, però, que encara em falta molt per trobar les respostes que em permetin, finalment, sentir-me preparada per viure el gran amor i estar a l'altura.

—Ai, mare! Una idealista!

—No te'n riguis! —li dic amb un somriure.

—Oh, no me'n ric, no! A la meva manera, jo també soc un gran idealista...

—Ah, sí? I què vols dir?

Dubta.

—Vinga va! Ara que ja m'has explicat la llegenda d'Acàcia, ara m'ho pots explicar tot —el burxo.

Encara dubta una mica, però soc insistent i em surto amb la meva. I ell es deixa anar a poc a poc.

—Mmm... Jo he resolt el tema de l'amor convertint-me en un col·leccionista de capritxos.

—De capritxos?

S'escura la gola, una mica incomodat.

—Em promets que no em jutjaràs?

—T'ho prometo.

—T'ho explicaré millor. Durant anys he buscat quina és la posició més justa que es pot adoptar respecte de l'amor. I he decidit quedar-me amb els capritxos, així no quedes exposat a la possibilitat de patir per amor... Perquè un capritx és un amor sobtat i passatger, però no menys intens. Per definició, no pot fer mal, perquè no està destinat a durar. Gràcies a això, evito passar a l'estadi de la intimitat perillosa i de la seva mentida més gran: el mite de la pertinença. «El meu marit», «la meva dona». Que ridícul! Res no ens pertany! Per això, m'enamoro de persones que estan de passada, em deixo emportar pels grans sentiments que m'inspiren, m'alimento de l'extraordinària energia que generen aquests amors que no deixaran ni restes ni cicatrius. De l'amor agafo el millor, és a dir, com deia el gran filòsof Malebranche, «l'impuls per anar més lluny». A més, gairebé sempre són capritxos platònics...

—Què vols dir gairebé sempre?

En Laurent riu.

—Sí... que, a pesar de tot, soc humà! Quan el cos i l'ànima es troben, tampoc no descarto res.

—I aleshores ets feliç?

—Crec que ho soc més que la majoria de la gent. Perquè no busco cap possessió. Assaboreixo l'exaltació fugaç de la bellesa que m'arriba de cada nova coneixença. No em sento ni trist ni frustrat, perquè sé que la font de les belleses, físiques, intel·lectuals i espirituals, és inesgotable, i que el món n'és ple, sempre que no es cometi l'error d'aturar-se en un únic objecte de desig... Jo bec de totes les fonts, no me n'estic de cap, així sempre puc ampliar més les meves perspectives.

Em deixa sense alè.

—Interessant —em limito a balbucejar.

El miro més intensament, amb una mirada sorneguera.

—I resulta que ara mateix jo formo part dels teus capritxos del moment, oi?

Llança el cos enrere i repenja l'esquena al respatller de la cadira. Potser també per agafar distància.

—Podria ser.

Intento endevinar-li el pensament escrutant-lo sense cap vergonya.

La mirada, finestra de l'ànima. Un segon més i ja hauria estat incòmode.

—I què esperes exactament dels teus capritxos, Laurent?

Riu amb un gest enigmàtic i esbossa una versió masculina de la Mona Lisa.

Escena 39

Rose

Fa tot just dues hores que he tornat de l'hospital. Quan he arribat, la Meredith m'ha fet una rebuda increïble. Amb el seu afecte, se m'ha escalfat el cor, després de passar tres dies en un univers fred i anònim. M'ha atribolat de preguntes, que jo m'he dedicat a esquivar hàbilment, per no espantar-la amb les anàlisis clíniques que m'han fet. Davant d'ella, he fet bona cara. Estic contenta que s'ho hagi empassat.

Després m'he refugiat discretament a la meva habitació per estirar-me i he intentat no fer cas del vertigen que sento quan faig un moviment massa brusc. Si faig una bona migdiada, penso, ja em trobaré millor per a l'estrena d'aquesta nit al teatre dels Guillemets. No hi puc faltar. A més, sé que l'Antoine ha mogut cel i terra perquè la sala estigui plena com un ou. No ha pogut evitar confessar-m'ho. Li he advertit dels perill dels seus impulsos d'àngel guardià: si la Meredith se n'assabenta, s'emprenyarà molt! D'altra banda, però, veient tots aquests actes d'amor, i a sobre a l'ombra, tinc enveja de la meva amiga i espero que sàpiga triar bé sobre el seu futur sentimental amb ell... No puc evitar deixar anar un sospir; és molt dur guardar aquest secret. De vegades, els llavis em cremen i em moro de ganes de revelar a la Meredith tot el que l'Antoine té pensat per ella per millorar la seva vida, per ajudar-la a confiar en ella mateixa, perquè se senti millor en el seu dia a dia... Però he promès que no revelaria res. I callaré com un mort.

L'Antoine m'ha explicat que en molt poc temps, i gràcies a la seva xarxa de contactes, ha pogut trobar dos comitès d'empresa de la zona de Lille interessats en l'esdeveniment, de manera que quaranta empleats puguin aprofitar les entrades que els ha regalat l'Antoine.

Aquesta nit, per tant, s'espera que hi assisteixin vuitanta persones. Em fa mal la gola quan m'empasso la saliva, i no sé si és pel pànic escènic o perquè tinc faringitis.

La Meredith truca a la porta i treu el cap.

—Rose, estàs bé? No vols prendre res?

Faig un gran esforç per respondre-li amb un bon somriure i amb el dit polze li faig un senyal convençut que estic bé, tot controlat.

Tan bon punt tanca la porta, deixo caure el cap que em pesa com una llosa sobre el coixí, pensant sincerament com m'ho faré per arribar com cal al teatre.

Escena 40

Meredith
Compte enrere: –79 dies

Quina alegria tornar a tenir la Rose a casa. No només l'he trobat a faltar, sinó que a més m'ha fet patir molt. Per sort, sembla que tot ha anat bé, tot i que l'he trobat una mica pàl·lida.

Pel que fa a mi, ja començo a tenir tots els símptomes de la preestrena i, com a bona hipocondríaca que soc, estic convençuda que d'aquí a poques hores em quedaré sense veu. Amb el coll abrigallat amb el mocador de seda especial per als grans dies de pànic escènic, me n'he anat de dret al petit supermercat de la cantonada a comprar el kit de supervivència de les veus fugitives.

Abans, però, he consultat en un centenar de pàgines d'internet quines són les millors receptes, les que fan miracles, tot i que ja fa temps que me les conec de memòria, però l'hipocondríac no en té mai prou.

De totes maneres, he renunciat al mètode d'empassar-me un all ratllat amb una culleradeta de mel, perquè he tingut compassió de la meva companya d'escena i ànima bessona, la Rose.

I ara soc aquí, a la petita cuina, esperant pacientment que l'aigua bulli per preparar-me un gargarisme que no m'ha fallat mai, amb suc de llimona i sal gruixuda.

A la tarda m'he de recordar d'anar prenent dues culleretes de mel amb dues gotes d'oli essencial d'arbre de te. La bona notícia és que, si no acabo de triomfar mai en el teatre, com a mínim em podré convertir en una herborista clandestina: encara que no tingui estudis en remeis naturals, els conec tan bé que no tinc cap dubte que puc arribar a tenir èxit!

S'acosta l'hora de l'estrena i inicio el meu petit cerimonial, que consisteix en tot un seguit de gestos que repeteixo mil vegades i m'ajuden a rebaixar la pressió que ara mateix sento: una dutxa ben calenta, una màscara per al cos revitalitzant, maquillatge perquè em pugi l'autoestima, tots els remeis necessaris contra qualsevol petit dolor (olis essencials contra el mareig, complex homeopàtic antiestrès, caramels de mel, amulet divertit contra les males vibracions...). Ara ja estic a punt.

Sortim de casa amb la Rose agafades de bracet, el cap ple d'esperances, anhelant que el teatre dels Guillemets obri noves oportunitats per a una carrera artística més pròspera. La Rose ensopega més d'una vegada i maleeix els talons. Quantes vegades li he aconsellat que es posi sabates planes, i més tenint en compte que és tan alta!

Quan arribem al teatre, el director ens espera. Avui se'l veu content. No té res a veure amb la primera impressió que vaig tenir d'ell: un home molt estirat, poc empàtic, un sac de nervis, més sec que el desert del Sahel.

—Hola, senyoretes! Com esteu? —ens pregunta en un to lleugerament servil.

Veig que avui la Rose està inusualment apagada, de manera que responc per totes dues i li dic que estem en plena forma. El director aixeca una cella amb posat satisfet i es posa bé les ulleres al pont del nas.

—Millor, millor, perquè tinc bones notícies: aquesta nit farem el ple!

No amago la meva excitació i dono un copet de colze a la Rose, per compartir l'eufòria que m'envaeix. Potser per fi avui el públic començarà a reconèixer la nostra feina.

—Compto amb vosaltres! Vinga, a donar-ho tot!

Estic excitada. Sento l'adrenalina que electritza totes les parts del meu cos. Per dins tinc una sensació estranya: com una bola de foc submergida en un llac glaçat. És l'efecte del pànic unit a l'emoció del moment.

La Rose sembla que estigui fent exercicis de concentració: ben asseguda a la cadira, els ulls tancats, com si estigués immersa en una sessió de meditació. Deixo que es concentri.

Finalment arriba el nostre moment. El cor em va a cent per hora mentre espio la sala des dels bastidors: hem fet el ple i s'hi respira un bon ambient. Quan et llances a l'espectacle és com fer pònting. No tens clar si seràs capaç de tornar a experimentar sensacions tan intenses quan ja les has conegudes. Respiro fondo i hop!, em trobo finalment davant dels assistents. El meu públic. La meva raó de viure.

Soc tota jo un foc. Amb tot, al cap d'una estona, tinc la desagradable impressió que alguna cosa no funciona. La Rose no està en forma, les seves intervencions són fluixes. Què passa? Anem encadenant els gags. Hi poso el doble d'energia per compensar i li vaig fent miradetes de neguit. Iniciem el tercer esquetx. Quan ella m'hauria de respondre, tot el públic i jo estem amb l'ai al cor. Hi ha un llarg silenci que passa per un efecte de l'escena. La Rose ve cap a mi titubejant. I tot d'una, es desploma a terra i hi queda estesa, inconscient.

L'esgarrifança s'estén entre el públic. Jo corro a ajudar la meva amiga mentre algú truca a urgències. De seguida s'emporten la Rose amb ambulància a l'hospital. Estic feta un embolic. Parlo amb un representant de l'empresa que fa els assajos clínics i banalitza l'incident. «De vegades apareixen efectes no desitjats al cap d'unes hores d'haver-se sotmès al programa. En general, però, acaben sent lleus». M'agafen unes ganes terribles d'escanyar-lo.

Mentrestant, la Rose és als llimbs. Després d'unes quantes hores d'espera, m'informen que tot acabarà en un ensurt, però s'estimen més tenir-la en observació. Sento un descans profund i una alegria sincera. Però em dura ben poc; l'endemà al migdia, torno a ser a l'hospital per recollir la Rose, que ja té l'alta. Podrà tornar amb mi a l'apartament. En aquest moment sona el mòbil. És el senyor Bocquet, el director del teatre, amb la seva veu de mal averany. Pràcticament ni s'interessa per l'estat de la Rose.

—No li negaré que el fiasco d'ahir va ser catastròfic...

—Ah...

—Un cop d'efecte dramàtic! Ben brodat! —ironitza ell.

—I això que el vam improvisar —li segueixo la corda.

Aleshores ell em talla en sec.

—Doncs tenim mala peça al teler... tant jo com vosaltres —m'etziba en un to glacial, i fa una pausa tan brutal com la d'un metge que està a punt de dir-te que tens una malaltia greu. A l'últim, em diu amb una solemnitat amarga—: He hagut de tornar els diners a vuitanta persones! Sou conscients de quants diners vol dir això?

La Rose, a qui tinc al meu costat, dreta, intenta esbrinar què passa. Deu veure com la cara se'm va descomponent a cada segon fins que en el moment de penjar ja és un poema.

—Què ha passat? —em pregunta amb neguit.

—Ens han acomiadat.

I esclato a plorar.

Escena 41

Antoine

Sempre resulta desconcertant sentir que la dona que estimes plora, encara que sigui al telèfon. No sabria dir en quin punt m'afecta, però crec que és en una part meva molt íntima i profundament amagada. Aquest mar de llàgrimes, tan poc comú en la Meredith, m'ha trasbalsat completament, i encara sento com em tremola tot el cos. Qui hauria pogut preveure un escenari tan catastròfic per a l'estrena al teatre dels Guillemets? A sobre de com m'he esforçat perquè la sala estigués plena..., les vuitanta persones que vaig haver de buscar..., i tot per a res! Però el desconsol sincer de la Meredith m'ha destrossat. He notat que estava a un dit de la ruptura, a punt a punt de deixar la professió. I això m'ha glaçat la sang. Mentre escoltava les seves paraules afligides, he sentit una confusió incontrolable, una impressió típicament masculina davant la desfeta de l'altre sexe: la vergonya, el sentiment d'impotència. Soc eficaç a l'hora de prendre decisions, d'apagar focs, però davant de la gestió d'una crisi emocional, em sento com un adolescent pocatraça que no sap com reaccionar.

Trobaria les paraules? Podria estar a l'altura de la confiança que ella em demostrava obrint-se, finalment, en un moment de fragilitat? Venint d'ella, tan reservada que és quan es tracta de demanar-me que l'ajudi, he considerat aquesta crida d'auxili com un regal. El desconsol d'una dona és difícil de gestionar per un home. Davant de la dona de qui estic bojament enamorat, m'he sentit perdut com davant d'una endevinalla xinesa. El primer que he fet ha estat intentar recuperar un dels bons consells que em va donar la meva bona amiga Annabelle: «El defecte de molts homes és que tenen el costum de sentir-se parlar. De debò, un home que sap escoltar bé la seva companya, sense interrompre-la ni endossar-li immediatament consells o plans d'acció, té mig cel guanyat!». Així doncs, durant una llarga estona, mentre la Meredith s'esplaiava i pintava un futur negre, jo m'he hagut de mossegar diverses vegades la llengua i cosir els llavis per no intervenir-hi. Havia d'escoltar. Res més. Només fent petits gestos de consol i entonant paraules per animar-la. Sembla que el mètode ha funcionat.

—M'ha anat molt bé parlar amb tu... —m'ha dit finalment quan s'ha acabat la conversa.

—Me n'alegro. No abandonis, Meredith. Dema serà un altre dia. Tot s'arreglarà, ja ho veuràs.

—Tant de bo et pogués creure.

—Avui ho veus tot negre. Et diré Black Swan! —li he dit per animar-la.

—Black Swan? —ha balbucejat al telèfon.

—El meu cigne negre —he respost jo amb tendresa.

—Ja és molt que em vegis com un cigne, encara que sigui negre!

L'he fet empipar una mica, per guardar les aparences, perquè deixi d'autocompadir-se. Em fa l'efecte que conec millor que ella els seus recursos. I sé que els sabrà utilitzar per fer front a moments crítics que li puguin passar. M'agradaria que n'estigués tan convençuda com jo.

—Em promets, bonic cigne, que repintaràs una mica les teves plomes perquè tornin a ser blanques?

Finalment, ha rigut i ha promès que faria un esforç.

—Saps què et dic? Que ara mateix truco al director del teatre!

—No, no ho facis, sisplau! Que t'enviarà a passeig.

—I com ho saps?

—Ho sé i prou. És un bulldog, aquest home, de debò.

—Meredith. Passa'm el seu número. Només vull intentar parlar-hi...

—Perds el temps.

Però hi havia un no sé què en la seva veu que em donava les gràcies.

Ens hem fet una abraçada ben forta per telèfon. Ha estat imaginària, però la meva memòria sensorial ha intentat fer reviure sota els meus dits la seva pell vellutada. Hem penjat.

M'he quedat uns bons minuts amb la mirada als núvols, tot seguit m'he posat a caminar amunt i avall per la sala d'estar buscant una idea que l'ajudi a sortir d'aquesta situació. He agafat el telèfon.

El senyor Bocquet m'ha respost de seguida. Només de sentir els noms de la Rose i la Meredith, he notat que la veu se li tenyia de ressentiment.

Per segona vegada en aquest dia he aplicat la teoria de l'orella amiga i crec que ha funcionat, perquè el director ha abaixat el to. Malauradament, tot i que ha apreciat la meva amabilitat, ha insistit que no hi havia res a fer. Que *Les Maripilis* havia tingut la seva oportunitat, i que el fiasco li havia costat massa car.

Aleshores he tret la carta que tenia amagada a la màniga.

I, si bé fa de mal dir, els diners potser no fan la felicitat, però s'ha de reconèixer que permeten sortir airós d'algunes situacions.

—Senyor Bocquet, li proposo un acord amistós. Estic disposat a tornar-li ín-te-gra-ment l'import de les vuitanta entrades... —He marcat cada síl·laba clarament perquè li ressonessin bé als timpans. Tot d'una l'he notat més receptiu.

—A canvi de què?

—Que les torni a contractar perquè puguin actuar dins de les dates previstes inicialment.

No ha necessitat gaire temps per decidir-se.

—Només li demano un petit favor...

—Sí?

—No els digui en cap cas que he pagat per arreglar les coses... A més, perquè sembli «més creïble» que els dona una segona oportunitat, digui'ls que les readmet a condició que proposin una nova data per tornar a fer l'espectacle que s'ha hagut d'anul·lar. Hi està d'acord?

—Sí, suposo que ho podrem arreglar...

—Moltes gràcies, senyor Bocquet.

He penjat i el meu cor ha respirat millor.

M'he instal·lat a la taula del menjador amb una calculadora i un bloc de notes. Tota aquesta història m'acabarà costant un ull de la cara, però tant me fa. Ho donaria tot perquè la Meredith torni a riure.

Determinat, he agafat una altra vegada el telèfon i he marcat el número de la meva oficina bancària.

—Sí, bon dia. Soc l'Antoine Delacour. Em podria passar amb la senyoreta Sandra Magnieri, sisplau? Sí, ja m'espero.... Sandra? Com estem? Vull fer una transferència del meu fons d'inversió a un compte corrent, sisplau. Moltes gràcies.

Mentre m'esperava, he fet petits dibuixos espontanis a la

meva llibreta. Espirals, filigranes, pètals... Faci el que faci per contribuir a la felicitat de la Meredith, tinc la sensació que sempre m'aportarà dolçor i benestar en el meu estat d'ànim.

Escena 42

Meredith
Compte enrere: –77 dies

Quan penjo, una muntanya de mocadors de paper arrugats s'acumula als meus peus. Ara, tot d'una, sento una mica de vergonya per la torrentada de llàgrimes que li he vessat a l'Antoine. De fet, no m'esperava que això em pogués reconfortar tant.

Més alleugerida, sento per l'Antoine una alenada de gratitud. I penso en les seves paraules. En el cigne negre que li evoco, un cigne de plomes negres. Encara no s'ha adonat que tinc tendència a desanimar-me massa ràpidament, que de seguida m'autocompadeixo i faig un drama de les situacions... Realment, m'encanta amplificar els meus defectes i escriure les meves qualitats microscòpiques en un gra d'arròs.

De moment, m'és impossible imaginar-me que soc digna de convertir-me en un bonic cigne blanc, com en el conte d'Andersen. Encara tinc massa arrelats els estigmes de l'aneguet lleig. De seguida trec el meu Organitzador d'Amor i anoto, a la part d'«Entre jo i l'altre», un objectiu: no descarregar totes les meves preocupacions sobre l'Antoine perquè corro el risc d'intoxicar-lo amb el meu humor negatiu! Em faig la promesa que aprendré a discernir quan val la pena que li confiï els meus neguits i les meves complicacions i en quin moment és millor posar una sana barrera d'hermetisme.

Agafo tots els mocadors de paper usats per anar-los a llençar quan el Roméo se m'acosta amb posat abatut.

—Estàs trrrriiiista? Que estàs trrrriiiiista? —repeteix el Roméo.

Em quedo un moment que no sé què dir. Com s'ho fa aquest ocell per percebre les emocions? L'acaricio i vaig a veure la Rose a l'habitació mentre m'acabo d'eixugar els ulls botits de tant plorar.

—Ei! Estàs bé?

Està ajaguda al llit, amb els ulls clavats al sostre, mentre enceta una segona bossa de patates. Quina pregunta més burra que li he fet.

—Escolta... No trobés al·lucinant que el Roméo em pregunti si estic trista?

—Ah, sí? T'ho ha preguntat?

—Sí...

La Rose es queda amb l'aire pensatiu.

—Sí, ja me n'havia adonat... És molt curiós. Sembla que sàpiga reconèixer les emocions i fins i tot les identifica amb un nom.

—I això és normal en un lloro?

—No, no ho crec. Fa uns dies que els de l'Institut Peterson em van demanar que els deixés el Roméo un temps per estudiar les seves capacitats, però encara no em veig amb cor de separar-me d'ell...

—Mmm... Ja... Per cert, he parlat amb l'Antoine per telèfon.

—I què t'ha dit?

—Intentarà parlar amb el senyor Bocquet. Però tal com és aquest home, si vols que et sigui sincera, crec que no té res a fer!

—No ho sé... Ja veurem. De moment l'únic que podem fer és afartar-nos de patates fregides!

La Rose riu sense esma.

—No, gràcies. Tinc una altra idea per matar l'estona... Per cert, sortiré un moment. Necessites alguna cosa?

—No. Ja tinc prou reserves de patates.

Me'n vaig i la deixo que gaudeixi del petit i regressiu plaer de menjar patates. El meu objectiu és ara la prestatgeria de belles arts de la botiga de manualitats que he vist un carrer més enllà.

Compro un llenç de cotó de mida A3, un tub de pintura acrílica negra, un retolador decoratiu Posca negre, una bosseta de plomes blanques per decorar, una grapadora de paret, paper de calcar, un llapis 2B i un HB. Me'n vaig amb el meu arsenal tota contenta. Les darreres hores han estat tan dures que sento una necessitat imperiosa d'evadir-me.

Quan torno a l'apartament, ja tinc una idea més clara del que vull i vaig de dret al portàtil per buscar-hi la imatge desitjada. Escric al motor de cerca: «cigne per pintar». De seguida trobo el que busco. Trio el cigne que més m'inspira, faig un copiar-enganxar de la imatge en un document i l'amplio perquè ocupi tot l'espai DIN A4. L'imprimeixo. Ara només he de calcar el perfil del meu cigne damunt la tela. La mina del llapis 2B és més tova i em servirà per calcar-lo, la mina HB és més dura i m'anirà bé per aprofundir en els detalls del cigne.

He fet l'esbós del projecte en el meu Organitzador d'Amor: el color de fons del dibuix serà negre, així el cigne blanc destacarà més, en reserva, com diuen els grafistes.

Amb el retolador negre, dibuixaré «territoris aleatoris»,

unes «zones» a l'interior del cos de l'animal delimitades per línies negres. Algunes s'ompliran amb motius i grafismes senzills a mercè de la imaginació i de la fantasia. Les altres les ompliré amb paraules simbòliques de les meves accions i els meus compromisos per, finalment, convertir-me en un cigne ufanós. La línia d'acció és clara i l'anoto en vermell a l'Organitzador d'Amor: «Quins motius tinc per sentir-me orgullosa?».

Escric una llista d'idees a l'apartat «Entre jo i jo».

De les coses més petites a les més extraordinàries. De sobte trobo que és el mitjà més evident per estimular la meva autoestima.

Entre una cosa i l'altra, pinto el fons negre que fa destacar la forma estilitzada del cigne, i mentre no s'asseca decideixo anar a fumar una cigarreta a la minúscula cornisa que fa de balconet. Encara m'irrita més la gola i em deixa un regust amarg que em fa venir set. M'observo fumant aquest bastonet de punta grisenca i amb prou feines trobo un lloc per esclafar-lo al cendrer, ple a vessar de les burilles acumulades aquests dies. No és una imatge gaire agradable. Una petita campaneta ressona de sobte dins meu: i si deixo de fumar? Aquest seria un bon motiu per estar orgullosa de mi mateixa, oi?

Quan reprenc l'activitat plàstica, sento l'emoció dels nous reptes. Tinc por, però a la vegada també em ve molt de gust. Fer el pas. Veure fins a on soc capaç d'arribar. I sobretot no deixar per a més tard el fet de prendre aquelles decisions que sembla que siguin poca cosa, però que marquen un compromís fort per iniciar el camí del canvi positiu. Aleshores, amb una mà una mica febril, escric artísticament en una de les zones interiors del cigne: «Deixar de fumar». Agafo una mica de distància del quadre per jutjar l'efecte amb perspectiva. És increïble com aquest exercici et pot donar ànims! Em diverteixo omplint altres zones amb bonics grafismes de diversa índole: un quadrat amb tot de ratlles blanques gruixudes, un altre amb petits cercles, un altre amb pètals... Tot va agafant forma i és molt agradable.

Apareix la Rose.

—Uau. Que bonic! Ja està? Has decidit canviar d'ofici? —em pregunta amb un somriure—. Fas bé! Ser actriu és un mal negoci...

—No, no. Només ho faig per divertir-me.

—Ben fet. —La Rose estira el cos. Fa mala cara, amb bosses als ulls i la mirada apagada—. Vols un te?

—Sí, gràcies!

Sento el bullidor al lluny. Amb la grapadora fixo les primeres plomes al voltant del xassís per improvisar un marc. De seguida estic contenta de l'efecte que aconsegueixo.

—El te està servit! —avisa la Rose.

—Ara vinc!

Apunto ràpidament les idees que em venen al cap en el meu Organitzador d'Amor.

Un altre gran motiu per estar orgullosa de mi seria arribar fins al final i materialitzar el projecte del monòleg femení. Ho anoto en una zona del cigne: arribar fins al final... Jo ja m'entenc! Aquesta ambició també necessita un aclariment a l'apartat «Entre jo i el món».

Per donar vida a aquest projecte, he de concretar. No n'hi ha prou a «idear» un objectiu, cal visualitzar-lo. S'ha de donar el màxim de detalls possibles de totes les etapes de realització. Decidir un pla de treball concret al voltant d'una pregunta ben senzilla: quantes hores al dia m'hi podré dedicar?

Posar-me una data límit. Quan he d'acabar d'escriure aquest espectacle?

Després, pensar a qui puc presentar aquest espectacle. Això vol dir que he de localitzar quins són els productors i els escenògrafs potencials. Com puc posar-me en contacte amb ells? Qui, en la meva xarxa, em pot ajudar? (Fer un mapa mental dels meus contactes.)

Els subobjectius se m'acumulen al cap. La meva ploma entusiasta va forjant sobre el paper el meu pla d'acció.

La Rose em crida per fer el te.

Uix… Em sembla que no tindré temps.

Escena 43

Rose

El senyor Bocquet, finalment, ens ha tornat a contractar, i hem pogut fer el nombre d'actuacions que havíem previst en un principi. La Meredith no sap tots els detalls del contracte. Val més que no els sàpiga mai.

Jo, que continuo callada com una tomba, sé que l'Antoine aquesta vegada encara ha anat més lluny i ha tornat a desembutxacar diners per retornar l'import de totes les entrades. També sé que ho ha fet de manera que en totes les nostres funcions hi hagi prou públic. Crec que es passa de mida. Des que ens coneixem no l'havia vist mai així per una dona. La Meredith té sort. Però n'és realment conscient, ella? Evidentment, l'Antoine tampoc no vol que se sàpiga res d'aquesta empenteta, que ha de passar com un regal caigut del cel. De fet, ja entenc què el mou a actuar d'aquesta manera: vol que la Meredith recuperi d'una vegada per totes l'autoestima, que confiï plenament en ella. I en aquest sentit he de reconèixer que té raó: el nostre èxit, encara que sigui fictici, li fa molt de bé i la veig treballant activament en un altre projecte que porta en secret, del qual encara no vol parlar, ni tan sols amb mi.

Sembla que tingui un foc intern, una passió desbordant pel teatre. No tinc cap dubte que ho porta a la sang. Hi ha moments que jo no n'estic tan segura. Tots aquests anys d'equilibris, d'intentar arribar a final de mes, aquests sous miserables, totes les audicions perdudes... De vegades em pregunto com deu ser tenir una vida més ordenada, en què no s'hagi de córrer amunt i avall, ni s'hagi d'acceptar la primera oportunitat de feina que es presenti per no naufragar.

M'agraden els escenaris, però la salut passa per davant. N'estic tipa de navegar en un vaixell de nyigui-nyogui.

I mentre estic capficada en aquests pensaments, el tren arriba a París. Busco entre un mar de cares i finalment la veig: la meva filla! Totes dues correm a trobar-nos i em salta al coll. La meva *timoun*! Me la menjo a petons, enfonso el nas entre els seus cabells, l'ensumo com una mare gata als seus cadells. Té pessigolles i escolto amb una alegria desbordant el seu riure, que em ressona com una esquella a l'orella. A una distància prudencial, la meva mare em mira amb l'alegria que llueix els dies bons. M'hi acosto. Ens abracem amb moderació, però això no em treu la il·lusió de la retrobada. La mare insisteix a ajudar-me a portar una bossa; és així, la meva mare: li agrada fer. No val la pena oposar-s'hi.

Respiro a plens pulmons l'aire contaminat de la capital. Com l'he trobat a faltar, aquesta refotuda ciutat! La mare ha vingut amb el seu cotxe, una carraca. Al llarg del trajecte no em puc estar de girar-me per mirar la meva filla, asseguda al darrere. Que bonica que està. Recorro amb els ulls cada detall de la seva carona amorosa. El nas perfecte. Finet. La boca enrivetada com un pètal de rosa. Les dents de llet. Els ulls que em fascinen com l'aigua clara d'un llac al mig del no-res entre muntanyes sagrades...

—Mama, i quan anirem a Disneyland?

Ric. Veig que aquesta menuda no perdona. Té tota la raó, penso, la vida no espera. Hi hauríem d'anar ara mateix.

—D'aquí a dos dies, bonica. Diumenge, entesos?

Sembla una mica decebuda que no sigui ara mateix. Tot seguit reflexiona i deu pensar que, al cap i a la fi, tampoc no falta tant.

—Genial, mama!

De sobte, el cotxe fa un soroll estrany i m'espanto. La meva mare deixa anar un renec i veig que surt fum del capó.

—Haurem de parar —remuga amb ràbia.

—Mare! No pots sortir així a la carretera! A més no portes l'armilla reflectora!

Aquesta dona sempre ha estat imprudent i impulsiva. Sabia que en passaria alguna. Estic que mossego per dins. La maleeixo per esguerrar aquest moment per pura negligència. Perquè, un cop més, no ha fet les revisions pertinents al cotxe. La meva mare té el mal costum de passar de les coses «vulgars i materials» i se centra en preocupacions més «elevades»: esperit, ànima, cossos astrals i tot el que estigui relacionat de prop o de lluny amb la seva feina de vident i tarotista. Per tant, un motor de cotxe és, per a ella, el menor dels seus maldecaps.

El cas és que de moment estem parats. Obro la guantera per agafar dues armilles reflectores. Me'n poso una i giro el cap.

—Késia, no et moguis d'aquí, d'acord?

Ella fa que sí sense piular i obeeix. Ningú no diria que és la meva filla.

—Mare! Fes el favor de posar-te això!

—No! Que això no serveix de res! No siguis pesada...

L'hi poso per la força i em nego a escoltar les seves protestes.

Obro el maleter.

—I ara què fas? —diu ella, molesta.

—Busco el triangle de senyalització, ves! No has vist com passen els cotxes pel nostre costat? Van escopetejats.

—Ostres... Sempre has de fer un drama de tot. Sembles ton pare...

—Ara no em parlis d'ell, sisplau! Ei, però què fas ara?

Veig que posa les mans dins del motor.

—Vols parar?

És tossuda. I em veig obligada a insistir-hi.

—Mare, espera! Truquem a la grua, d'acord?

—No cal, jo ja...

—No! Tu no fas res! Ara mateix els truco!

El to categòric de la meva veu tanca el debat. L'obligo a anar a seure a dins del cotxe i contacto amb l'asseguradora. La grua trigarà ben bé una hora. Comencem bé el cap de setmana. I jo que volia portar la Késia a Disneyland...

Escena 44

Meredith
Compte enrere: –66 dies

El senyor Bocquet va acceptar donar-nos una segona oportunitat. De totes maneres, nosaltres a canvi hem d'oferir una funció extra gratuïta, que substituirà la que vam deixar a mitges quan la Rose es va desmaiar. Però ara tant és això, el que compta és que hem evitat que ens anul·lin la gira, cosa que la nostra agent no s'hauria pres gens bé. I que ella ens fes fora tampoc no hauria millorat gaire el nostre negoci com a artistes, ja prou tocat.

He tornat a quedar algunes vegades amb el «col·leccionista de capritxos». Quan li he preguntat què esperava de mi, m'he quedat de pasta de moniato: res.

I aquest «res» ha significat molt per a mi. Perquè m'ha fet pensar. Fins ara, només he conegut gent que esperava alguna cosa de mi. Els homes que projectaven en mi el seu desig sexual i em volien posseir per poder marcar la casella de la seva llista de conquestes, d'altres que simplement volien sortir amb mi per lluir ells, per la meva bona presència, i els altres que em prenien per algú amable i hàbil, i sempre m'havien de «demanar un favor». En resum, mai dels mais fins ara no havia trobat ningú realment desinteressat.

I així, amb l'ànim tranquil, he acceptat passar llargues

hores al costat d'en Laurent, el col·leccionista de capritxos, encuriosida per aquest personatge singular, atípic i tan ple de poesia. Crec que en el fons vull descobrir una mica quin és el secret d'aquesta serenor que l'envolta.

Com s'ho fa per prendre's tan tranquil·lament els temes de l'amor, de la vida, que a mi em trastoquen tant com una fulla empesa pel vent?

I em faig aquesta pregunta en aquest dia de finals de maig, en què fa un temps prou bo. En Laurent m'ha portat al LaM, al museu d'art modern que hi ha a prop de Villeneuve-d'Ascq. Passegem pel jardí, relaxats per aquest ambient bucòlic, fins que topem de cara amb una escultura d'Alexander Calder, *Creu del sud*, un imponent mòbil ancorat a terra, que es desplega en l'aire amb els seus braços de ferro animats que es belluguen a mercè del vent.

Aquesta escultura reprodueix exactament el que sento en aquest moment, la relació que tinc amb l'existència: una constant paradoxa entre les ganes d'estabilitat i la necessitat de moviment. L'estabilitat que ens dona seguretat, però també la que ens immobilitza, que temo pel que pot tenir de paralitzadora.

El moviment, en canvi, desencadena una dinàmica, de vegades positiva quan m'empeny a sortir de la meva zona de confort, desperta l'audàcia que sembra les llavors de l'èxit i ens fa avançar, i de vegades negativa, perquè no ens permet aterrar i ens manté en un estat d'agitació constant, la dispersió.

Observo aquest ball de formes geomètriques que els cops de vent fan voleiar i espero no deixar-me arrossegar per la inèrcia de la vida, ni posar el meu destí en mans de forces invisibles, aleatòries, esperant que m'arribi la felicitat i la sort.

En aquest moment, entenc que una vida que em pertany

és una vida en què soc jo qui pren les decisions. En què no m'entrego a l'atzar per obtenir el que desitjo.

Torno a observar l'obra de Calder. Aquest gran mestre sembla que enviï a través de les seves escultures un missatge secret sobre l'equilibri absolut. Potser l'harmonia que tots busquem es basa en una simple combinació entre l'estabilitat i el moviment?

—Et fa res que en dibuixi un esbós? Aniré ràpida... —pregunto a en Laurent mentre trec el meu Organitzador d'Amor.

Evidentment, ell no hi veu inconvenient. Dibuixo l'escultura a l'apartat «Entre jo i el món», i hi afegeixo algunes llegendes simbòliques. El sòlid pedestal negre representaria tots els elements que cal posar en marxa per generar una estabilitat real en la meva existència. Una estabilitat afectiva i emocional. Obrar per estar en pau amb mi mateixa i estar equilibrada interiorment. Fer que la meva ànima sigui un lloc acollidor i còmode on faci bo. La idea m'agrada! Faig un somriure només de pensar en la manera d'embellir dia rere dia el meu oasi interior... Tot de boniques flors fresques serien la col·lecció de les petites coses que creen l'alegria en el dia a dia, els quadres a les parets representarien els moments més valuosos de la meva vida en què m'he sentit feliç o orgullosa. I aquest espai interior també l'ompliria amb mobles sofisticats i essencials. Cada moble seria un dels meus pilars, que m'ajudarien a caminar amb el pas ferm i decidit.

I després, sempre se succeeixen els mateixos valors en un bucle: la llibertat, per començar, seguida de la creativitat, l'humor i el plaer, la generositat, l'obertura als altres, la valentia... Un cop tingui «l'interior» ben moblat de coses bones i boniques, ja puc sortir de casa. Aleshores he de trobar un bon pont d'amarratge en el món exterior. Triar unes quantes persones que s'ho valguin i amb les quals pugui comptar. Tenir un mitjà de subsistència prou bo per sentir-me segura. Saber on visc.

Tot això em dona «estabilitat», però una vida en què només existís aquesta part conduiria irremeiablement a l'esclerosi de l'ànima. Al tedi, a la frustració. Per això és crucial la part mòbil, lleugera, fantasiosa, en moviment! La part imprevista, espontània, intuïtiva, instintiva, irracional... On hi ha rauxa hi ha seny. Descobrir i explotar els talents amagats, de vegades tresors ocults que s'han de desenterrar. Sentir-se realitzat personalment no és una opció secundària, sinó que ha de ser el fil conductor de la nostra existència.

En Laurent m'observa com escric al meu Organitzador d'Amor sense interrompre'm la vena inspiradora. És el que m'agrada d'ell. Aquest respecte. Aquesta constant atenció per fer el gest just.

Un cop més, m'adono de fins a quin punt assaboreixo aquest passeig sense cap pressió afegida. Per molt que en Laurent hagi reconegut que soc un capritx per a ell, no em genera cap tensió, ni insisteix per obtenir el que sigui. I reconec que aquest detall, aquesta delicadesa, m'agrada.

Conversem per intentar discernir quin podria ser el millor enfocament per viure l'amor de la manera més serena i enriquidora possible. Ell continua explicant-me el seu. S'atura a prop d'una catifa de narcisos que acaben de florir banyats per uns tímids raigs de sol de primavera. M'agafa del braç perquè m'aturi i mira cap al sol amb els ulls tancats, la cara serena i relaxada. La seva mà em llisca pel braç i m'agafa la mà. El gest sembla tan natural que no m'ofusco. I l'instant és tan bonic que no vull esguerrar el moment. De cop i volta tots dos callem, immòbils, els cinc sentits ben desperts. Escoltem la fina piuladissa d'alguns pardalets amagats. Sentim l'airet que ens acarona les galtes, el sol que ens escalfa la pell. La tebiesa de les nostres mans enllaçades que només volen donar-se un moment de pau i dolçor. Quan tornem a obrir els ulls, parpellegem per l'efecte de la claror. Quan les nostres mirades es troben, els somriures de tots dos esclaten.

Continuem passejant, en silenci. L'observo furtivament i constato que se'l veu feliç.

—Veus, Meredith? La vida de la gent seria molt més plena si aprenguessin a recollir els moments d'amor amb la mateixa simplicitat que un raig de sol quan es presenta. El raig de sol l'agafes sense pensar-t'ho dues vegades, tal com ve. El que mata l'amor són totes aquestes esperances, totes aquestes pressions que hi posem al damunt: voler, posseir, estar pendent de l'altre, frustrar-se. Són totes les esperances les que acaben tensant les relacions i sempre per la mateixa i única raó.

Jo l'escolto atentament.

—Ah, sí? Quina? —li pregunto, encuriosida.

—Voler posseir un únic objecte de desig i focalitzar-ho tot en aquest. Quina llosa que carreguem aleshores a les espatlles! És una manera de buscar frustracions inútils i de fer fugir la possibilitat d'una felicitat més tranquil·la i molt més plena.

—I què s'ha de fer, doncs?

—Doncs mira'm a mi: jo aquests dies estic assaborint la felicitat que m'aporta aquest enamorament sobtat, aquest capritx, que sento per tu... Però entén-me: tu no ets el meu únic capritx. En tinc múltiples al mateix temps perquè no n'hi hagi cap que m'absorbeixi. No tinc només un amor. Jo el que tinc és amor per moltes coses, que m'omplen, que em fan vibrar i em fan ser feliç. Els meus capritxos no són només humans. Hi ha persones, llocs, formes d'art. Jo estic enamorat de l'amor i de la bellesa. No soc polígam sinó «poliesteta». Quan l'espifiem és quan ens agafem a una única forma d'amor, a un sol ésser. La probabilitat que tard o d'hora l'amor s'encalli és aleshores immensa! I el desengany, inevitable... —Tot d'una agafa un gir més fosc—. Això em va passar una vegada. I no vull tornar a viure un mal tràngol com aquell...

És la primera vegada que deixa anar una confessió més personal. Em pregunto com devia ser aquesta dona que li va causar una pena tan gran... No em puc estar de posar-li la mà a l'espatlla com a senyal de consolació.

—Laurent, em sap greu...

—No cal que te'n sàpiga. Ara ja queda lluny.....

Es gira i ens trobem en un cara a cara. No sé si és perquè l'instant és dolç, o per la promiscuïtat sobrevinguda per una confessió més íntima. M'acaricia la galta amb el tou del dit i es vincla per rebre un petó dels meus llavis immòbils. Jo em quedo paralitzada, com si esperés alguna cosa, un detonant que m'ajudi a rebutjar-lo. Els seus llavis calents embolcallen els meus. Em sorprenen. No tenen el dret de ser tan agradables. Els detesto per ser tan agradables. I no obstant això, aquest petó i el seu salvatge gust de prohibit desencadenen en mi un malestar insondable. He d'allunyar-me d'aquí, fugir!

El rebutjo gairebé violentament. Sorprès per la força del meu gest, ell recula i trontolla.

Li llanço un «ho sento» amb un to de pànic i fujo sense el valor de creuar una última vegada la seva mirada.

Fujo cames ajudeu-me per les avingudes del parc fins a la sortida. Completament trasbalsada, el nom de l'Antoine em martelleja les temples com petites descàrregues elèctriques de culpabilitat.

Escena 45

Rose

Li ha dit algú que jo era a París? Aquest noi té una parabòlica o què? Sigui com sigui, i per més inversemblant que pugui semblar, rebo una trucada de l'Snack. Un altre cop ell, sempre ell. Després de tots els mesos que han passat d'ençà de la nostra aventura llampec a París, per a mi sense cap futur, no abandona, contra vent i marea, tant és la meva actitud de «porta als morros». Aquesta vegada m'ha trucat per saber com estava, com si res. Com que jo no tenia esma per fer-me la forta, li he explicat el destret en què ens trobàvem. S'ha encès de cop i, com un irreductible cavaller errant, ha proposat de venir-nos a buscar.

—Ja vindrà la grua...

—Tant és! Serà més agradable si us acompanyo jo...

He protestat sense gaire energia. Però entre que m'acompanyi la incòmoda grua boti-boti o l'espaiós cotxe de seients flonjos de l'Snack, no m'ha costat decidir-me.

La Késia, la mare i jo el rebem amb els braços oberts. Fins i tot ha pensat a portar un termos de cafè per a nosaltres i galetes per a la petita, que s'hi llança a sobre com si fes anys que no mengés. Descompensació de l'estrès. La grua, finalment, arriba i, entre tota la paperassa que s'ha d'escriure i el remolc, passa mitja hora abans no s'emporten la carraca.

L'Snack ens acompanya a casa la mare i, evidentment, el convidem a sopar. Fa uns ulls com unes taronges cada vegada que canviem de sala davant tota la parafernàlia esotèrica que hi ha a la casa. Jo hi estic tan acostumada que ja no me n'adono, però és veritat que pot xocar. Espelmes de tota mena, encens, un llum de vidre de sal, una col·lecció de tarots, una bola de vidre petita, un pèndul que tot ho cura, flascons de locions amb propietats misterioses...

L'Snack estossega per amagar certa incomoditat i em fa molta gràcia. Per calmar-lo, li dic que no li servirem un brou d'ulls amb suc de cervell. Es queda paralitzat una fracció de segon com si la imatge s'hagués encallat i emet un riure tímid. Pobre! Jo mateixa m'amonesto en silenci per la poca caritat que tinc per haver-li pres el pèl.

La Késia no té compassió i aprofita que té un convidat sorpresa per transformar-lo en conillet d'Índies. Mentre preparem el sopar amb la meva mare, veig que l'Snack se sotmet de bon grat a les ordres tiràniques de la meva filla. He d'admetre que m'agrada.

Al cap de la nit, ja s'ha ficat la Késia a la butxaca. Instal·lats tots dos al sofà, ella li parla com ho faria al seu peluix. Aleshores li explica la seva desgràcia: sense el cotxe de l'àvia, i amb la vaga de transports, no sap si podrà anar a Disneyland. Té les llàgrimes a flor de pell.

L'Snack no dubta a socórrer-la.

—I si us hi porto jo?

La mirada de la meva nena comença a brillar amb un esclat perillós. Amb només cinc anys, no pot entendre el compromís en què ens situa si deixem que ens hi porti. I que ell no ho fa per la seva cara bonica! No tinc ganes d'estar en deute amb un pretendent que, fins que no es demostri el contrari, he rebutjat clarament. L'Snack deu sentir el meu malestar perquè se les enginya perquè ens trobem sols a la cuina i em pugui asserenar.

—Escolta, si m'ofereixo per acompanyar-vos és perquè em ve de gust, entesos? Això no et compromet a res.

És tan bona gent! I la meva filla estarà tan contenta... Com m'hi puc negar?

Escena 46

Meredith
Compte enrere: –54 dies

La Rose ha tornat encantada del cap de setmana a París. Quan he volgut saber-ne més, m'ha sortit amb evasives, però al final ha acabat xerrant. M'ha parlat del seu Snack i, quan he intentat fer-ne broma, per poc que no s'enfada. Ha negat de totes totes que senti alguna cosa per aquest noi, però sí que reconeix que és molt maco i que gràcies a ell van poder fer feliç la seva filla i anar a Disneyland. I això és tot.

—És un amic i prou!

Fa gràcia perquè quan s'empipa recupera l'accent crioll. Ja no l'he empipat més, és clar.

—I a tu, com t'ha anat aquest cap de setmana sense mi?

M'he sentit covarda perquè no m'he atrevit a parlar-li del que m'ha passat amb en Laurent. Després m'ha trucat com a mínim unes deu vegades. Estic avergonyida. És així.

Jo, que no suporto que es refugiïn darrere d'un silenci sepulcral i no agafin el telèfon. Però aquesta vegada no puc responsabilitzar-me del meu comportament. Perquè seria molt hipòcrita si digués que no li vaig correspondre el petó. No m'atreveixo a parlar-li a la cara. De totes maneres, d'aquí a cinc dies ja marxem. L'Alice, la nostra agent, m'ha trucat i ara ens proposa un bolo a Londres.

Poso la Rose al dia: una sèrie de televisió i, d'una vegada per totes, dos papers secundaris amb una certa visibilitat. Dues dones de negocis que una multinacional ha enviat a un país llunyà. Primer fa cara d'entusiasmar-li la idea, però després l'expressió s'apaga.

—Penses en la Késia, oi?

—És clar... No la puc tornar a deixar aquí.

—Però no deies que s'entenia bé amb la teva mare?

—Sí, però... Però això de ser fora de casa cada dos per tres segur que no li fa cap bé!

Intento entendre-la i apaivagar el seu neguit dient-li que de totes maneres Londres marcarà el punt final de la nostra gira i que després podrà estar tranquil·lament amb la seva filla.

—Escolta, però quan la Késia vegi que la seva mare surt a la tele, no t'imagines que orgullosa estarà!

La Rose riu i comença a animar-se.

—Sí, tens raó...

—I són sis setmanes amb tot pagat, i un bon sou, una oferta com aquesta no es pot rebutjar!

Ella fa que sí amb el cap, vençuda i convençuda. Obrim una ampolla i ho celebrem al voltant d'unes quantes bombolles i els nostres somnis de glòria.

Els últims dies a Lille passen volant. No puc anar a veure els meus pares i em limito a trucar-los. La mare sembla molesta, però arribo a la conclusió que és pura façana. Ja fa temps que he après a separar el gra de la palla.

L'última nit a Lille, penso que no està bé marxar sense acomiadar-me d'en Laurent. I si li escric quatre ratlles? Però... què li dic? Que em penedeixo d'haver-lo besat? A part que això no seria veritat. Que la nostra relació s'acaba aquí? Això ja ho deu saber, no? I, aleshores, què? Acabo ensopegant, en una entranyable llibreria de vell, amb una col·lecció de llibres en miniatura, de cinc centímetres de llarg, i un d'ells és un recull d'expressions relacionades amb l'amor.

Quan el tinc a la mà, el llibre sembla minúscul i costa passar-ne les pàgines. Al costat de cada expressió hi ha una il·lustració. Amor a primera vista, tirar floretes, tenir un capritx per algú, accelerar-se el cor, anar darrere d'algú... Em quedo a la pàgina on diu «fer vibrar algú». Em sembla que ja sé què li escriuré a la nota que acompanyarà aquest detall. Li demano al llibreter que me l'emboliqui per regal. I me'n vaig amb la meva sorpresa de Lil·liput.

Estimat Laurent,

Que bonica l'expressió «fer vibrar algú». Com els instruments de corda que els pincem i vibren perquè emetin un so únic, quan ets a prop de la persona de qui t'has enamorat passa una cosa semblant: sents un pinçament al cor que el fa vibrar. La manera que tu tens de «fer-me vibrar» quan soc a prop teu potser no és per l'amor com l'entenem. L'únic que sé és que el que tu desprens ressona dins meu. «Hi ha una bona vibració entre nosaltres», oi que es diu així? Jo espero que, en alguna part, en la teva bonica col·lecció de capritxos, guardaràs, com a record, un petit lloc per a mi...

Un petó ben fort,

Meredith

No sé quina és la seva adreça, així que deixo el paquet a la bibliotecària, que el veu cada dia.

—Oi que l'hi farà arribar?

Surto de l'imponent edifici amb el cor més lleuger, amb la impressió d'haver fet el que cal. Gràcies a en Laurent, el meu col·leccionista de capritxos, hauré escrit un bonic capítol de la gira de l'amor. Ha arribat el moment de passar pàgina a Lille. Londres, prepara't que vinc!

Escena 47

Antoine

He passat el contacte del meu amic Nick Gentry a la Meredith. En Nick és un artista anglès que, des que el vaig conèixer ara fa quinze anys, ha fet un llarg recorregut, fins al punt que ara és cèlebre i s'ha fet un lloc en el panorama internacional. Com a part dels meus estudis, vaig viure ben bé un any a Londres. El famós programa Erasmus. Érem cinc estudiants que havíem de compartir un apartament que costava un ull de la cara, però que, en aquell temps, per a nosaltres, era com Bizanci, el sentiment de llibertat i l'exaltació de la joventut que ho adornava tot. Tres nois, dues noies, i cap de nosaltres a la mateixa universitat. En Nick feia els estudis al Royal College of Art, la universitat de belles arts. Ens vam caure bé mútuament i he de reconèixer que, en part gràcies a ell, aquell any a Londres va passar a ser un record inoblidable. Com que era l'únic autòcton del grup, en Nick ens va ensenyar tots els llocs i tots els plans més transgressors, el Londres *underground*, bohemi, cultureta, inspirador, de vegades turbulent o decadent. Perquè quan surten del seu refugi, els anglesos tenen un extraordinari sentit de la gresca.

Així que quan la Meredith m'ha parlat d'aquest rodatge a Londres que els ha contractat la seva agent, de seguida he pensat en ell. No em sentia tranquil de saber que seria allà sola amb la Rose. Me les imagino aventurant-se per racons impossibles de la ciutat, i pateixo pels mil perills possibles.

Per això he demanat al meu vell amic, en record dels bons temps —però també encarregant-li una obra per al despatx—, de vetllar per la meva enamorada i la seva amiga Rose. La missió és ben senzilla: passar temps amb elles, mostrar-los la ciutat, recomanar-los els llocs segurs... Saber que, com qui no vol la cosa, un amic les vigila de prop em tranquil·litza. Evidentment, li he dit a en Nick que actuï amb la màxima discreció. Si la Meredith ho sabés, s'enfadaria molt.

Quan hi he parlat per telèfon, l'he vist amb ganes de conèixer la «meva nòvia». El favor que li he demanat, traït pel meu vessant sobreprotector, em situa com a «home perdudament enamorat» i en Nick no ha deixat escapar l'oportunitat de riure-se'n.

—*You have a goddamn crush on her!** —m'ha dit.

Està clar que es reia de mi. Fa anys, quan el vaig conèixer, jo era un faldiller i, és veritat, causava estralls, sens dubte perquè «hi havia alguna cosa d'inassolible» que a les noies els tornava boges. Jo no ho feia expressament: en aquella època de la meva vida, m'importava ben poc si conservava una dona o no. La meva joventut i el físic em donaven l'arrogància de creure que sempre n'hi hauria una que substituiria l'altra. No hi havia, per tant, ni pressió ni compromís, només el joc, l'excitació de la cacera; perquè aquesta era l'altra, la cacera aviat perdia el seu atractiu, un cop aconseguida la conquesta. Ningú no em podia robar el cor, perquè en aquells moments es reduïa a un òrgan amb una funció física. Sí, ho reconec, el sexe em dominava, l'Eros m'ocupava tot sencer. Hi havia dones que s'havien enfadat molt amb mi perquè em

* «Estàs penjadíssim d'ella!»

consideraven un insensible. «Una polla al lloc del cor» era la queixa més mordaç. I no parlem de la copa de vi que em van llançar a la cara. Estimava totes les dones i no n'estimava cap. I la cosa era ben senzilla. En aquell moment, la meva única ambició, l'únic objectiu que jo tenia i que ocupava tot el meu cap era tenir èxit en la meva carrera professional.

M'hauria de fer riure o hauria de tenir por de l'efecte que té la Meredith en mi? No ho sé. Són aspectes de la meva vida que encara no controlo, i això és inquietant per a algú com jo, acostumat a protegir-se darrere de coses concretes, tangibles i racionals. Amb la Meredith, m'he submergit en el gran mar de les emocions i dels sentiments. Ella m'ha fet entrar en l'univers de la sensibilitat, però, com tot allò que ens resulta desconegut encara, em genera molta por. Soc un principiant de l'amor i, per primera vegada en la vida, tremolo per no saber estar a l'altura. Però puc triar? Em sento tot jo en mans de la Meredith. «Atrapat», però feliç d'aquest parany deliciós: soc una presa voluntària.

Londres

Escena 48

Meredith
Compte enrere: –47 dies

Acabo la conversa telefònica amb l'Antoine i miro el bocí de paper on tinc el número de telèfon d'en Nick Gentry, el seu amic de Londres, que ens ajudarà a introduir-nos una mica en la vida de la City. Juraria que l'Antoine estava amoïnat, i aquest afany seu tan paternalista em molesta. Com si jo no em pogués espavilar sola. Odio quan els homes ens prenen per fràgils. Em treu de polleguera! Tot i així, intento veure-hi el costat bo. Ell ho fa amb tota la bona intenció i ens pot anar molt bé conèixer algú aquí a Londres.

—Què? Quines novetats hi ha? —pregunta la Rose quan surt del bany amb els cabells molls, embolicats amb un turbant com una princesa sultana.

—Ah, res. Era l'Antoine. M'ha passat el telèfon d'un vell amic seu que viu aquí, a Londres, i que ens podria ensenyar alguns racons.

—Un vell amic, eh? Mmm... Sona interessant!

Miro el cel.

—Rose! Ets un cas! No sé res d'aquest home, ni l'he vist mai. A més, això que ens hagi d'acompanyar per la ciutat com si fóssim unes nenes petites... No ho sé, no ho tinc clar, si l'he de trucar...

La Rose esvaeix amb un gest les meves reserves i exposa la seva idea.

—Com es diu? —em pregunta en un to categòric.

—Nick. Nick Gentry.

—Oh! Sona bé! Aviam què en trobem...

Es llança de cap al portàtil per buscar informació sobre ell. Deixo que continuï amb el seu deliri i aprofito per preparar un te. Al cap d'un moment, no és el bullidor el que deixa anar el xiulet més estrident.

—Ei, espera! Que el tio està com un déu!

La Rose té els ulls enganxats a la pantalla i veig que el cervell se li comença a accelerar per muntar-se una pel·lícula al cap.

Tot i així, no em deixa de picar la curiositat quan la veig navegar per la pàgina per veure totes les fotos del famós Nick. M'atanso a la pantalla i ella obre la foto perquè la vegi ben gran. Veig finalment la cara del tal Nick. Déu-n'hi-do, sí. Bé, ho reconec. Està com un tren.

La Viquipèdia és el millor aliat de totes les indiscrecions. En quatre clics ho sabem tot d'aquest artista d'art contemporani de renom internacional. Nick Gentry, va néixer el 29 de maig de 1980; té trenta-vuit anys, doncs. La Rose obre un autoretrat d'ell en blanc i negre, i ja es queda espaterrada. Val a dir que el contrast del blanc i el negre és inigualable. Els contrastos són una meravella. L'equilibri perfecte d'ombres i llums. La llum li il·lumina el perfil esquerre i deixa el costat dret en la penombra. Un morenàs ben plantat amb ulls profunds de color llac Ness, una mirada enigmàtica que atrapa, faccions fines i regulars, una barba incipient de disseny estudiat que esculpeix els contorns harmoniosos de la seva cara.

—*Is that for real?*[*] —pregunta la Rose, bocabadada davant d'un tros d'home com aquest.

Jo arronso les espatlles i faig com si aquest físic tan ben dotat no em fes ni fred ni calor.

—No fotis que l'Antoine t'envia aquesta bomba atòmica perquè no et perdis per la ciutat!

—Sí.

—Que no hi toca?

Ja hi som. La Rose de sempre ja ha tornat! I està *on fire*.[**] Ja no li penso deixar passar cap més... Li clavo els ulls en els seus per deixar les coses clares.

—Rose: estimo l'Antoine. No cal patir per res, entesos? És veritat, el tio està per sucar-hi pa. Però tenir una cara bonica no ho és tot...

—Això ho diràs tu! Què? Li truques o no? És que crec que no val ni la pena discutir.

La Rose no pararà fins que en Nick Gentry es converteixi en el nostre guardaespatlles oficial. I, si fos per ella, un que se'ns enganxi com més millor.

Marco el número. Després d'uns quants timbres durant els quals intento ignorar el lleuger neguit que em talla la respiració, respon una veu.

—*Hello?*

Em llanço de cap a la piscina i faig la meva primera conversa en anglès. La Rose em dona uns copets a les costelles perquè activi l'altaveu.

—*I was expecting your call!*[***]

Ah, mira, si esperava que li truqués millor, no? M'adono

* «Aquest home és de carn i ossos?»

** «I va forta!»

*** «Esperava la teva trucada!»

aleshores fins a quin punt aprecia l'Antoine i que li fa molt feliç fer-li aquest petit favor. Tenint en compte el nivell sonor del calibrador d'entusiasme, puc imaginar-me quantes gamberrades i animalades inoblidables devien haver fet durant aquell any d'Erasmus. I encara que jo n'hagi fet les mil i una, segur que em quedo lluny del seu recompte. Sento un pessic de gelosia que de seguida espanto del meu cos. En Nick Gentry ens diu de quedar aquesta tarda mateix a la seva galeria.

—*So that we'll get to know each other better!*[*]

—*Deal!* —exclamo resignada, davant de la mirada inquisidora de la Rose.

Quan penjo, ella manifesta obertament la seva excitació mentre jo em quedo com un estaquirot, un fort contrast entre els dos sentits de l'humor de cadascuna.

—Però escolta, que has sentit aquesta veu? Ronca, profunda...

—Ei, va, tranquil·litza't!

Com una nena petita sobreexcitada, ja no sent res del que li dic.

—I aquest accent tan *british* i tan sexi! Em fa tornar boja!

—Vinga, va, senyoreta Groupie, en comptes de pensar en el mister Encants, què et sembla si treballem una mica els textos de la sèrie? Et recordo que anem una mica endarrerides...

Finalment, el suflé s'abaixa una mica. Crec que la Rose s'acaba de recordar de la quantitat de línies que hem d'aprendre de memòria, i, a sobre, en anglès. Això li fa tocar de cop de peus a terra. Ens posem els taps a les orelles i s'inicia un estrany ball a l'habitació, que nosaltres recorrem de punta a

* «Així ens coneixerem millor!»

punta, amb els textos a la mà, remugant les nostres línies com uns autòmats divertits, mentre en Nick Gentry, amb la seva presència hipnòtica, ens observa des del fons de pantalla de l'ordinador.

Escena 49

Meredith

Direcció: el barri de Mayfair. La Rose s'ha posat l'uniforme de tigressa (faldilla curta i botes de taló), mentre que jo m'he posat uns pantalons texans i un jersei blau. Al metro, no para de balbucejar i hi reconec perfectament els símptomes d'excitació clàssics de l'estat de preconquesta. El que em fa riure és a quina velocitat ha oblidat el meu germà, relegant aquella breu aventura a la paperera de les històries frustrades. He de reconèixer que m'estimo més que la relació no hagi prosperat, perquè ja em veia ficada enmig d'un embolic i a sobre convençuda que no era la persona adequada per a la meva amiga.

Baixem a l'estació de Bond Street. Com a París, el metro va atapeït de gent a qualsevol hora del dia. Al carrer, uns homes es giren per mirar la Rose, que no passa precisament desapercebuda: alta, abric llarg de borrissol, les enormes arracades criolles, grans gambades, ulls bonics i brillants, boca grossa. En resum, una dona d'atributs «generosos».

Arribem davant de l'Opera Gallery. Ens reben unes lletres daurades, inscrites en una bonica tipografia clàssica, sens dubte, en la classificació Thibaudeau, un tipus Elzévir amb un sofisticat traç terminal triangular, molt apreciat en el món de la impremta i de les arts gràfiques.

Dubto un moment abans d'empènyer les portes vidriades emmarcades amb fusteria metàl·lica negra de disseny, una mica intimidada per l'atmosfera luxosa d'aquests tipus de llocs. Destaca la immensa tela exhibida a l'aparador i el seu impacte visual m'impressiona. És un retrat de dos metres per tres, tan espectacular que em costa treure-li els ulls del damunt. Un retrat de dona que, curiosament, s'assembla a mi. Més enllà de l'extrem realisme i de la precisió tècnica de l'execució, l'obra presenta una originalitat que impacta pels materials que s'han triat per crear-la: una col·lecció de disquets d'ordinador vells reciclats. Amb una màgia sorprenent, en Nick Gentry els transporta sobre un xassís de tela i els utilitza com a suport artístic avantguardista. Distribuïts per la superfície amb una gran habilitat, segons el matís del color, per formar sobre la cara zones d'ombra i llum adequades!

M'he quedat literalment sense alè.

La Rose m'estira de la màniga: té pressa per entrar.

—Què fas? Vens o què?

Baixo dels núvols i empenyo les portes de l'Opera Gallery amb un nus a l'estómac.

Trepitjo el paviment de material noble, potser formigó encerat, molt de moda, i les meves passes ressonen d'una manera particular en el silenci gairebé religiós d'aquesta mena de temple de l'art. Les obres ressonen sobre les parets blanques i gaudeixo de l'escenografia sòbria i eficaç.

Sobre un pany de paret totalment negre hi ha una obra que m'impacta més que les altres. Un retrat d'home també sobre uns disquets. L'home del retrat pren vida i sobresurt del quadre. Els meus ulls passen d'un quadre a l'altre. En Nick Gentry se situa davant meu i m'allarga la mà. L'hi dono la meva afectuosament.

—*Hey, Nick. Glad to meet you!**

«Que guapo!», llegeixo de seguida als ulls de la Rose. Com no li puc donar la raó?

Ens fa la visita de la sala, excusant-se perquè no parla francès, i ens presenta la directora de la galeria. Aquí se sent com a casa seva i això es veu de seguida. Li diem que ens encanta la seva obra.

—*Really? You like it?***

—És clar que ens agrada! Com no ens podria agradar?

La Rose es queda enlluernada davant d'una caixa de llum: un retrat de dona construït íntegrament a partir de negatius de pel·lícules fotogràfiques reciclades i instal·lades dins d'una caixa lluminosa retroil·luminada. L'efecte és impressionant.

Per la meva banda, estic captivada per l'atractiu de tots aquests retrats sobre disquets, que sembla com si volguessin revelar els misteris de la personalitat. Cada disquet que compon la cara sembla que encarni una faceta. Una faceta clara o fosca, com les parts que ens componen, les zones de llum i les zones d'ombra.

M'adono de la complexitat de cada ésser. Què construeix una personalitat? Ser el fruit de la història personal que ens ha afaiçonat? Com tots aquests disquets o retalls de pel·lícules de foto que en Nick Gentry utilitza per crear aquests retrats, cadascun de nosaltres s'ha construït un conglomerat de records gravats en aquesta memòria vivent del nostre passat, i són les vivències les que, a poc a poc, han anat dissenyant el perfil del nostre jo.

Quins secrets amaguen aquests disquets? No ho sabrem mai. Estan sepultats per sempre sota l'obra d'en Nick. De la

* «Ei, Nick! Encantada de coneixe't!»

** «Sí? De debò que us agrada?»

mateixa manera, cada personalitat té dins seu una part misteriosa. És difícil hackejar la veritat més íntima de l'altre. Fins a quin punt podem accedir al seu autèntic cor, sense vels, sense màscares? Quantes capes d'intimitat hem de traspassar abans de tocar amb el dit l'essència de la seva veritable personalitat?

L'alteritat. L'art de comprendre l'altre en totes les seves diferències.... I mentre penso en això s'apropa en Nick, encuriosit per saber què en penso de la seva obra.

—M'agrada molt el que fas. Lliga amb les investigacions que estic fent ara mateix...

—Ah, sí? I què investigues ara mateix?

—L'amor.

Li llegeixo a la cara que busca la relació entre el meu tema d'estudi i les seves obres. I l'hi explico.

—Qui diu amor diu alteritat: l'altre és un altre. Com poden aleshores dues personalitats «encaixar» amb el temps? Quines facetes connectaran? Quines facetes no funcionaran? La teva feina em fa pensar en tot això...

—*Interesting*...

Veig una espurna de curiositat en la seva mirada. I m'emociono explicant-li la meva teoria.

—Quan una parella comença una relació veiem la personalitat il·luminada per un focus afalagador que només ens en deixa veure les parts més atractives.

—Els punts forts?

—*Exactly!* Per exemple, cada estructura de personalitat és com un quadre. Com en la pintura, existeixen uns «trets predominants» de la personalitat, de la mateixa manera que un quadre tindrà un color predominant. Cada personalitat és única, però podem reconèixer uns «grans trets» amb característiques específiques fàcilment identificables.

En Nick em mira amb uns ulls penetrants.

—*What are yours?*[*]

Si es pensa que li revelaré ara mateix els grans trets que em caracteritzen s'equivoca! M'escapoleixo sigil·losament i em situo sota una espectacular instal·lació seva: «*Spire. Vintage film negatives, trailers and microfilm reels suspended from hanging fixture. 650 cm × 120 cm*».

Es tracta d'un imponent feix de tires de pel·lícules d'època que neixen d'un plafó circular que penja del sostre i en retroil·lumina els negatius.

Entro dins del cercle que forma el feix de pel·lícules i miro al sostre, fascinada per la subtil ondulació de les tires de pel·lícula, que sembla que vibrin per les històries que expliquen. En Nick entra amb mi a dins del cercle de la instal·lació. Sembla que esperi que continuï la meva dissertació sobre la teoria de les personalitats.

—*So what?*[**]

Aquesta promiscuïtat fortuïta m'incomoda una mica. L'empenyo suaument per eixamplar una mica el meu espai vital.

—Doncs mira, dels meus grans trets de personalitat destacaria que soc espontània, creativa, lúdica... Potser també una mica salvatge... Per exemple, no m'agrada gens sentir-me atrapada.

Surto de la instal·lació i el deixo plantat allà. Ell em ve al darrere.

—I això què hi té a veure amb l'amor?

—Doncs posem el cas d'una persona que necessita molta llibertat i oxigen... No podria sortir amb ningú massa «fusional», massa empàtic.

* «Quins són els teus?»

** «Vinga va, quins són?»

—*Of course...*[*]

—De la mateixa manera, una personalitat massa sociable ho tindria difícil per entendre's amb algú que fos molt introvertit, que no deixés entreveure les seves emocions. Com aquells miralls sense argent, m'entens?

Al cap d'un moment, la Rose se'ns planta al costat. La directora de la galeria no l'ha deixat estar ni un segon i veig que necessita una mica d'aire.

—*Shall we go for a drink?*[**]

Em sembla que a ella també li agradaria fer un mos de la conversa que tenim amb en Nick. Ell sembla molest d'haver d'interrompre un diàleg que l'interessava. Però és prou *gentleman* i complaent per accedir a la petició de la Rose. A més, la proposta cau just en el moment perfecte. A mi també em ve molt de gust.

En Nick ens porta a un bar que coneix bé. A pocs carrers de la galeria hi ha el Duke of York, un pub amb la típica vitrina negra i daurada, amb finestretes que garanteixen una atmosfera íntima i acollidora a l'interior. M'encanta. Faig una llambregada a les plantes penjants de l'exterior, així com a la vella insígnia, peça de ferreria de l'època, amb el retrat *old style* de qui m'imagino que és el duc de York.

A l'interior, seiem en una de les taules de fusta fosca i càlida. Pentino el local amb la mirada i em fixo en els clients, recolzats a la barra o distribuïts per la sala. M'entretinc comptant el nombre de sortidors de cervesa: més de deu! Quina varietat! Aquest lloc m'ha robat el cor. En Nick de-

* «Sí, és clar.»

** «Anem a fer un beure?»

mana una Guinness i nosaltres, unes *pints of lager*, cervesa rossa.

La Rose de seguida que pot aborda el nostre nou amic. Tots dos parlen pels descosits. Bé, sobretot ella. En Nick sembla un pèl més reservat i em pregunto si se sent una mica atacat per la manera tan directa que té la Rose d'establir-hi conversa. Això em fa pensar en la part, encara una mica verda, del meu Organitzador d'Amor «Entre jo i l'altre». Decideixo treure'l per afegir-hi algunes idees.

—*Do you mind?**

En Nick sembla sorprès, però no veu cap inconvenient que prengui notes. M'observa de reüll mentre la Rose continua el seu tsunami de paraules entusiastes sobre el seu ofici d'actriu i l'alegria d'instal·lar-se un temps en aquesta fantàstica ciutat que és Londres.

Jo anoto en lletres ben grosses al meu quadern una reflexió sobre la importància de comunicar-se bé amb la parella: «la manera com diem les coses compta tant com el que es diu»; és una frase que vaig llegir no fa gaire al lloc web http://www.process-com.es. M'interessa molt aquesta eina per millorar la intel·ligència relacional que va crear l'americà Taibi Kahler; la trobo lúdica i accessible. Dona tot d'idees sobre els diversos tipus de personalitat, els trets predominants, les necessitats essencials que s'han de satisfer per tenir una «bona energia positiva», però també les causes d'estrès previsibles i específiques per a cada tipus, i com reconèixer-les, en un mateix i en l'altre, per prevenir i evitar discussions reiteratives que acaben podrint la relació... De vegades discussions absurdes, que esclaten com un devastador incendi forestal, per culpa de paraules mal triades, per una entonació de veu

* «No et fa res, oi?»

matussera, cares i gestos mal interpretats. I si la clau d'un amor que dura és una bona entesa i una millor comunicació? L'art i la manera de parlar-se i d'entendre l'altre en les seves diferències. Diferències en la manera de funcionar, les necessitats, les esperes. És curiós com, al principi d'una relació, es busca trobar en l'altre un punt de semblança, mentre que també és fonamental trobar els punts de diferència per tenir clar fins a on estem disposats a acceptar-los. «*Be able to deal with it*».* La parella, com si fos una obra d'art pictòrica, ha de buscar l'harmonia aprenent a «compondre» i a combinar els elements. Les personalitats xoquen o conflueixen meravellosament bé, com els colors ben combinats.

Dibuixo ràpidament una graella de dues columnes, pensant en l'Antoine. Columna dreta: quines necessitats té l'Antoine en la relació? Columna de l'esquerra: quines són les meves pròpies necessitats? Les nostres necessitats estan en sintonia? Com puc satisfer algunes de les meves necessitats per mi mateixa, sense carregar-ne el pes a l'Antoine? També decideixo fer una llista d'algunes frustracions acumulades: per exemple, no m'ha demanat mai que li llegeixi els meus textos, i això jo ho he interpretat com una falta d'interès per la meva feina. Un altre exemple que pot semblar banal: no m'ha volgut acompanyar mai al gran mercat de diumenge al matí, a mi que m'agrada tant passejar per les paradetes, les olors, els perfums, els colors inspiradors, els venedors cridaners i tota aquesta fauna humana en moviment, afamada de sentits. I la manera amb què es va treure del damunt aquella venedora de clavells? Sembla absurd, però m'hauria agradat que me'n regalés un... Me n'adono que, d'exemples, no me'n falten, i que la llista la podria allargar fàcilment.

* «Sigues capaç de gestionar-ho.»

Aleshores m'esclata a la cara una evidència: un home no pot endevinar què em ve de gust, què em fa il·lusió, si no l'hi dic clarament. Ho escric en vermell i ho subratllo: fer peticions directes. Amb delicadesa, és clar. D'aquesta manera li traurem un pes estalviant-li els enigmes i les inevitables discussions derivades de les frustracions mal digerides, o del que jo anomeno «les brases d'un foc mal apagat».

En Nick em continua mirant mentre escric al meu Organitzador d'Amor. Veig que la Rose comença a picar-se perquè sembla que ell estigui més interessat en mi, que no parlo, que en ella, que no calla...

—I què? Ja has acabat d'escriure en aquest quadern? Si fem nosa, ens ho dius, eh?

—No et posis nerviosa, Rose, ara paro, de debò! Escric una idea més que m'ha vingut i ja estic.

Li faig un somriure d'orella a orella que fulmina la seva mala jeia. Penso en la impaciència llegendària de la meva amiga... I de retruc penso en un nou personatge per al número que estic preparant: un expert en «contornejar» la personalitat, capaç no només de definir-ne els trets, sinó sobretot d'ajudar a redibuixar-los i a potenciar-los, que destaquin més. M'imagino una escena molt graciosa amb aquest personatge petulant —interpretat per la senyoreta Juju— arengant el públic per convèncer-lo de la necessitat d'una bona «exfoliació» dels trets de la personalitat menys agraciats, i dels miracles que pot aconseguir tenir l'habilitat de fer lluir les qualitats de cadascú per trobar l'ànima bessona. Un veritable curs sobre l'estètica de l'ésser humà! Un deliri còmic que pot funcionar...

En Nick Gentry em treu dels meus pensaments i torno a tenir els peus al pub.

—En què penses?

—Ah, en res...

—Tenies la ment molt lluny! —diu ell, encuriosit.

—Nick, quan ens penses ensenyar una mica els *places to be in London*?* —pregunta la Rose, per tornar a tenir ella les regnes de la conversa.

Se'l veu completament disposat a fer de guia improvisat. La Rose i jo no amaguem el nostre entusiasme. I quan ens n'acomiadem semblem amics de tota la vida. Una mica més tard, al vespre, rebo un missatge al mòbil.

> M'ha encantat coneixe't. La nostra conversa m'ha inspirat molt. La teva personalitat també. Acceptaries que fes un retrat teu? Petons. Nick.

Em poso una mica vermella, afalagada i avergonyida alhora.

—T'acaben d'enviar un missatge? —em pregunta la Rose, que ha sentit el senyal de notificació.

—Mmm? No, res, publicitat...

No m'atreveixo a explicar-ho a la Rose. Ben mirat, podem ser amigues, però no cal ser un llibre obert, oi?

* Els «llocs imprescindibles de Londres».

Escena 50

Meredith

Com que la sèrie no es començarà a gravar fins d'aquí a una setmana, disposem d'uns quants dies per fer el turista per Londres. En Nick ha mantingut la seva promesa i ha entrat de ple en el joc de ser el nostre guia. Gràcies a ell hem descobert alguns llocs de moda. I vet aquí que la Rose, que d'ençà del cap de setmana de Disneyland sembla que hagi tornat a l'escola, li ha agafat per fer un altre capritx lúdic: anar a un *room escape*. Els *room escape*, concepte de diversió que ha causat furor darrerament, plantegen un repte als participants perquè aconsegueixin escapar-se d'una habitació tancada resolent els enigmes amagats en un temps limitat. La Rose hi ha insistit tant que en Nick i jo hem cedit i hem acabat anat tots tres cap a Caledonian Road, al clueQuest. Ens obrim pas entre ramats d'adolescents esbojarrats i alguns pares desesperats que intenten calmar les feres. El personal del *room escape* ens fa una bona rebuda i ens explica la nostra missió: salvar el món! Escolto amb l'orella una mica distreta la història dels espies que han desaparegut, de l'agent doble que hem de desemmascarar i identificar, i del demoníac professor Blacksheep, que té un pla infame i l'hem de desxifrar. La Rose, en Nick i jo ens trobem davant de la porta groga i negra —l'ambient d'espionatge així ho exigeix—, que s'obre i ens deixa entrar.

El nostre instructor ens ensenya el botó que ens permet tornar a la realitat i escapar de la cambra, en cas que ens agafi un atac de pànic. La porta es tanca amb un cop sec que em sobresalta. A mi, que no m'agrada gens estar tancada! Com és que he seguit la Rose en aquesta trifulga? Ara serem presoners durant els pròxims seixanta minuts. La Rose es llança de ple a desxifrar el repte i s'aventura amb les primeres pistes. Per la meva banda, jo no reacciono gaire bé al concepte del joc. El meu concepte claustrofòbic s'imposa. Hauré de trobar una manera d'escapar d'aquí com sigui. Només se m'acut fer servir la imaginació.

Espontàniament, em connecto amb el tema que m'ocupa el pensament des de fa setmanes, i sobre el qual treballo assíduament: l'amor. És curiós, per associació d'idees, aquesta habitació tancada em fa pensar en la petita mort de la parella quan es clou en ella mateixa i esdevé asfixiant... Precisament quan comences a sentir una mena de claustrofòbia. Veig en Nick participant en el joc al costat d'una Rose radiant i exaltada. No hi ha dubte que és un tio encantador. Però com em sentiria si estiguéssim enganxats les vint-i-quatre hores del dia, durant tot l'any, al llarg de dècades? Sens dubte, acabaria sent insuportable... Aleshores, quin és el secret de l'amor que perdura? La primera imatge que em ve al cap, sobretot en aquesta habitació cega, tancada amb pany i forrellat, és dibuixar les finestres. I deixar-ne una sempre oberta.

L'amor que tanca és el que s'ha d'evitar de totes totes. Penso en l'heroïna del meu espectacle, la senyoreta Juju. Seria divertit imaginar-se-la jugant en un *room escape* en un escenari que es podria anomenar Independent Love! La seva missió seria descobrir els paranys de la dependència afectiva resolent els enigmes de Cupido, i així, de passada, podria trobar les seves ales desaparegudes: les ales del desig! La idea en si no deixa de ser bonica, oi? Perquè les ales del desig no són altra cosa que la metàfora de la llibertat, oi? (Desig = Llibertat). Quan la llibertat mor, el desig també. Aquesta seria una de les respostes per evitar que la relació acabi tancada en ella mateixa, que no escapci els desitjos de l'altre, que no li talli les ales, encara que ens faci por que emprengui el vol i se'n vagi cap a una altra banda. Què significa això? Atrevir-se a confiar. I, més concretament encara, acceptar el risc que, un dia, l'altre tingui ganes de sortir per aquesta porta, i que, aquell dia, no l'hi impedirem, si és això el que vol i el fa feliç.

Perquè creure que pots empresonar l'altre en la relació significa enganyar-se, però és que, a més, resulta altament tòxic. Massa possessió mata l'amor i acaba sent nociu. Fer que el pes del nostre benestar i de la nostra felicitat recaigui en l'altre és un error que s'acaba pagant car. La dependència afectiva exerceix sobre l'altre una pressió que no té cap sentit i el carrega amb la insuportable llosa d'expectatives desproporcionades. El veritable greal és l'autonomia afectiva, penso jo aleshores. Però com es pot posar en pràctica?

—*Yes, we found a new clue!** —crida la Rose, boja d'alegria—. Vinga, Meredith, vine aquí en comptes d'estar al teu rotllo.

M'hi atanso i fingeixo que estic emocionada.

—Estem a punt de resoldre l'enigma!

En Nick em mira de reüll. Se n'ha adonat, ell, fins a quin punt soc lluny d'allà, perduda en els abismes de la reflexió? Li llanço un somriure enigmàtic. Se'l veu confós. Torno a submergir-me en les meves preguntes, a pastar fang el joc. Jo també tinc feina a fer si vull resoldre el misteri de l'amor que dura! Hi rumio: l'única manera de no caure en la dependèn-

* «Sí, hem trobat una altra pista!»

cia afectiva és, crec jo, fent-se càrrec un mateix de satisfer les pròpies necessitats. I sobretot multiplicar les seves fonts de satisfacció personal. M'hauré de fer una llista al meu Organitzador d'Amor: quines fonts de satisfacció depenen de mi? Ara bé, també és una mica absurd pretendre que es pot estimar sense tenir cap necessitat de l'altre, oi? I és clar que necessitem l'altre! Com sempre, la veritat es troba segurament en el punt just. En quin moment tenim una necessitat de l'altre sana, normal, necessària? En quin moment ens atrapen les nostres mancances i caiem en l'excés? D'altra banda, és interessant constatar que el «buit» és qui crea aquest «massa», l'actitud «massa»: massa demanda, massa pressions, massa retrets...

Fins que no dediquem prou atenció a les ferides velles —falta d'amor, de consideració, de seguretat— i no fem el que cal per tapar les escletxes del nostre buit afectiu, aquest últim, com una mena de túnel del vent, ens xuclarà i ens arrossegarà dins d'una espiral de tristesa o d'angoixes més o menys agudes, més o menys conscients, més o menys inhibides. Quina llàstima! Em prometo aleshores, pensant en la meva pròpia infància, que faré el que calgui per segellar les bretxes. El primer pas serà treballar sobre mi mateixa amb un professional... Costi el que costi.

—Et veig molt pensativa. Va tot bé, Meredith? —En Nick ha vingut fins a mi i m'ha posat una mà sobre l'espatlla. Em commou que s'interessi pel meu estat.

Em sento una mica incòmoda perquè no estic jugant amb els meus amics. Potser va sent hora que m'introdueixi al grup. Al cap i a la fi, no és això la solució que jo ja he identificat per sortir dels meus pensaments sobre l'amor? Sortir de mi mateixa! Implicar-me, participar, ser activa. Sembla molt obvi, però no és tan fàcil posar-ho en pràctica.

Ràpidament, les meves preguntes existencials s'evaporen. La Rose, en Nick i jo passem una estona molt divertida i, quan finalment resolem, tots tres junts, l'enigma, sentim que ens envaeix un corrent d'amistat i de complicitat que ens submergeix en un moment de màxima alegria.

Escena 51

Rose

Com m'agrada aquesta ciutat! Londres està feta per a mi. Sembla que la creativitat s'escampi per tots els racons i tinc la impressió que mai no em deixarà de sorprendre. Ahir mateix, quan passejava amb la Meredith a prop del barri de Waterloo, vam anar a parar casualment al Leake Street Graffiti Tunnel, també anomenat Banksy Tunnel en homenatge al cèlebre artista britànic conegut pels seus grafits urbans. Em vaig quedar fascinada per aquest temple de l'*street art* que cobreix el mur pam a pam, mig hipnotitzada per aquesta impressionant amalgama de colors, formes i efectes gràfics i lluminosos.

Després d'uns instants de contemplació artística, la Meredith i jo hem continuat passejant pel barri, la mirada encara bategant per l'exposició oberta del túnel que acabàvem de deixar, i aleshores encara hem trobat una cosa que ens ha sorprès més: un home, un home, ajagut al terra mateix, amb una granota de mecànic tacada de pintura, concentrat en alguna cosa microscòpica, que nosaltres no podíem identificar des de la nostra posició.

—Què fa? —xiuxiuejo a la Meredith.

—Francament... no ho sé.

Ella no gosa preguntar-l'hi. Jo em moro de curiositat i faig el pas.

—Hola, em podria dir què fa?

L'home es tomba i es posa de costat, sobre el colze, però encara a terra. Espero que no l'hagi molestat... Aleshores m'adono que es disposa a respondre'm amablement. Fins i tot se'l veu content que li faci la pregunta. I tot d'un plegat, com les estàtues humanes de carrer que s'activen quan els llances una moneda al barret, l'home s'anima i ens explica, amb força entusiasme, el seu objectiu.

—Em dic Ben Wilson. Soc artista de carrer i he decidit donar una segona vida a les deixalles de la ciutat...

Allarguem el coll per veure de més a prop l'obra que està fent. M'adono aleshores que està a punt de transformar un xiclet mastegat en una obra d'art minúscula. És impressionant el que pot arribar a pintar sobre una superfície tan reduïda! Li pregunto si ho ven, però m'explica que el seu objectiu no és lucrar-se'n, sinó reivindicatiu per denunciar el tractament de les deixalles urbanes... Li donem les gràcies per les explicacions i el felicitem càlidament abans de continuar la nostra ruta.

Estic contenta d'haver pogut fer-li arribar aquest reconeixement. Sé fins a quin punt és important per a un artista sentir-se entès i valorat en la seva obra. Sempre em quedo perplexa quan algú posa en dubte la finalitat de l'art. L'art és ni més ni menys que l'expressió del que tenim dins la nostra ànima. No és sinó el seu objectiu expressar-se i transcendir les emocions, elevar-les a una dimensió que no sigui ni la racional ni la productiva? L'home dels xiclets transforma allò que és lleig, usat, mastegat, en una cosa bonica, acolorida, creativa... No és meravellós?

—L'home dels xiclets... És increïble aquest paio, oi?

—Impressionant. A més, m'ha donat una idea...

Des de fa setmanes, la Meredith va amunt i avall amb el

seu quadern. Com n'hi diu ella? Ah, sí, el seu Organitzador d'Amor! I és clar, a la primera de canvi el treu per anotar-hi totes les idees que li venen al cap.

—No em diguis que ara hi apuntaràs una altra cosa!

—Mmm...

La Meredith no m'escolta.

—I aquesta vegada quina idea hi anotes? Com a mínim, digue'm de què va?

—Tot això m'ha fet pensar en el desgast de les històries d'amor, que acaben com els xiclets, massa mastegats: tant que ja no tenen gust de res. Moltes relacions acaben simplement llençades a les escombraries com uns vells xiclets al primer cop de vent. Mentre que, en el fons, com en el cas de l'home dels xiclets, n'hi hauria prou amb una mica d'esforç, de creure-hi, per donar una segona vida a la relació.

—On vols anar a parar?

—És molt senzill! La lliçó que ens dona l'home dels xiclets és que el desgast de la parella no és una fatalitat en si mateixa! M'entens?

El que m'agrada més de la Meredith és el seu costat idealista.

Li somric afectuosament mentre ella continua defensant aferrissadament la possible existència d'un amor durador.

—I tant, Rose, i tant que és possible! Mira: els que realment el volen poden aconseguir inventar i reinventar la seva relació, per poc que la considerin una mena d'obra d'art. Si en l'amor la gent es deixés guiar per les mateixes energies que guien l'artista, l'amor els estimularia les ganes de crear Bellesa, de sublimar les banalitats, de deixar-se portar per les energies creatives positives! I menys per la fatalitat, pel temps que passa, pel desgast, la rutina...

És a dir, es llançarien a fer la revolta. Ai, aquesta Meredith... Com em fa riure aquesta Pasionaria de l'amor.

—Em fa l'efecte que el tema t'inspira... I tu, has conegut gaires homes que hagin donat una segona oportunitat a la relació? Que hagin deixat passar el temps perquè les cendres morin i reneixin com l'au Fènix?

Ara he tocat un punt delicat. Té tantes ganes de creure-hi, en aquest Gran Amor que dura, que veig que no li ha agradat que li faci trontollar la seva tesi.

—Ok! És veritat. Encara no he conegut homes com aquest. Que creguin possible que un amor pugui resistir al temps escapant del seu destí de xiclet massa mastegat... Però això no vol dir que no existeixin!

—Tranquil·la, no passa res. Si a mi m'encanta aquesta idea del xiclet amb un gust que dura... Ara bé, que pugui existir...

—Bah! Ho dius per quedar bé.

—Ui, ara t'has picat! Saps què? He sentit a parlar d'un lloc que t'ajudarà a baixar la pressió... Estàs preparada?

Remuga una mica, però en el fons la idea de fer una pausa i sortir no li desagrada. Direcció: barri de Mayfair...

—I ara quina en portes de cap?

No li dic res i, quan hi arribem, em deleixo amb el primer espectacle que es presenta: la reacció de la Meredith! És genial veure la cara que fa quan ens passen un anorac gruixut i unes manyoples. M'ho estic passant pipa. Ella rondina fins que arribem a la barra, completament esculpida de gel. I alesfhores ja no surt ni una paraula de la seva boca. S'ha quedat sense respiració.

La màgia de l'Icebar ha fet efecte. No em puc estar de ferli una brometa.

—Si no, hi ha una altra solució perquè el teu amor es conservi eternament...

—Ah, sí, i quina és?

—La hibernació per congelació!

Riu falsament i fem un brindis amb les copes de gel a la salut del gran amor i de la seva esperada flama eterna.

Escena 52

Meredith
Compte enrere: –40 dies

Faig tard, com sempre. Londres té una oferta de *shopping* que és una bogeria. Tinc la sensació que m'hi deixaré tot el sou. Amb els braços carregats de bosses —la Rose em tornarà a renyar—, surto atrafegada de l'estació de Westminster i busco amb l'ajuda del mòbil el carrer de Millbank, on són els estudis de gravació de la sèrie en què la Rose i jo actuem. És el primer dia i he de reconèixer que el pànic escènic em comença a fer la guitza. Amb tot, val a dir que el nostre paper no té cap transcendència: tot just quatre línies de text, res que sigui gaire complicat. Però les ganes de fer-ho bé són més fortes que jo. Vull deixar en bon lloc la nostra representant, que ens ha recomanat. L'ajudant de realització ens ha dit que hi anéssim una hora abans per als preparatius. Sessió de maquillatge, perruqueria, vestuari. M'encanten els preliminars del rodatge. Quin regal, poder passar per les mans de tots aquests professionals de l'espectacle; gràcies a ells, canviar de pell esdevé un joc de nens! Una nena: això soc cada vegada que m'he de ficar en un nou paper. Evidentment, no és el paper de la meva vida. Només és una sèrie de tercera, per acompanyar les migdiades al sofà o els dies de baixa per malaltia. La Rose i jo interpretem dues executives que treballen per a la filial francesa d'una important multinacional, i estem en un viatge de negocis a Londres per tancar un contracte important. Jo m'ho he de fer anar bé per enredar el *big boss* i sortir guanyant en el negoci, però acabo caient en el meu propi parany perquè m'enamoro d'ell. Un culebrot en tota regla, però m'importa un rave, perquè he aconseguit un paper i ara això és l'única cosa que m'interessa.

Mentre m'afanyo a girar per Abingdon Street, passo per davant del Big Ben i aixeco la vista per contemplar l'esplèndida Elizabeth Tower, la torre del rellotge del palau de Westminster, seu del Parlament britànic. M'aturo, bocabadada: tres campaners belluguen sobre la immensa esfera del monumental rellotge, suspesos en el buit com uns titelles embogits, unes taques vermelles i negres que trenquen l'ordre perfecte de les xifres romanes. Una escena surrealista, captivadora!

—*Amazing, isn't it?*[*]

—Perdoni?

—*You seem fascinated, lady!*[**]

Un senyor amb uniforme negre em mira somrient. M'adono que és el responsable de la intervenció dels campaners, encarregats de netejar el rellotge.

—*Sorry. I didn't want to disturb.*[***]

—*Not at all, love!*[****]

Això és una cosa que m'agrada moltíssim dels nostres amics anglosaxons: la tendència a dir a tothom «*love*». Quin hàbit més bonic.

* «Impressionant, oi?»

** «La veig impressionada!»

*** «Perdoni, no el volia molestar.»

**** «No em molesta gens, reina!»

El cap dels campaners sembla un bon home i m'inspira espontàniament simpatia.

—*What an incredible job you've got there!**

—*Yes, amazing, indeed!***

Després d'observar com treballa la seva brigada d'homes, m'explica amb una mirada d'orgull la importància que té la seva missió de netejar la cara a aquesta peça mestra del patrimoni britànic: el Big Ben podrà lluir un esclat a l'altura del seu prestigi. Li tornaran l'honor. Veig com se li belluga el mostatxo castany al ritme de les paraules i, ves a saber per què, això em posa de bon humor. Potser em ve la imatge fugaç del bigoti d'escuma blanca que se li deu quedar enganxat com passava als antics anuncis amb la cervesa. Li agraeixo la petita conversa que hem tingut i m'acomiado d'ell afectuosament abans de continuar la meva ruta. Mentre m'allunyo, l'home em diu adeu amb la mà.

Quan arribo a l'estudi, la Rose m'espera al vestíbul, i ja veig que està mosca.

—On t'havies ficat? Que has atracat la reina d'Anglaterra o què? —s'indigna quan veu tot l'embalum de paquets—. Et recordo que hem vingut aquí a treballar i no a fer vacances!

Pel que fa al *backstage*, diguéssim que el lloc no és Hollywood. El camerino és una capsa de llumins i l'equip ha deixat les coses una mica per on ha pogut, fins i tot a terra mateix, perquè falta espai. Damunt la taula hi ha un desordre indescriptible. Una palleta, una planxa de cabells, restes de menjar per emportar, tubs de maquillatge a les acaballes,

* «És increïble la feina que fan!»

** «Sí, sí, és una meravella!»

una punta de cigarreta aixafada en una tassa de cafè. I això que no es pot fumar!

La noia que s'ocupa de nosaltres ens diu un bon dia sense esma. Per les marques morades que té sota els ulls, ja em puc imaginar el ritme infernal de les jornades, poca vida sana, la desfilada de cares que s'han de maquillar per aquesta mena de sèries que funcionen segons els beneficis obtinguts. Una «producció» en el sentit estricte de la paraula. No li dic res quan em pentina i em fa estrebades als cabells, ni quan veig que surt una mica de fum de l'assecador, que me l'apropa massa al floc de cabells.

Em taca el vestit amb una esquitxada de tint que ha sortit amb massa pressió del tub. «*Shit!*» és l'única excusa que em dona. Enfonso rabiosament les ungles al palmell de la mà i em juro per dins que, un dia, coneixeré un altre destí com a artista i em podré permetre gent més delicada i respectuosa... Quan li toca el torn a la Rose, no rep un tractament millor.

Trec el meu Organitzador d'Amor i anoto a la part «Entre jo i el món» la importància de sentir veritables palanques de motivació per activar el canvi. Ara bé, el meu èxit professional condiciona estretament l'èxit de la meva vida sentimental. Perquè per estimar l'altre necessito primer estimar-me a mi mateixa i sentir-me'n orgullosa. Fixo aquesta escena en el meu cap per recordar-me de totes les coses que no vull viure. Obro els palmells de les mans i observo les petites marques vermelles que m'hi han deixat les ungles. No he d'oblidar aquests moments ni aquestes petites vexacions per no perdre de vista mai el meu objectiu últim: fer-me un lloc en aquest món.

Quan ja estem a punt, la Rose i jo repassem els diàlegs, que difícilment quedaran per a la història... L'acció és tan típica i tòpica que fa pena. Poc m'imaginava jo aleshores que uns dies més tard em trobaria amb una escena més increïble i digna d'una pel·lícula; no pas als estudis de gravació, sinó a fora, a la vida real.

Escena 53

Meredith
Compte enrere: –30 dies

Fa deu dies que es repeteix la mateixa rutina: agafo el metro fins a l'estació de Westminster i camino fins als estudis, tot passant per davant del Big Ben. I cada dia, trobo el senyor del mostatxo, responsable de l'equip de campaners que encara són a l'obra. Tots dos hem agafat el costum de dir-nos bon dia i d'intercanviar quatre mots.

I així és com he esbrinat que es diu Benjamin, com l'enginyer Benjamin Hall, el nom del qual està inscrit a la campana. «*I was bound to do that job, wasn't I?*»,[*] va exclamar amb una picada d'ullet picaresca. «*Indeed!*»,[**] li vaig respondre jo sense dubtar.

El quart dia que ens trobem, per una vegada, vaig amb vint minuts de marge, i petem la xerrada una estona més. En Benjamin em pregunta què he anat a fer a Londres. Jo li explico el meu petit paper que faig en una sèrie, que em dedico al teatre, però sobretot li parlo del projecte que realment m'importa ara mateix, el monòleg que estic escrivint... Amb poc temps ell ha sabut més dels meus projectes que els meus

* «Estava destinat a fer aquest ofici, oi?»
** «I tant!»

propis pares. La vida és de vegades ben estranya. En Benjamin sent curiositat i em pregunta quin és l'eix principal del meu espectacle.

—*Love... It's about love.**

—*Oh, lovely* —exclama ell.**

El tema li sembla interessant. Atemporal. Ell és un mag del temps. Jo, una exploradora de l'amor, que sempre voldríem que fos etern. Mira el majestuós rellotge que ens domina des del cel i li inspira aquesta reflexió.

—Amiga meva, no sé si el temps juga a favor de les relacions d'amor... Hi ha molta gent que creu que hi juga en contra. Jo fa trenta-cinc anys que estic casat amb la mateixa dona i no li he estat mai infidel! Potser el secret és aquest. —Allarga la mà i em mostra els seus homes suspesos en el buit—. S'han de crear moments suspesos en el temps, *my dear*. Moments atemporals, precisament. Moments extraordinaris que defugin la rutina, l'ordinari. El que compta no és tant la quantitat de temps que hagueu passat junts, sinó la qualitat. Per això, de tant en tant, em transformo en el Mag del Temps per a la meva dona...

—Que bonic... Però sap què, Benjamin? Crec que per a les dones el temps no seria un problema si tinguéssim la impressió que els nostres marits ens estimen igualment malgrat les marques del temps. No recordo qui va ser, però una gran actriu va dir una vegada: «No em maquilleu les arrugues! M'ha costat tants anys tenir-les...!».

—*You're right, dear.**** Crec que totes les dones poden estar magnífiques, fins i tot amb arrugues, perquè estan ra-

* «L'amor... Va de l'amor.»

** «Ah, fantàstic!»

*** «Tens raó.»

diants per dins. No són les arrugues les que fan fugir els homes, sinó el cor que s'asseca, no creus?

—Sí, és veritat. Mentre el cor estigui ple de coses boniques, això repercutirà per força en el somriure i la lluminositat en la mirada.

Me'n faig creus que tingui una conversa tan profunda amb un home que és pràcticament un desconegut, i al carrer! En Benjamin m'interpel·la. Quin home més tendre! Li faig un somriure, tot impregnat de les seves paraules inspiradores, quan la mirada se me'n va cap a un brutal accident que hi ha hagut davant meu. Amb prou feines tinc temps de veure un enorme totterreny que se surt de la calçada i ve a tots gas de dret cap a nosaltres. Fins i tot el crit que faig gairebé no té temps de sortir de la gola. En un reflex de supervivència, m'emporto en Benjamin amb totes les meves forces per apartar-nos de la trajectòria del cotxe embogit. Se senten crits dels altres vianants, ben aviat ofegats per un esclat eixordador: el vehicle acaba d'envestir una pilona i s'hi ha quedat encastat.

No acabo d'entendre què ha passat, però instintivament em giro per comprovar com està en Benjamin. L'he placat a terra com una professional del rugbi i crec que li he fet mal. Soc la primera sorpresa de la meva força descontrolada.

—*Are you hurt? I'm so sorry!*[*]

Crec que li fa mal el braç. Les llàgrimes em neguen els ulls per més que intenti reprimir-les. Al cap d'un moment arriba la policia i els equips d'emergència al lloc dels fets enmig d'una congregació de tafaners. Em fan preguntes, però em

* «Està bé? Ho sento!»

passa una cosa molt estranya, no puc parlar en anglès. Deu ser el xoc. A en Benjamin l'estan atenent a part; abans que se l'emportessin, m'ha donat les gràcies, encara amb una mirada d'ensurt. Quan ha caigut a terra s'ha donat un cop al cap i té una rascada molt grossa al braç, que sagna a més de tenir-hi contusions. No sembla que sigui res greu, però els d'urgències s'estimen més fer-li una radiografia. Jo encara tremolo. Tinc un remolí d'hipòtesis al cap. Atemptat frustrat? Drogoaddicte o alcohòlic al volant? Un depressiu amb tendències suïcides? Potser ho sabrem més tard... En el moment que en Benjamin puja a l'ambulància per anar a l'hospital, li esmunyo el meu número de telèfon a la mà.

—*Give me news, please, Benjamin!*[*]

Les portes de l'ambulància es tanquen amb el seu somriure una mica perdut i em trobo plantada al carrer, davant del Big Ben, que m'observa, es riu amb sornegueria i em recorda que no soc immortal. Tot d'una soc realment conscient del temps que passa i que ja no torna, de la importància d'aprofitar cada segon. Per què qui sap què arribarà després d'aquest moment? Aleshores penso en l'Antoine, en els minuts que es desgranen lluny d'ell. Agafo el telèfon i li truco immediatament.

* «Truqui'm, sisplau, Benjamin!»

Escena 54

Antoine

Quan acabo de parlar amb la Meredith les mans em tremolen com una fulla. M'ha vingut una esgarrifança a l'esquena quan m'ha explicat el que li acabava de passar. A la vida, de tant en tant, li agrada sacsejar-nos i recordar-nos les seves regles del joc: res no dura realment, tot és efímer. Els que es comporten amb la vida com si en fossin els amos i terratinents corren el risc de clavar-se un dia una bona patacada. Perquè, efectivament, nosaltres només en som els inquilins. La vida dona, i després recull. Recull els seus drets, com una jungla salvatge.

He notat la Meredith alterada i m'he quedat amoïnat. Li he proposat d'agafar ara mateix un tren per trobar-me amb ella, però no ho ha volgut. Vol viure aquest guaret sentimental, com si volgués preparar les nostres terres per a la millor collita. Dit d'aquesta manera... Després m'ha proposat una cita telefònica; es veu que li ha vingut una idea al cap.

Se la notava revolucionada, galvanitzada, com si l'accident que acabava de viure hagués despertat en ella una urgència de viure irrefrenable, com si la consciència de la precarietat i de la fragilitat de l'existència, lluny d'espantar-la, li donés encara més ganes d'assaborir cada moment i d'embriagar-se amb el plaer de l'instant present. M'ha demanat si jo podia tornar a casa meva. Volia saber per què, però no m'ho ha volgut dir. He dit que sí a cegues. En una hora m'havia de poder trucar a casa.

He al·legat que tenia una urgència familiar per sortir del despatx i he anat fent ziga-zagues amb el cotxe per les artèries congestionades de la capital per anar més de pressa. Així que he arribat a casa, me n'he anat de cap al bany. M'he pentinat amb una especial dedicació. M'he ruixat bé amb *after-shave*. «Seràs burro! Si ella no el podrà ensumar.» Però el simple fet de saber com li agrada aquest perfum ja em va bé. Em poso la camisa preferida de la Meredith i em trec la corbata. No li agrada que en porti. Estic tan nerviós que em serveixo una copa de vi. Tant és si som al matí. Finalment, el telèfon sona.

La seva cara apareix a la pantalla. Sento una fiblada que m'és familiar al pit. Encara no sé com explicar que la seva cara em causi tant d'efecte. Per què em passa això amb la seva i no amb la d'algú altre?

Diria que estem emocionats. Però en el fons no són aquestes emocions les que ens fan sentir vius? M'adono ràpidament d'on és i em quedo sense paraules. La Meredith. La Meredith i el seu etern petit punt de bogeria. Està en una habitació d'hotel i començo a endevinar quina en porta de cap. Camina per l'habitació amb el braç allargat i el mòbil al davant mentre em parla amb una veu càlida i embolcant. Veig que darrere d'ella hi ha les cortines abaixades que intenten deixar la cambra a les fosques, tot i que hi ha un raig de llum diürna que aconsegueix esmunyir-se i projectar unes fines ratlletes daurades al seu cos. El seu cos... El desig em crida, irromp desvergonyidament en mi i s'hi instal·la amb força perquè no el pugui fer fora. Agenollada sobre el llit, la Meredith s'ha deixat anar els cabells, que li cauen desordenadament sobre la camisa entreoberta. Més que entreoberta, se li entreveuen uns pits incipients i el cor se m'accelera, però intento no mostrar com em sento. El mòbil en mode de videoconferència continua la seva visita. Veig el color crema de les seves cames, ja nues, els peus arraulits sota les natges perfilades amb un suggeridor tanga vermell de randa, d'aquelles peces que haurien de vetar a les botigues, d'aquelles peces que no et deixen indiferent. El mòbil torna a enfocar la seva cara i em quedo atrapat en els seus llavis que murmuren paraules inconfessables.

Les ganes enèrgiques de besar-li la boca són irrefrenables; la Meredith és única en l'art de besar. Em demana si estic preparat per seguir-la en aquesta experiència sensual. No té necessitat d'esperar la resposta. Estic penjat a la història en imatges que m'envia el seu mòbil i envio una pregària secreta d'agraïments a la santa Tecnologia.

La Meredith s'esmuny hàbilment sota els llençols i em té atrapat mentre es descorda un dels botons de la camisa i ensenya un pit perfecte que es dibuixa en un subtil joc de clarobscur que imposa la penombra. Hipnotitzat, observo com la seva mà fa les primeres carícies a aquest preàmbul descaradament pertorbador. De tant en tant, aixeca el mòbil fins a la cara i juguem a aguantar-nos la mirada, pràcticament a desafiar-nos, a mesurar el grau d'excitació de l'altre segons la intensitat de l'esclat que veiem en els ulls. En aquesta lluita sensual, ella està per sobre. Es mossega el llavi traïdorament, aquest llavi que m'adono que té inflat, envermellit per les mossegades successives, i sobre el qual la llengua ha deixat una empremta deliciosament brillant. Em guanya un estat de febre interior incontrolable.

El seu braç s'allunya ara del cos i descansa perpendicularment a un costat per deixar-me veure el moviment de la seva esquena, que s'arqueja esperonada pel plaer que li recorre l'espinada. Les línies corbes de la regió lumbar em fan perdre el nord. El cor em va a cent. L'última proesa seva és superar les últimes barreres del decor i oferir-me el seu plaer més íntim de tots, en el qual jo participo com a espectador incrèdul. El desig pur, la simplicitat despullada del seu abandó em sacseja fins a les entranyes.

Ens hem quedat en silenci durant una estona, una plena presència malgrat l'absència, en un indescriptible moment d'intimitat còmplice.

Al cap d'un hora d'haver penjat, rebo un missatge seu:

> És el moment en suspens més bonic que he viscut mai. M.

Una mica més tard, al vespre, jo li responc:

> T'has adonat que les nostres inicials són les primeres lletres de la paraula amor? Antoine, Meredith. AM: Amor! Però després del que ha passat aquest matí no tinc cap dubte que som ànimes bessones o ànimes afectuoses, com cantava Polnareff.

Quan li escric, controlo les emocions per no espantar-la. El to és bromista, per riure, però per dins soc un volcà. Meredith, Meredith. Quin encanteri m'has llançat? Tinc la cançó de Screamin'Jay Hawkins que em batega a les orelles: «*I Put a Spell on You*».

I em venen ganes de cridar-li amb el mateix ímpetu: «*I put a spell on you because you're mine*».* El saxo sona de

* «T'he llançat un encanteri perquè ets meva.»

fons i una veu rogallosa crida aquest «*I love you*». Encara ha de passar un mes abans no s'acabi aquest maleït experiment. Un mes! Per què, quan estimes, el temps sembla que vagi a un altre ritme? Aquestes trobades que sembla que no arribin mai, aquest maleït temps que no para d'esmunyir-se. És com la maledicció de la paradoxa de Zenó i la fletxa que no arriba mai al seu objectiu: una fletxa surt disparada de l'arc a una velocitat de deu metres per segon; si l'objectiu està situat a vint metres, al cap d'un segon la fletxa és a deu metres de l'objectiu; al cap de mig segon, en recorre cinc més, o sigui que encara li'n falten cinc. Un quart de segon més i la fletxa recorre dos metres i mig, i encara li'n queden dos i mig per recórrer, i així anar fent... es pot arribar comptant fins a l'infinit.

Jo visc de la mateixa manera l'absurditat de l'espera. Aquesta desagradable impressió que la fi del compte enrere no arribarà mai i que, com més s'acosta el final, més llunyà em queda.

Em fixo en la revista de divulgació psicològica que hi ha sobre la taula, i veig que en la portada proposa un test: «Estàs enamorat?». He gastat quatre euros per a res. Com puc buscar aquesta resposta, si no m'he fet aquesta pregunta?

Escena 55

Meredith

Al cap d'uns quants dies rebo la trucada d'en Benjamin. Es desfà en agraïments i l'emoció m'envaeix quan veig que sent una gratitud sincera cap a mi. Em diu que està bé, tret d'algunes rascades, s'està recuperant a bon ritme, tot i que encara viu amb l'impacte de la por que va sentir... En Benjamin insisteix a agrair-me el que vaig fer d'una manera especial.

Em vol regalar alguna cosa única. Intento convèncer-lo que no està en deute amb mi. Però no hi ha res a fer. Em proposa una manera molt original i particular de mostrar-me el seu reconeixement. Alguna cosa que ell considera com un honor i un gran favor. Una experiència que poques persones tenen el privilegi de fer: pujar al Big Ben, envoltada de bastides i del seu equip de campaners professionals. La proposta em sembla fantàstica i alhora excitant. Li dono les gràcies afectuosament.

I aleshores sorgeixen els primers neguits.

—*Are you sure it would be safe?**

—No pateixis, la seguretat és màxima i el meu equip vigilarà que no et passi res. No cal que et digui que pots proposar a un amic que vingui, si t'estimes més anar acompanyada.

* «De debò que no és perillós?»

Com podia negar-me a viure un moment que prometia ser tan màgic? Hi ha molta gent que fa pònting o es llança en paracaigudes, però quants n'hi ha que pugin al Big Ben? De totes maneres, si algú m'hi acompanyés em sentiria més tranquil·la. Aleshores l'hi comento a la Rose. La història li fa gràcia, però es nega categòricament a fer-ho.

—Ni parlar-ne! I què més vols? Que vols que em pengi com un mico a més de noranta metres d'altura? Ho tens clar, Dith!

La Rose remuga en crioll. Mal senyal; no canviarà d'idea. Aleshores ho deixo córrer i penso en una alternativa. Però aquí a Londres no hi ha gaire gent que conegui. En Nick Gentry és l'única opció i li truco. No s'ho esperava i li ha fet molt il·lusió que pensés en ell. Està *absolutely delighted*.* Es veu que li encanten les sensacions fortes. Penjo. Això ja està fet. Ha acceptat. Ara ja estic obligada a anar-hi. Hem quedat per fer-ho demà, que està previst que faci bo i el cel sigui clar.

Arribo una mica d'hora. En Benjamin em fa una bona rebuda i m'ofereix un cafè; em presenta l'equip. Tothom m'envolta i em mostren el seu respecte. Em sento afalagada pel que ell qualifica d'acte de valentia, però que per a mi va ser una reacció natural de protegir l'altre davant d'un perill.

En Nick arriba tan somrient i distès que em posa nerviosa. En realitat, estic morta de por i sento uns punxades doloroses a l'estómac. Però ara ja no em puc fer enrere.

En Benjamin ens mostra amb orgull «el seu» Big Ben amb una tendresa gairebé paternal.

—Us posareu l'equip a dalt.

* «Encantat de la vida».

Per tant, vinga pujar escales fins que arribem a la torre del rellotge. És una ocasió perfecta per adonar-me'n que és el moment de:

1. deixar de fumar,
2. tornar a fer esport,
3. deixar de picar patates fregides i beure cervesa.

Quin és el secret d'en Nick? És que ni esbufega... Jo semblo una olla de pressió al cap de tres-cents trenta-cinc esglaons; sí, els he comptat i, fins i tot, mentalment, he anat ratllant en diagonal grups de cinc ratlletes com les dels presoners que compten els dies que els falten per sortir en llibertat. Finalment, arribem al capdamunt. Em recolzo un moment contra un muret per recuperar l'alè, encara més breu amb l'estrès.

—*Are you OK?* —s'interessa en Benjamin amb neguit.

En Nick em mira i aleshores m'incorporo bruscament i fingeixo un gran somriure. He de fer bona cara.

—*Yes! Sure!* —dic jo amb l'ànim forçat; crec que funciona i em creuen.

L'equip ens ajuda a posar els arnesos i ens informa de les consignes de seguretat, que jo escolto amb més atenció que mai. Ha arribat el moment de llançar-se sobre el gran rellotge. En Nick veu que el pànic em tenalla i m'agafa la mà per animar-me. Me'l miro amb un somriure tímid.

—Serà genial, ja ho veuràs! —em diu amb un francès dubitatiu.

—Ei! No sabia que parlessis francès!

—*Un tout petit peu* —respon en Nick situant amb un gest el seu petit nivell de francès entre els dits polze i l'índex.

Jo ric. És tan tendre veure que intenta parlar en el meu idioma! En Benjamin es queda amb nosaltres per supervisar l'experiència.

—Seguiu les meves instruccions i tot anirà bé.

—Ok!

No passarà res per fer-me l'aventurera...

A aquesta altitud, l'aire fresc em fueteja la cara i em talla la respiració. En Nick ha estat el primer de llançar-se. Admiro la facilitat amb què ho fa. Ara ja està penjat a l'agulla més grossa, la minutera, que fa més de 4,2 metres de llargada. L'aplaudim i ell alça el dit polze, amb la cara radiant d'alegria. Ara em toca a mi. Ja no puc fer-me enrere; no vull quedar malament davant d'en Nick. Respiro fondo i intento ignorar els batecs forts del pit. Tinc la impressió que el cor em sortirà de la caixa toràcica. Segur que tinc l'arnés ben ajustat? Ben lligat? Ben assegurat? Al cap d'un quart de segon, em ve al cap la imatge de llançar-me al buit i adonar-me que la corda està mal lligada! Tinc la gola completament seca. I tots aquests homes que em miren esperant que em llanci al buit.

—*Come on!*[*] —m'anima en Nick.

I tot d'una, em llanço.

Em sembla que he deixat anar un xiscle de truja degollada que els ha perforat els timpans. No soc tan hàbil com en Nick i no he aconseguit agafar-me a la primera, i he començat a balancejar-me en el buit, amb el cos oscil·lant de dreta a esquerra en un tic-tac embogit. Tanco els ulls i crido, incapaç de pensar amb el cap clar.

—Agafa't! Agafa't! —em criden els membres de l'equip.

Però no me'n surto i continuo giravoltant com un cucut en estat de pànic. En superNick decideix fer el pas i salta del seu punt d'ancoratge per llançar-se al buit i salvar-me.

* «Vinga, va!»

En un moviment perfectament calculat, m'agafa al vol, com un Tarzan londinenc, i ens pengem tots dos a l'altra agulla, aquesta vegada a la busca de les hores: 2,7 metres d'alleujament. M'agafa amb força entre els braços i penso que deu sentir com em tremola el cos a través de la granota. Tots dos ens hem quedat sense alè, traient baf per la boca. M'adono aleshores fins a quin punt tenim les cares a tocar. Tinc una perspectiva privilegiada dels seus ulls. Un panorama íntim de les seves emocions en directe.

En aquest moment ja no sé què és el que em trasbalsa més, si la intensitat de la seva mirada o la vista de la ciutat, que em deixa sense alè. La descàrrega d'adrenalina em fa tombar el cap. Intento captar el que m'ha semblat veure i sentir.

Admirar les xifres immenses del Big Ben de tan a prop no té preu. A cada minut que passa em calmo i m'hi acostumo. En Benjamin vol que ens divertim encara una mica més. Ens fa fer alguns desplaçaments memorables sobre l'esfera gegantina i semblem dos titelles en un espectacle improvisat. De vegades, quan les cordes que ens subjecten s'encreuen, en Nick em frega la mà. En un altre moment, fa cares divertides per impressionar-me i fer-me riure. Em sento incòmoda quan m'adono que ho aconsegueix. Però aleshores m'assalta un desagradable sentiment de culpabilitat que intento esvair amb un gest innocent. No passa res perquè trobi que és simpàtic, no? Sí, és això, és molt simpàtic.

Al cap de mitja horeta, començo a estar cansada i en Benjamin ens ajuda a tornar a terra, mentre el seu equip es queda al lloc per avançar en les feines de neteja. Quan ja m'he tret tota la parafernàlia d'escalada, no em puc estar de fer un petó a en Benjamin a la galta per agrair-li aquest moment únic.

—*My pleasure, love!*[*]

Ens acomiadem com dos bons amics i prometem que organitzarem ben aviat un sopar, per la vida i per tots els moments suspesos en el temps!

Marxem en Nick i jo junts i, durant una estona bastant llarga, ens quedem en silenci. Té les mans enfonsades a les butxaques de la jaqueta i, de tant en tant, em llança una mirada de complicitat, somrient, que jo li torno. Aquest silenci, en un altre moment, m'hauria creat un calfred, però en canvi aquesta vegada m'aporta escalfor. Un silenci ple de connivència i d'orgull compartits, inflat de partícules d'alegria, com només el poden provocar els moments de superació d'un mateix. Però aleshores sento una pessigada al cor: llàstima que no hagi viscut amb l'Antoine aquest moment d'excepció... Un petit vel de tristesa m'enterboleix la cara i en Nick se n'adona.

—*Tired?*[**]

—*No, no, I'm OK...*

No penso trencar la màgia d'aquest moment amb els meus estats d'ànim! Arribem al metro i ens hem d'acomiadar. Anem en direccions oposades.

—Al final vindràs un dia a fer-me de model, oi?

Revisc la seva mirada, a dalt, al Big Ben, i dubto. Accepto l'oferta o la rebutjo? Realment el trobo un tio molt maco. Penso en l'expressió «tenir química amb algú». I és exactament el que ens passa: en Nick i jo «tenim química». Al cap i a la fi, quin mal hi ha? Tinc prou experiència de vida per sa-

* «Ha estat un plaer, reina.»

** «Cansada?»

ber mantenir la distància, no? I, a més, no vull deixar escapar aquesta experiència…

—*Yes, sure, with pleasure!**

Se'l veu content que hagi acceptat l'oferta. Potser una mica massa i tot. Deuen ser imaginacions meves, però. Me'n torno cap a l'apartament per trobar-me amb la Rose. Mentre veig com van passant les estacions de metro, escolto de fons la música de «Mad About The Boy», de Dinah Washington, i penso amb l'Antoine, i ric tota sola entre els passatgers.

* «I tant! Serà un honor.»

Escena 56

Meredith
Compte enrere: –21 dies

Al cap dels dies, la Rose i jo cada vegada tenim més relació amb en Nick i ens tornem un trio inseparable. Ell ens porta per tot Londres. De vegades anem a bars, com el Brilliant Corners, música excel·lent i atmosfera íntima, o el God's Own Junkyard, literalment «l'abocador de Déu»!, amb una col·lecció de llums de neó impressionant (m'hauria emportat per a la meva col·lecció personal el rètol que diu «*Trouble*», és a dir, «crear problemes»; en resum, un neó perfecte per a les neorebels com jo!).

En Nick també ens ha ensenyat una plètora de restaurants, però el més màgic de tots és, sens dubte, el Sarastro, el seu restaurant *kinky*, com ell l'anomena, al barri de Covent Garden. És evident què té de *kinky* i estrafolari quan veus la seva increïble decoració: cortines per tots costats, accessoris de teatre i una alegre barreja d'estils tan extravagants com el rococó, el gòtic o l'otomà. Hem sopat en un dels reservats degustant cuina turca excel·lent. En Nick, com a bon guia, ens ha explicat quin és l'origen del nom: Sarastro és el mag a *La flauta màgica* de Mozart. El restaurant demostra que està a l'altura del nom: en sortim encantades.

—Un lloc perfecte per tenir-hi una cita! —sospira la Rose.

—*Oh, yeah, for a date, it's great!*[*]

No em cal cap descodificador per interpretar la mirada que li llança la meva amiga. És evident que a ella li encantaria quedar amb en Nick. Pot ser que ell no se n'adoni? O bé, com a britànic pudorós i flegmàtic que és, fingeix que no veu res per no ferir la meva amiga rebutjant-la?

Per aquest mateix motiu no li he comentat res a la Rose sobre les meves «sessions de model» a l'estudi d'en Nick. Una hora cada vegada que ens veiem. Jo estic immòbil mentre ell crea un impressionant retrat meu, de dos metres per tres. Sempre sobre una composició de disquets d'ordinador. Mentre pinta, em fa mil preguntes per discernir millor el relleu de la meva personalitat. Amb tot, tinc dret a bellugar els llavis. El retrat va agafant forma, i el seu talent em deixa impressionada. Crec que ha captat perfectament les contradiccions que sento: aquesta barreja, en mi, de seguretat interior i a estones d'autoestima inestable, un caràcter ferm que sembla que no dubti de res i que no tingui por de res, i al cap d'un moment, una dona inhibida, tancada, que ho tem tot i, sobretot, paralitzada per la por de decebre, de no estar a l'altura...

Compartir coses tan íntimes acaba unint per força. Conec coses sobre els seus pares, el seu passat. Com va esdevenir artista. I descobreixo un noi entendridor, molt autèntic en la seva manera de fer. Surto de cada sessió que fem trasbalsada, i no acabo d'entendre per què. He de reconèixer que sento certa atracció per ell. Que en el fons acuso l'absència de l'Antoine, ja llarga. Perquè encara que, fa uns quants dies, vam compartir aquell moment virtual màgic per videotruca-

* «Sí, és el lloc perfecte per a una cita!»

da, es troba a faltar el contacte físic. No m'imaginava que sentiria aquesta mena de patiment carnal. Em deixo endur per l'instint animal o és només que la meva pulsió de vida és molt intensa?

La missió s'acaba. Només ens queden dos dies a Londres! En Nick vol organitzar una trobada especial, acabar la nostra estada amb una mena de colofó final. Misteriós, ens anuncia que ens ha reservat una sorpresa extraordinària.

Ha bellugat els fils perquè puguem entrar en un dels clubs nocturns més selectes de la ciutat: el Cirque le Soir. Ja ens ha advertit que ho haurem de donar tot. S'hi ha d'anar vestit elegant i sexi.

Quan el vigilant ens deixa passar, així que en Nick li ensenya la poteta blanca, la Rose i jo ens sentim com dues princeses de sang blava. Crec que no em costaria gens acostumar-m'hi.

La decoració em deixa sense veu i l'ambient m'electritza. Plafons i cortines vermelles, retrats de clowns en blanc i negre, panys de paret decorats amb ratlles verticals gruixudes, ànima de circ omnipresent; com m'agrada aquest lloc! I ja no diguem els jocs de llum, que són al·lucinants. Anar amb taló alt pràcticament era una exigència, però cada vegada que faig un pas amb els meus talons de dotze centímetres, em falta poc per torçar-me el turmell. D'altra banda, totes les dones semblen equilibristes que passen pel cable a trenta metres del terra, amb les sabates de plataforma i els talons d'agulla. Aquí, és el glamur el que fa el circ.

Topo amb un clown i em pica l'ullet. Que estrany. Me n'allunyo, una mica espantada, però també enjogassada. En Nick ha reservat una taula. Ens situen a les primeres llotges per veure els números d'animació i els balls de prop. Però, abans de tot, ens aconsella que prenguem el còctel de moda: el ponx «*On the road*».

Una recepta molt enèrgica, si penso en el primer glop que suposa un esclat de mil sabors al paladar.

—*What's in there?!*[*] —crido forçant la veu per imposar-me al soroll.

En Nick riu de la ganyota de sorpresa que faig i de les pupil·les, que ja tinc dilatades.

—*It's a secret. No one can tell.*[**]

És clar, penso jo. Discretament murmuro a l'orella de la Rose:

—Vigila, que aquest ponx va carregadet.

La Rose fa un somriure com si m'entengués de sobres, però li veig la seva mirada d'«aquesta nit vull marxa». I per la manera de mirar en Nick, m'adono que ell està inclòs en aquesta nit de marxa. Prenem ràpidament el primer còctel i crec que no soc l'única que sent una agradable escalforeta que se m'escampa per l'interior del cos i tot d'una es desinhibeix fins a l'últim racó. En Nick demana una nova ronda. Quan estem a mig got m'agafa un atac de riure incontrolable i ell encara riu més. Què em passa? Tinc una campaneta al cap que m'envia un senyal d'alarma, malgrat la densa bromera que hi ha escampada pels vapors d'alcohol. És el senyal d'un perill que no vull veure. M'ho estic passant massa bé. Les ganes irrefrenables de caure bé, d'agradar, m'han atrapat, i no penso afluixar. Sento que ja he creuat la línia. En Nick es troba atrapat entre totes dues, i la Rose, per primera vegada des que ens coneixem, em llança mirades incisives de

* «Què porta?»

** «És un secret. No es pot dir.»

rival declarada. Veig que s'inclina cap a en Nick per xiuxiuejar-li alguna cosa a l'orella i fer-lo riure. No m'afecta. Faig un altre glop de còctel. No soc aquí per divertir-me? Divertir-me i prou. De sobte, un faquir irromp i deixo anar un esglai quan l'home comença a treure foc per la boca, i salto d'un bot per l'efecte espectacular de les flames, reforçades per la penombra. En Nick ha sentit que m'he espantat i ha aprofitat per abraçar-me per les espatlles i asserenar-me. Assaboreixo el contacte de les seves mans càlides sobre la pell nua. Decididament, aquest ponx que hem pres és traïdor.

La Rose s'aixeca per anar a ballar.

—Veniu?

L'excusa perfecta per salvar-me d'aquesta situació incòmoda. No ens ho pensem dues vegades i al cap d'un segon ja som tots tres a la pista, envoltats pels ritmes electrònics. Un grup de ballarines eròtiques apareix i no em puc creure el que veuen els meus ulls.

L'ambient comença a escalfar-se de valent. La Rose i jo ja no ens molestem a dissimular el nostre joc i ens disputem en Nick, competint a veure qui fa els moviments més atrevits per seduir-lo. Vist des de la distància, soc vagament conscient que no controlo gran cosa i em sento una mica avergonyida pel que estic fent. Una encantadora de serps s'obre pas entre la gent i interpel·la els espectadors. Porta penjada al coll una increïble pitó reial. Se'ns acosta ben a prop i m'adono que em proposa que agafi la serp reial i me la posi a les espatlles per a una imatge memorable. Em miro amb por els meus amics hilarants però, davant de la seva insistència, acabo deixant que l'encantadora de serps em deixi el rèptil enroscat al coll, tot i que no puc evitar una tremolor irrefrenable. L'animació ha fet que la gent s'aglomeri al meu voltant. Poso per a tothom i sento els espetecs dels flaixos. Aquests tres minuts em resulten una eternitat.

Per fi, l'encantadora de serps em treu el rèptil del coll i em dona un tiquet per recollir la foto a la botiga de records.

—*I want that one!*[*] —em deixa anar en Nick amb una alenada càlida al clatell.

M'esgarrifo i m'adono que se m'ha posat la pell de gallina. En Nick, i això encara em fa avergonyir més, se n'adona, però fa veure que no ha vist res.

—*Are you chilly?*[**] —em pregunta, fent broma.

—Sí, deu ser això! —contesto, maleint el meu malestar.

La Rose, clarament mosca, m'estira del braç i m'arrossega als lavabos, amb l'excusa de retocar-se urgentment el maquillatge. Tan bon punt es tanca la porta, se'm tira al damunt.

—Ei! Què fots amb en Nick?

La meva reacció no es fa esperar.

—I tu m'ho preguntes?

—Et recordo que ja estàs O-CU-PA-DA —em remarca síl·laba a síl·laba—. En canvi, jo soc soltera... I com ja has vist, m'agrada molt, en Nick!

L'escolto distretament mentre trec el pintallavis de la meva bossa microscòpica.

—Mira, només m'ho passo bé i prou! No pensaràs fer el numeret l'última nit, oi?

La Rose es pentina amb una bona dosi d'indignació.

—Com a mínim, t'he avisat...

Sortim a buscar en Nick, que, mentrestant, ha trobat dos coneguts que s'han apuntat a la nostra taula. I, bé, això almenys permet una treva entre la Rose i jo.

* «Jo aquesta foto la vull!»

** «Que tens fred?»

Ens avorrim una estona mentre anem prenent còctels. Jo ja no responc per mi. Finalment, en Nick torna a estar per nosaltres. L'ambient encara ha pujat més de to. Hi ha tota una gentada que es balanceja a la pista i nosaltres ens hi llancem de cap com uns nàufrags voluntaris, en cos i ànima, fins que comencem a trontollar, i molt. Hi ha un moment que m'he d'agafar a en Nick per no caure i m'aferro amb el braç al seu coll com si m'hi amarrés.

Ell deu mal interpretar aquest senyal, perquè, sense avisar, se'm llança als morros. Mentre els cossos salten i se sacsegen al nostre costat, nosaltres ens estrenyem com si estiguéssim sols al món. Això supera la Rose, que veig que desapareix de lluny. Crec que té els ulls rabiosos. Ara mateix, tot m'és ben igual. L'única cosa que vull és besar-me amb en Nick fins que acabi la nit, amb en Nick i els seus llavis càlids com el més dolç dels pecats.

Escena 57

Rose

Quan sento que la clau ressona al pany, m'aferro amb la mà al tirador de la maleta, que tinc davant meu. No he aclucat l'ull, però, malgrat el cansament, m'aguanto dreta com un fus, asseguda al sofà rònec de molles que se'm claven a la carn. Han estat unes hores interminables esperant que la Meredith tornés. No sabia fins on de lluny portaria el seu deliri.

Ella es queda de pedra quan em veu i de seguida es posa vermella. Les marques morades sota els ulls encenen més la meva ira. Tanca la porta a poc a poc i avança prudentment sense gosar mirar-me. Són les set del matí. Una hora que no dona peu a dubtes de com han acabat la nit amb en Nick. Deixa la bossa en un racó i agafa una cadira per deixar-s'hi caure. El silenci s'instal·la entre nosaltres, com un gran fossat. Només se sent el xerroteig nerviós del Roméo, que he tancat a la gàbia de transport i que s'encalla amb les ales al reixat quan intenta voletejar. Fa hores que espero aquest moment i, de sobte, ja no sé per on començar per descriure-li el mal tràngol que m'ha fet passar, la profunda decepció que he tingut amb ella.

Veig que es fixa en la maleta. Ha entès la situació. L'irrevocable punt de trencament. Per uns instants, estic contenta que li faci mal.

—I què? T'ho has passat bé?

El meu cinisme no la fa riure. Veig que serra les dents. Un estat de tensió que li espatlla la cara bonica.

—Ho sento, Rose, deixa'm que t'ho expliqui...

Ara començarà a justificar-se i això no ho suporto.

—Calla, sisplau! —li mano sense escrúpols.

Com que no està acostumada que li parli així, veig que fa un bot.

—Calla, calla! —repeteix el Roméo amb un eco insuportable.

Les dones de la meva terra som així. Tenim el cor dolç com el rom, però, quan ens sentim traïdes, se'ns torna dur com una pedra i la nostra ràbia trona com el preàmbul d'una tempesta. M'aixeco d'un bot del sofà i començo a caminar per l'habitació de punta a punta per ordenar millor les idees, trobar un bri de lucidesa per asserenar el que tinc al cor. Quan considero que ja estic a punt, em giro i l'obligo a mirar-me a la cara.

—Per què ho has fet? Per què?

Gairebé crido. Veig que les pupil·les se li dilaten per l'efecte de la pressió. Però no es belluga del seu lloc. Aguanta el cop. Aquest rampell de dignitat en ella m'emprenya. M'hauria agradat més que se sentís humiliada. Hauria estat més senzill. Continuo:

—Precisament en Nick... Sabies perfectament que m'atreia, des de fa dies. Que m'he sentit atreta per ell des del principi. En canvi tu... A tu se te'n fot, en Nick... Només t'atrau perquè alimenta el teu ego i prou. No tens sentiments per ell.

—Rose, sisplau...

—Prou! No diguis res! Per a tu és molt fàcil. Sempre has tingut els homes als teus peus. El pobre Antoine, el primer de la cua! Que no en tens prou tenint-lo? Que els necessites tenir tots?

Ni tan sols busco dissimular la bilis que trec en les meves paraules. Els ulls de la Meredith es comencen a negar i les llàgrimes li llisquen lentament, inexorablement. Se me'n fot. Massa tard. El pap ha rebentat i una torrentada de porqueria em surt per la boca...

—És més fort que tu, eh? Aquest no me'l podies deixar per a mi, no? Has de ser la princeseta, que tota l'atenció recaigui en tu, fins que no quedi res per als altres, oi?

Intenta parlar amb mi, calmar-me, però jo no l'hi deixo fer. Estic fora de mi. La veig amorrant-se a en Nick. Me la imagino després als seus braços, i això em posa malalta. Una part fosca de mi surt a la superfície. Les ganes de ferir. Per contrarestar el meu propi patiment. En el meu camp visual veig el Roméo, gairebé no el reconec, les plomes tofudes, estarrufades, els ulls mig tancats, prostrat a la gàbia, però no aconsegueixo desviar la meva obsessió: situar la Meredith davant dels seus errors.

—Tens idea del que sentirà l'Antoine quan s'assabenti de tot això?

Ella es redreça i li llegeixo una ombra d'angoixa a la cara.

—Deixa estar aquest joc pervers, Rose. Tu no l'hi diries mai.

Noto un nus a l'estómac. Aquesta discussió em fa venir nàusees. Però necessito parlar. Dir-l'hi tot. I també dir-li el que li amago des de fa massa mesos.

—I és clar que li he de dir! Després de tot el que ha fet per tu, té dret de saber a quina mena de dona entrega el seu amor abans de comprometre's per tota la vida...

La Meredith s'estremeix. Està completament pàl·lida.

—Prooooou! Prooooou! —crida el Roméo amb una veu estrident poc habitual.

Ni la Meredith ni jo ens hi fixem, massa ocupades a tirar-nos els plats pel cap.

—Rose, t'has trastocat del tot... Em fas por. No has dormit, oi? Ho hauries de fer. No pots veure res clar si...

—Precisament no ho havia vist tot mai tan clar. Fins i tot et faré obrir els ulls i et diré tot el que ha fet per tu...

Me la miro amb cert menyspreu. Per una vegada, es queda sense paraules.

—Pobra Meredith. Estàs tan centrada en tu mateixa que no veus res del que passa al teu voltant. No has notat res estrany, excepcional, des de l'inici de la gira? Creus que vas guanyar per atzar tots aquells tiquets de la loteria? Creus que la sala de Lille es va omplir pel teu gran talent? Creus que el director del teatre és tan amable que ens va donar una segona oportunitat després d'aquell fiasco? Que commovedora, aquesta ingenuïtat teva...

—Però de què parles, Rose?

La veig neguitosa de veritat. Sé que estic a punt de deixar caure una bomba. Veig que al Roméo li costa respirar, el bec obert.

—Obre els ulls d'una vegada! Tot això, l'Antoine ho ha...

—Què passa amb l'Antoine?

Les meves paraules no aconsegueixen arribar de ple a la ment de la Meredith. I jo tinc el grat plaer d'aclarir-l'hi.

—És ell! L'Antoine és el teu àngel de la guarda. Ho ha orquestrat tot ell, ho ha organitzat tot perquè no vagis mai curta de diners, perquè confiïs en tu mateixa, en la teva carrera, perquè no et desmoralitzis... Perquè t'estima, ell! Pobre idiota!

La Meredith tremola com una fulla. De sobte temo que no em venti una clatellada. Reculo un pas, conscient que potser he anat massa lluny.

—És mentida!

—De debò ho creus?

Li veig a la cara la pel·lícula dels fets que li acabo de revelar, les peces que encaixen com un puzle, la realitat que s'imposa al cap. És tot el que ella no volia, el que li feia pànic: que ningú no la vegi capaç de sortir-se'n pel seu propi peu. Que la tractin com una nena. Que no li deixin superar els obstacles per ella mateixa... Està tan furiosa que engrapa dos gots que hi ha damunt la taula i els envia a l'altra punta de la cambra. Es trenquen en mil bocins i el Roméo emet un crit estrident.

—Ves-te'n!

M'ha girat l'esquena. De sobte, té la veu ronca.

—Tranquil·la, és el que pensava fer.

L'hi dic en un to afilat, fred com la fulla d'un ganivet que li posaria a la nuca. Jo també estic dolguda. Busco un pessic d'indulgència per ella en el meu cor i no l'hi trobo. La ràbia i la decepció se l'han fet tot seu.

—Me'n torno a París, Meredith, i ja hi pots comptar, que li explicaré tot a l'Antoine. És un amic que conec de fa molt de temps. Li tinc afecte i vull que sàpiga realment a qui s'enfronta.

Em disposo a agafar la maleta i a endur-me la gàbia del Roméo lluny d'aquí. Però tot d'una m'interromp el gest un soroll sord: el Roméo acaba de caure del pal i ha quedat completament sec sobre el terra de la gàbia.

—Roméééééooooo!

Un crit punyent em surt de la gola. Totes dues correm cap a la gàbia.

Escena 58

Rose

La Meredith i jo fa més d'una hora que esperem en aquesta clínica veterinària d'urgències del centre de Londres. No hem intercanviat més de tres paraules des que hi hem arribat i estem tancades en un silenci hostil.

Quan, completament fora de mi, he obert la gàbia per auxiliar el meu estimat lloro, la Meredith ha enterrat per uns instants la nostra picabaralla per proposar-nos el seu ajut. El Roméo no estava mort. El cor li bategava. Més aviat semblava com si tingués els efectes d'un xoc emocional. Quan hem arribat a la clínica, l'equip de veterinaris se l'ha emportat.

He pensat que era important informar-los que el meu ocell tenia aquest caràcter «especial», seguit a París per l'Institut Peterson i el professor Boileau. Després d'una espera que m'ha semblat interminable, la cap de l'equip ha aparegut amb un posat greu malgrat les notícies més aviat bones.

—Les funcions vitals estan bé. Ha recuperat el coneixement... Bé, si és que realment...

—Què vol dir?

—Tenim motius per creure que no ha arribat mai a perdre el coneixement.

—No entenc res...

—Ens hem posat en contacte amb el professor Boileau a

París. M'ha demanat que li truqui al més aviat possible per explicar-li tot això.

—Ah...

—Segueixi'm.

La cap de veterinaris em fa passar al seu despatx i demano a la Meredith que no em segueixi. Veig, per com em mira, que la meva actitud la fereix, però, de moment, no em surt ser d'una altra manera.

La veterinària m'indica el codi per trucar a França i marco el número del professor Boileau, que de seguida em respon. Se'l veu agitat, pràcticament s'ha quedat sense alè. Em pregunto què em deu voler dir.

—Bon dia, em podria explicar què ha passat exactament i com ha reaccionat el Roméo durant la discussió?

Li'n dono tots els detalls i de sobte em sento culpable per no haver estat atenta a aquests símptomes durant la disputa.

—Miri, tinc motius per pensar que el Roméo no ha perdut el coneixement, sinó que...

—Que què?

—Que s'ha fet el mort!

—Com?

M'ha deixat estupefacta. No acabo d'entendre a què es refereix el professor.

—Rose, ja sap que el seu lloro té unes aptituds fora de l'habitual. Segurament té una percepció del tot extraordinària de les emocions que animen les persones que l'envolten. Fins i tot pot ser que l'afecti massa. I en aquest cas..., parlem ja d'empatia emocional! En un ocell! I hi ha una cosa que encara la trobo més increïble...

Ara mateix tinc la boca seca. Què m'explicarà aquest cop?

—No m'estranyaria gens que el Roméo s'hagi fet passar

per mort per una raó extraordinària: atraure l'atenció cap a ell per frenar la discussió i així ser l'autor de la vostra reconciliació!

Sort que estic asseguda. El final del discurs que em clava gairebé ni l'escolto. L'únic que em queda clar és que, davant de les extraordinàries característiques del Roméo, l'Institut Peterson el vol estudiar i em demana que sisplau els hi confiï per a una estada de mesos. «Faci-ho per la ciència!», m'ha dit. I què li havia de dir? Com si acabés de rebre un cop de martell al cap, m'acomiado de la veterinària.

La Meredith s'aixeca quan em veu.

—Apa. Ja està. Torno a París amb el Roméo. Al final, me'l prendran.

La Meredith fa un gest tímid per consolar-me. Però jo l'esquivo. Aquest matí, he perdut el meu ocell estimat i la meva millor amiga. Els passadissos de la clínica veterinària senten com maleeixo aquesta vida mentre me'n vaig cap a la sortida.

Meredith

Quan veig que la Rose s'allunya i em deixa aquí, tota sola, en aquesta maleïda clínica veterinària, m'ensorro. El dic que contenia les llàgrimes cedeix i faig sanglots silenciosos durant una bona estona. Em venen al cap fragments d'imatges de la nit boja que he tingut amb en Nick, encara difuminades per la bromera de l'alcohol, el cansament i la tristor. No era conscient del que feia. M'he deixat endur pels sentiments, per un impuls incontrolable... Sí, ho reconec. Em volia embolicar amb en Nick. O pitjor encara, m'ha agradat fer-ho. Però tenia dret a cedir a aquesta temptació? Quina mena de dona soc, que no soc capaç de resistir als meus instints? La realitat em cau a sobre com una galleda d'aigua freda. No és una nit boja, sinó un moment d'esgarriament estúpid, que m'arriscava a lamentar amargament. I en Nick? L'he utilitzat? Només he buscat sadollar els meus impulsos? No s'ho mereix, tampoc. El perdré, això ho tinc clar. Però encara tinc una espasa de Dàmocles molt pitjor que em penja a sobre: perdre l'Antoine. Si la Rose, enrabiada com està, l'hi explica tot, serà el final de la nostra relació. Aquesta idea em tenalla amb tanta violència que em quedo sense respiració. Em falta aire. Surto de la grisor de la nit com un llarg túnel. La llum que penetra m'ofereix aleshores un moment de claredat estranya. L'amor que sento cap a l'Antoine no m'havia semblat mai tan nítid. Surto de la clínica amb pas vacil·lant, i entenc que no és que hagi estat infidel a l'Antoine, sinó a mi mateixa...

Escena 59

Antoine

La Rose seu al meu pis, a tocar de la taula. El mateix lloc exacte on seia fa uns mesos la Meredith minuts abans de comunicar-me les seves intencions de deixar-me per iniciar la seva particular gira de l'amor. La Rose era una mar de llàgrimes i ara té les galtes senyalades amb tot de regalims de rímel. Seu arraulida a la cadira, amb els genolls enganxats al pit, i els peus, ara descalços, sobre el coixí. No diu res, però té les orelles ben parades per no perdre's cap detall de la conversa que estic a punt de tenir amb la Meredith per telèfon.

De seguida he copsat, per la veu apagada, el neguit sord, la subtil tremolor, pràcticament imperceptible, un reconeixement velat de remordiments. Em trobava a faltar. Moltíssim, m'ha dit. Tenia ganes de tornar a París. Que tot plegat s'acabés d'una vegada. Ha dubtat abans de preguntar-me si havia vist la Rose.

—Sí que l'he vist. Ahir a la nit vam sopar plegats!

La Meredith ha deixat passar un llarg silenci després d'aquesta revelació.

Un silenci incòmode amb el dubte a l'aire. La Rose ho havia xerrat tot, o no?

—I...? —s'ha arriscat a dir ella.

—I bé! Ens ho hem passat molt bé. Quina llàstima que

hagués de tornar precipitadament de Londres abans que tu per culpa de la Késia. Per sort la seva filla està millor. Quin descans, oi?

—Sí. I tant... Quin descans...

Noto que, per a ella, aquest descans està relacionat amb l'altre tema.

Al meu costat, la Rose s'ho mira amb incredulitat. M'adono que se'n fa creus del que sent. Però al cap d'uns minuts veig en la seva mirada que el que ella s'imaginava que passaria es confirma: no n'hi penso dir res, a la Meredith. No li parlaré mai d'aquesta maleïda nit.

—Antoine?

—Sí?

—T'estimo.

La Meredith penja i em deixa amb aquesta paraula, que ha caigut com una bomba. Per què m'ho diu ara? Aquesta paraula que tant s'havia guardat de dir fins aquest moment? M'hauré de justificar davant de la Rose. La Rose, que no entén res i arrufa les celles, visiblement disgustada.

—Quan deixaràs de voler-li estalviar tot, de perdonar-li tot?

—Jo no li estalvio res, Rose. Tanco els ulls davant d'un moment que s'ha descontrolat.

—Ets massa indulgent amb ella, Antoine. Acabaràs rebent tu. I quan arribi aquest moment, et clavaràs una bona patacada...

—Estic disposat a córrer el risc.

—Tant l'estimes?

—...

—No estic ni segura que valori el que té...

—Potser sí, però tant me fa. Escolta, Rose. Et volia demanar un favor.

M'acosto a ella, l'agafo per les espatlles i la miro de fit a fit.

—Què vols, Antoine?

—He fet veure que la Meredith pensi que no me n'has dit res. Ho he fet perquè crec que és fonamental que continueu sent amigues, totes dues.

La Rose fa que no amb el cap, encara indignada pel comportament de la seva amiga.

—Sé que t'estima molt. Ets la germana que li hauria agradat tenir. No podeu trencar una relació tan bonica.

Em mira fixament i no sé si em fulmina o m'admira.

—Com t'ho fas, Antoine?

—Què vols dir?

—Com t'ho fas per no enfadar-te amb ella? Per mantenir la calma? Per ser tan bo?

Abans de respondre-li, mantinc el silenci i deixo anar un profund sospir.

—No em mal interpretis, Rose. No pensis que no pateixo pel que ha passat a Londres. No creguis que no entenc el que sents. M'ha fet mal, sí. Si no l'estimés tant, l'odiaria. Però qui pensi que una relació d'amor o d'amistat és un camí de roses s'equivoca de ple. El que és reprovable no són els errors que hagi comés, sinó perdre una persona per coses que no valen la pena. La vostra amistat val massa perquè l'engegueu a rodar per la primera ximpleria que sorgeixi, no trobes?

Ella assenteix lentament.

—Rose, t'ho demano com un últim favor, fes-ho per la nostra amistat: perdona la Meredith, sisplau! Fes-ho per mi. Et necessita. I tu també la necessites.

La Rose ha començat a plorar. L'estrenyo entre els braços

i ens quedem així una bona estona. Quan s'allunya de mi, la seva mirada em tranquil·litza.

—Entesos, Antoine. Ho faré, per tu. Però no ara mateix. Primer necessito digerir el que he passat… Antoine?

—Sí?

—Si ella al final no vol saber res de tu, tranquil, que ja m'hi caso jo, amb tu!

Tots dos esclatem a riure.

—*Deal!*

Escena 60

Meredith
Compte enrere: –19 dies

He estat unes hores fent endreça i després he tornat les claus de l'apartament. *Bye bye*, *London*. Em giro una última vegada per veure el que ha estat casa nostra abans de marxar. Els últims dies, tota sola aquí, sense la Rose, han estat estranys. No he respost les trucades insistents d'en Nick. No m'hi he vist amb cor. He enviat una carta al seu estudi. Ell m'ha saturat amb missatges al contestador. Es penedeix del que va passar, se sent culpable, sobretot per l'Antoine. Però m'explica que es va sentir tan atret per mi que les circumstàncies el van superar i el vaig enganxar per sorpresa. Durant totes aquestes llargues hores de reflexió he tingut temps per analitzar la situació, les diferents naturaleses del desig, l'impuls que m'ha llançat, per una nit, als braços d'en Nick. Però aquest desig és com la capa externa de l'epidermis, la superficial. No té res a veure amb el que sento per l'Antoine. A ell el tinc dins la pell.

De moment, no he tornat a París. No em veig capaç encara d'enfrontar-me a la Rose, ni a l'Antoine. Tot és molt confús. M'estaré uns dies a Lille, a casa d'una amiga. La meva germana m'ha convidat a sopar a una caseta que té als afores i aprofitaré per veure els meus nebots. La Valentine, amb sis anys, és adorable, tot innocència. Aquesta nit, soc jo qui els llegiré el conte. Un conte de princeses, és clar. I d'un príncep blau. Ens acomodem en dos coixins flonjos i ella s'arrauleix al meu costat.

—Una cosa, tieta.

—Sí, bonica?

—Això vol dir que junts seran feliços per sempre?

Ella posa èmfasi en l'expressió «per sempre». Jo me la miro amb un somriure tendre i no sé què respondre-li. Cal deixar que els menuts creguin en l'amor etern, inculcar-los des de ben petits en un cap tan tendre les utopies que, potser, quan siguin grans, trairan les seves il·lusions i els faran patir inevitablement?

—No ho sé... Potser. A tu què t'agradaria?

—A mi m'agradaria que s'estimin per seeeeeeeeempre!

Ho diu amb una eufòria tan dolça i amb uns ulletes tan brillants que m'emociono.

L'amor que dura sempre... Un conte bonic per fer brillar els ulls dels infants? De ben segur hi haurà molta gent que dirà que és bonic que ho creguin com més temps millor. Una mentida de bona fe, com el Pare Noel. Faig un petó a la meva neboda i apago el llum perquè dormi.

Baixo a veure la meva germana, disposada a ajudar-la a desparar la taula. Però no em deixa fer res, diu que soc la convidada... Així, doncs, m'instal·lo en un raconet del menjador i trec el meu Organitzador d'Amor. L'obro per la pestanya «Entre jo i l'altre», i escric un gran signe d'interrogació sobre l'amor que dura per sempre. He de reflexionar sobre aquesta pregunta cabdal. Penso en el petó que em va robar en Laurent, el meu col·leccionista de capritxos, després en l'atracció que he sentit per en Nick Gentry. Tot això en menys de tres mesos! Quin desgavell que tinc al cap! He deixat que em temptessin. I fins i tot he fet una queixalada a la poma. I, no obstant això, l'amor que sento per l'Antoine no se'n ressent ni un bri. Fins i tot potser en surt reforçat. Com si aquestes desviacions formessin part del procés iniciàtic i m'hagin d'ajudar a agafar el camí correcte cap a l'amor veritable. Però el quid de la qüestió és l'ordre moral. No és precisament el fet d'autocensurar-se de sentir desig pels altres, de condemnar les pròpies pulsions, de reprimir-les, de jutjar-les, el que provoca tantes tragèdies conjugals?

No és millor, des del principi, reconèixer i acceptar que se sentirà desig i atracció per altres persones, que és inevitable, i fins i tot sa, normal? És cert que la monogàmia és útil per evitar la discòrdia en nom de l'ordre moral i també de l'ordre social. Establir un marc, unes regles... Però això realment funciona? La fidelitat no és com una cortina de fum? On comença la infidelitat? Ben mirat, tenir pensaments amorosos, sentiments reals per algú altre, no és «enganyar» ningú, sinó tenir-hi un breu lligam físic.

Es pot considerar el problema des de tots els punts de vista. La primera heretgia és creure que l'altre et pertany...

La segona és voler evitar que visqui el que vol viure.

D'altra banda, funciona la monogàmia? El nombre d'adulteris registrats diu que no. El jurament de fidelitat proclamat en els casaments aviat esdevé el Jurament d'Hipòcrita.

L'altre dia, precisament, vaig llegir en una revista que més d'un home de cada dos i d'una dona de cada tres reconeixen que han estat infidels. I les xifres no paren d'augmentar. I no parlem ja de les pàgines de contactes extramatrimonials que proliferen... L'amor asfixia amb les seves constriccions. I per quin motiu? Un cop més, pel Jurament d'Hipòcrita. La fidelitat de per vida, no és una bonica promesa heretada d'un temps en què la vida no durava cent anys?

Així, doncs, no tinc cap remordiment de la meva voluntat de treure la pols dels vells esquemes, de creure que tothom hauria de tenir el dret d'inventar la seva pròpia versió de parella sense haver d'obeir necessàriament les imposicions que ens dicten què és «socialment correcte». Perquè com podria existir dues vegades la mateixa fórmula de la felicitat? Cadascú, la seva. Per molt alternativa que sigui.

La meva germana m'ha portat una infusió calenta amb una galetona.

—Ara vinc! —em diu mentre se'n torna a feinejar a la cuina.

Deixo la tassa després d'un primer glop massa bullent i penso, mentre rosego la galeta, en aquesta idea de flexibilització dels costums. Treballar l'elasticitat de la tolerància d'un mateix i de la seva obertura de ment. Ric mentre intento imaginar-me com podrien ser uns exercicis d'estiraments per a una mentalitat massa rígida...

Exercici principal: treballar la musculatura de l'acceptació. Acollir els possibles desitjos de la parella pels «altres», deixar de fer-ne un tema tabú, donar volada a l'expressió i al diàleg. Una veueta interna m'avisa: «Meredith, sigues sincera. Si l'Antoine et parlés de l'atracció que sent per una altra dona, com reaccionaries tu?». Evidentment, no comptava amb l'enemiga número u: la gelosia.

La gelosia és una qüestió d'ego. Camufla malament la

seva intenció de tenir el control sobre tot. L'altre em pertany. Ara bé, estimar l'altre no vol dir posseir-lo. El veritable amor no s'hauria d'engabiar, si no que s'hauria de deixar sempre la finestra oberta. M'invento una prova de la veritat i l'escric al meu Organitzador d'Amor.

Si m'assabentés que l'Antoine m'ha enganyat, com m'ho prendria? (0, cap problema; 10, l'odiaria a mort.)

He de reconèixer que jo em situo al 7.

La meva teoria sobre el Jurament d'Hipòcrita no guanya.

Estaria disposada a perdonar-lo? (0, no el perdonaria mai de la vida; 10, oi tant!)

Jo hi posaria un 5.

Els meus resultats no són per tirar-hi coets. M'adono que encara em queda molta feina per fer abans de donar per bona aquesta teoria. Potser no caldria fer un jurament de fidelitat, sinó més aviat un jurament de sinceritat. Perquè, en realitat, la qüestió no és mentir a l'altre, sinó enganyar-se un mateix.

En realitat, les aventures no em semblen tan greus. Una parella consolidada les pot trampejar com unes lleugeres i inevitables zones turbulentes. En el fons, potser el més important és fer balanç sobre la veritable fragilitat de la parella. Què volem? Un amor dur com una pedra o un amor inevitablement erosionat? El cor ho sap. Perquè l'adulteri, el de debò, és el que deriva del desgast, de l'amargor, de l'estancament i la passivitat. L'adulteri no és res més que el resultat d'una política de l'estruç. La manca de valentia de mirar la veritat de cara, quan l'altre ja no ens agrada, quan ja no s'adequa al que volem. La relació ens consumeix, ens apaga, ens priva de viure la vida amb ganes i alegria. Ens imposem l'obligació de continuar al costat de l'altre en nom de què? Dels fills? De les convencions socials? O resulta que ens fa por el canvi que se'n derivarà? Perquè trencar amb la parella significa renunciar a una vida ordenada i confortable? O, pitjor encara, perquè ens hi juguem l'estabilitat econòmica?

L'autoengany provoca una asfíxia lenta i una mort anunciada. Si no estem bé dins la relació, no cal posar banyes a la parella: se l'ha de deixar.

El puntafina es queda suspès en l'aire mentre la meva germana ve a seure al meu costat. Les dues ens mirem i riem amb la tassa a tocar dels llavis.

M'atreveixo a fer-li la pregunta que em ronda pel cap.

—I com va amb l'Édouard? Esteu bé?

Em mira una mica sorpresa, com si li hagués fet una pregunta estranya.

—I tant que va bé. Per què no hauríem d'estar bé?

No hi insisteixo. De totes maneres, quan sopàvem, m'he fixat com es comportava amb la meva germana. La falta de respecte. Aquesta indiferència que a mi em trauria de polleguera. I ella, submisa al seu destí de dona transparent, resignada a tenir una relació avorrida. De què ha de tenir por ell? Si sap que ella es quedarà allà, que no se n'anirà, que no té el valor de fer-ho. Actua amb una seguretat que desconcerta.

Què faria la senyoreta Juju en una situació com aquesta?

Ella no intentaria canviar-lo a ell, sinó que començaria canviant d'actitud ella mateixa. Per començar, crec que s'inventaria un potenciador de sensualitat, que afegiria una mica de sal als seus encants i d'espècies als seus gestos. L'atractiu comença per l'actitud d'un mateix, per creure-s'ho un mateix. Els moviments del cos només en són la prolongació.

Una dona no ha de renunciar mai a la seva feminitat, ni al seu poder de seducció, ni a la seva autonomia.

L'home sempre guarda dins seu l'instint de caçador. Encara que li agradi la tranquil·litat i la seguretat que ofereix la llar, de vegades va bé recordar-li que no s'ha de sentir mai en territori conquerit. L'home prehistòric plantava batalla pel foc. Avui dia el foc ha canviat de naturalesa. Ningú no vol veure com s'apaga el foc del seu gran amor. Però amb el temps molts obliden com aquesta valuosa flama demana esforços, atencions, creativitat, és a dir, que la cuidin.

A la gent només li interessa «quant de temps fa que esteu junts», com si la solidesa d'una relació es mesurés amb una quantitat d'anys. L'únic que compta en els sentiments és la quantitat d'estrelles que encenem en els ulls de l'altre.

Quan meno la discussió cap a aquest terreny, la meva germana sacseja el cap com si em prengués per boja.

—Mireille, ets una idealista, tu!

—Digue'm Meredith —la corregeixo jo.

—No m'hi acostumaré mai.

Al final decideixo que si ella és feliç així... La deixo i li dono les gràcies pel deliciós sopar que m'ha preparat, i llavors me'n vaig a casa l'amiga que m'allotja. Penso que ha arribat el moment de prendre decisions importants. El compte enrere s'ha acabat. En quin punt soc ara respecte al que sento per l'Antoine? Estic preparada per fer el gran salt? El meu grau d'«estimabilitat» s'ha recuperat a nivells òptims? Sospiro profundament. Tinc la sensació que la nit se'm farà curta...

París

Escena 61

Antoine
Dia D: final del compte enrere

Avui és 28 de juliol. Avui serà el primer dia de la resta de la meva vida amb la Meredith, o bé el darrer dia de la nostra relació. He decidit confiar en el seu amor. Fa cinc dies que no sé res d'ella, des que vaig rebre la carta que em va deixar a la bústia de casa.

La carta, me la conec de memòria. Conec el traç de cada paraula. Realment, la Meredith domina la posada en escena. M'ha citat avui, a les dues de la tarda, a la glorieta del parc de Buttes-Chaumont.

Les paraules ballen sota la meva mirada.

Davant del mirall del lavabo, intento esborrar els vestigis d'una nit mogudeta. M'afaito amb cura i em ruixo la cara amb aquella loció que a ella tant li agrada i que no podré flairar mai més sense que em vingui al cap la imatge de la seva cara a tocar de la meva i el nassiró enganxat a la meva galta per ensumar-la, en un reflex gairebé animal.

Trec de l'armari el conjunt que a ella li agrada més que porti, elegant però no en excés. Descordo el primer botó de la seva camisa preferida i m'imagino les seves mans sobre el meu tors, que de vegades abraça com si fos un arbre i en volgués absorbir la força. M'agrada aquest gest de connexió entre nosaltres. Ella no sap que, quan sento el fregadís de les seves mans a través de la camisa, soc jo qui s'alimenta de la seva força.

Em miro una última vegada al mirall amb ull crític. Estic prou bé, tot i que faig ulleres. Com qualsevol enamorat que viu la seva història com si fos extraordinària, m'aturo davant d'una floristeria. No vull arribar amb les mans buides. Trio flors que se li assemblen: senzilles però plenes de perfum i colors.

És un dia radiant. Vull veure-ho com un signe de bona sort. M'he arromangat les mànigues de la camisa i no paro d'eixugar-me les mans als camals dels pantalons, dels nervis. L'amor ens posa en aquestes situacions difícils, de vegades...

Ja veig el parc i aquesta vegada els nervis em traeixen. Se m'instal·len a les entranyes com un hoste no volgut i no sé com fer-los fora. M'he guardat la carta a la butxaca i l'acaricio amb la punta dels dits, com un talismà, perquè em doni força: ha arribat l'hora d'aclarir les coses i que tota aquesta comèdia s'acabi d'una vegada. Crec que no hauria aguantat ni un dia més.

Creuo el parc, em perdo una mica i, finalment, veig, al final d'un camí, una antiga glorieta enclotada en el seu entorn vegetal. S'alça davant meu, còmplice i testimoni mut del meu destí, improbable escena de teatre de l'obra que està a punt d'estrenar-se.

Arribo deu minuts abans de l'hora prevista. Què són deu minuts després de sis mesos d'espera?, us preguntareu. I no obstant això..., aquests minuts em semblaran eterns! Cada vegada que sento una passa, cada figura que veig passar, sento com el cor em fa un bot.

És ella? Em sento una mica ridícul amb el ram de flors a la mà. Un *yuppie* de trenta anys que passa a la vora em mira amb ulls burletes. Que incòmode! Amago el ram a l'esquena mirant de ser més discret i m'atrinxero darrere d'un pilar. Els minuts es desgranen lentament. Fa calor.

Ara s'apropa un vianant per l'avinguda central. Ai, ves, crec que ell també té una cita. Porta una rosa a la mà. Quina gràcia. Ens mirem de reüll i acabem dirigint-nos un petit somriure de connivència. Se'l veu nerviós. No queda bé dir-ho, però això em consola una mica; com a mínim no estic sol al món. Pel color de la pell, segur que no és suec. Cabells mig llargs, barbut, una mica *hipster*.

Miro el rellotge cada dos per tres. Falten dos minuts. Al cap d'un moment, ve un altre home, ens mira vagament, dona un cop d'ull al seu rellotge i, com nosaltres, comença a fer tombs al voltant de la glorieta. No porta flors. Caram! Ara resulta que tothom ha quedat a la glorieta. L'observo. Bé m'he d'ocupar l'estona. És una mica massa ros, les faccions massa delicades, poc masculí.

Passen dos minuts de les dues. La Meredith fa tard. Però només són dos minuts de no res, penso per tranquil·litzar-me. Al cap d'un moment, arriben un, dos i fins a tres homes més. Ens comencem a mirar tots plegats amb cara d'estranyats. La situació comença a ser surrealista. Com ens hauria pintat Magritte si fos aquí? Com unes siluetes masculines amb el cos ple de núvols com el cel de les seves esperances? Qui sap...

Si digués que tinc nervis ara mateix em quedaria curt. Tot d'una n'arriba un altre. A mesura que s'apropa el puc identificar més clarament. Però si és... en Nick! En Nick Gentry! Obro els dos ulls de bat a bat en senyal d'incredulitat.

Noto una sotragada al cor. Pel que sembla, ell també.

—*What the hell are you doing here?!** —pregunto cridant, amb més força del que m'hauria agradat.

Ell també fa cara de no entendre res.

Em mira, mira els altres homes, i fa cara de contrariat. Els altres homes s'apropen. Tenen la sensació que la nostra conversa els afecta d'una manera o altra. En Nick Gentry, visiblement incòmode, balbuceja algunes paraules que jo li obligo a repetir, com si no l'hagués sentit bé.

—*I've got a date with Meredith.***

—*A what?****

—*A date!*****

Em falta aire. La sang em bombeja a les temples.

—És impossible! Soc JO qui té una cita, Nick. Jo i només jo.

M'oblido de totes les bones intencions que m'havien permès tancar els ulls sobre el cop baix de Londres i tot d'una perdo la sang freda. Això ja passa de taca d'oli.

—Fill de la gran puta! Jo em pensava que eres un amic! Et demano que la cuidis i..., en comptes d'això, què fas? Te l'emportes al llit! *Bastard!******

Amb una mà l'empenyo i amb l'altra li esclafo el ram contra l'espatlla. El continuo bastonejant i les flors volen per tots costats; els homes del voltant intervenen per separar-nos. És un caos de mascles abrivats. En Nick intenta dir alguna cosa.

—*I'm so sorry, Antoine!*******

* «Què hi fots aquí?!»

** «Tinc una cita amb la Meredith.»

*** «Com?»

**** «Que he quedat amb ella!»

***** «Cabró!»

****** «Em sap molt de greu, Antoine!»

Tota d'una ressona un xiulet i apareix el vigilant del parc. Es fa un silenci sepulcral i just en aquest moment en Nick crida:

—*I'm in love with her!*[*]

Un malestar més pesant que una llosa cau sobre el públic. En Nick murmura entre dents «*It's beyond my control...*»,[**] cosa que encara em fa venir més ganes d'escanyar-lo. Pel que fa als altres homes, em pregunto què diantre hi pinten, aquí.

Tot d'una intueixo el que passa i tremolo només d'entendre-ho.

—No... no em digueu que vosaltres també heu quedat amb la Meredith?

El seu silenci és una resposta afirmativa. Em giro i miro el vigilant.

—Però vostè no, oi?

—Euh... Doncs... sí!

El cap em comença a donar voltes. Què és aquest circ?

Enmig de tot aquest enrenou, veig de lluny una noia que ve cap a nosaltres. Sembla una hostessa de vol, amb el conjunt taronja cenyit al cos i un minifulard de colors lligat al coll. Se'ns apropa amb posat de guia turística recollint el seu grup.

—Tots vosaltres heu quedat aquí amb la Meredith?

La noia ho diu amb una veu serena i cristal·lina, com si ens proposés que la seguíssim durant una visita turística. Tots plegats fem que sí amb el cap. Semblem idiotes, però el xoc és tan fort, que no podem reaccionar de cap altra manera.

—Seguiu-me —diu l'hostessa.

* «N'estic enamorat!»

** «No hi puc fer res.»

La seguim de petja. Jo deixo el ram de la retrobada a terra. Amb un gest rabiós, li etzibo un cop de colze a en Nick per allunyar-lo del meu camí.

Perdo el compte de les vegades que em diu *sorry*. De fet, ni me l'escolto.

Arribem a una cafeteria. L'hostessa ens fa pujar al primer pis. S'hi ha instal·lat un gran televisor. La sala és agradable. La finestra de doble batent és oberta de bat a bat i hi entra un airet refrescant. El moment hauria pogut ser agradable en altres circumstàncies.

L'hostessa ens demana si volem prendre alguna cosa. Al punt en què estem ara, tots acceptem prendre una copa. L'hostessa ens entrega aleshores el seu missatge.

—La Meredith us vol dir una cosa.

Amb una mà que no tremola —quina sort, ella, que no s'ha de preocupar pel petit drama que té lloc aquí—, activa la gravació i apareix la cara de la Meredith en pantalla.

Escena 62

Meredith
Cinc dies abans

Vaig arribar ahir a París i ja torno a ser al meu pis del districte dinovè. Aquests últims dies m'han servit per fer una introspecció intensa. He dedicat moltes hores a fer balanç de totes les coses que m'han passat aquests últims mesos, els meus projectes, les meves aspiracions, el camí que encara em queda per recórrer i, sobretot, quina continuïtat donar a la relació amb l'Antoine. Aquestes hores d'errant solitària, dedicades a caminar o a submergir-me en els abismes de reflexió a la terrassa d'un cafè m'han permès repensar en els amors i coneguts passats i han fet brollar en la meva ment un guió. Com més hi pensava, més he tingut la sensació que era l'única manera de dir el que he de dir a l'Antoine. Una manera estrafolària però del tot sincera.

Aleshores he posat en marxa el meu pla, he contactat totes les persones que han passat per la meva vida, i que, d'una manera o d'una altra, m'han ajudat en el meu recorregut personal cap a la qüestió de l'amor veritable.

Voldrien entrar en el joc? Respondrien a la meva convocatòria?

En poques hores he rebut respostes positives i només dues de negatives. Que sigui el que Déu vulgui! Aleshores he començat a preparar la gravació. Per aconseguir-ho, he hagut d'abocar força tinta al paper per triar cada paraula amb una cura infinita, per ser el màxim de justa amb tots.

Després, com a bona actriu, m'he après el text de memòria. M'he posat la meva millor roba, m'he maquillat i m'he pentinat per fer-me valorar però sense excedir-me. Com a fons d'imatge he col·locat una composició gràfica que quedarà bé: l'extrem d'una planta verda, un tros de tela de color que trenca la línia dreta del sofà negre. Un veritable Matisse. Un proverbi diu que el dimoni està en els detalls. Vet aquí, doncs.

Ja estic preparada. Amb un dit lleugerament tremolós, premo el botó que inicia la gravació. El puntet vermell m'indica que ja comença a gravar i m'hi llanço de cap:

> A tots els que sou aquí, gràcies, gràcies de tot cor per haver vingut, per haver respost a la meva crida, segurament una mica desconcertant, ho reconec. Però us demano perdó per endavant per aquesta impactant posada en escena, que us deu haver sorprès, potser fins i tot hi ha qui s'haurà enfadat. Perdó. Espero que d'aquí un moment hagi aconseguit aclarir-ho tot.
>
> Antoine, si ets aquí, et demano que et quedis fins al final d'aquest discurs que he preparat perquè entenguis les meves intencions. Per què he fet venir tots els altres quan aquest dia havia de ser només teu, nostre...
>
> Quan mireu aquest vídeo farà sis mesos, sis mesos i un dia, que vaig proposar a l'Antoine una experiència una mica particular: interrompre la nostra relació, deixar-la en suspens i agafar distància. Aquesta distància m'havia d'obrir els ulls sobre el meu horitzó: qui soc, cap a on vaig, com puc estar a l'altura d'aquesta història d'amor, ser-ne digne, d'alguna ma-

nera, preparar-me. Finalment he trobat una expressió per parlar-ne. L'he anomenat «estimabilitat». Volia saber si era possible millorar la meva habilitat d'estimar...

En aquest camí, tots els que sou aquí heu tingut un paper important en la meva vida. Cadascun de vosaltres m'ha aportat alguna cosa única.

Antoine, si avui els dic unes paraules davant teu és perquè entenguis d'on vinc i com aquestes històries han pogut donar forma a la dona que soc ara. I també és una manera de compartir amb tu el que jo he entès de l'amor a través d'aquestes experiències.

[*Faig un silenci, aprofito per respirar i agafar forces per arribar fins al final del meu objectiu. Tot seguit, continuo.*]

Julien, vas ser l'amor dels vint anys. Gràcies. Vaig estar perdudament enamorada de tu. En aquella època volia ser tota teva, donar-t'ho tot. Massa. Em deixava endur per un remolí enganyós de l'amor de fusió, un remolí que sempre ens acaba xuclant. Tu em vas ensenyar la primera regla en l'amor: l'harmonia es troba en el subtil equilibri en l'art de donar i l'art de rebre.

Zach i Nicolas. Els bessons del meu cor! Quins records més intensos, tres estius seguits... No sabria dir quin dels dos ha estat el meu preferit. Vosaltres em vau ensenyar la segona regla en l'amor: per viure la flama, no oblidem mai que cal posar-hi lleugeresa, frescor, joc, alegria en la relació. Això ho teníeu. L'espontaneïtat, la creativitat, l'energia dels exploradors que desxifren tots els racons del plaer, que assaboreixen la vida com qui agafa un fruit sucós de l'arbre mateix en un dia d'estiu...

Cyril. Tu ho tenies tot: bellesa, intel·ligència, talla. Ho tenies tot, però al final la gelosia s'ho va emportar tot. M'ofegaves perquè només em volies per a tu sol. Hauríem pogut passar dies feliços si haguessis fet el pas de posar remei a aquest mal. Em vas ensenyar la tercera regla en l'amor: ningú no posseeix ningú. Quan l'amor es converteix en una gàbia, per molt daurada que sigui, l'ocell mor, lentament asfixiat. La llibertat està en la confiança. Cadascú ha de treballar en la seva autonomia afectiva. Només aquesta pot donar ales als sentiments.

Laurent. Tu i jo no hem tingut una aventura pròpiament dita. Tu ets un col·leccionista de capritxos, i jo n'he estat un més, per bé que el sentiment ha estat recíproc. Però el que realment m'ha fascinat de tu ha estat la teva filosofia sobre l'amor. De tots nosaltres, segurament ets l'únic que té les claus per a l'amor feliç. Perquè no redueixes el teu camp a un únic objecte de desig, sinó que amplies la noció d'amor a alguna cosa molt més grossa! Com més avanço en la meva recerca, més m'adono que el patiment ve de l'obsessió, del fet de focalitzar-ho tot en la mateixa persona. Quan algú ocupa tots els teus pensaments, a cada minut, a cada segon, quan pateixes perquè no tens aquella persona al teu costat, quan pateixes perquè veus que s'ho passa bé amb els altres, amb els amics, fent altres activitats... Ets tu, Laurent, qui m'ha dictat la quarta regla en l'amor: diversificar les fonts d'amor, d'interès i de satisfacció. L'amor pot tenir moltes formes. Hem de diversificar els enamoraments que tenim cap a totes les coses boniques, interessants i enriquidores. Hem de situar-nos ben allunyats de l'amor que es reclou en ell mateix, que monopolitza i que, al cap del temps, per trist que sigui, acaba sent tòxic.

Nick. Estic contenta d'haver-te conegut. Ets una gran persona. No et negaré que m'has fet ballar el cap en aquesta gira de l'amor personal. Sense voler-ho, m'has fet plantar cara a una pregunta que totes les parelles s'acaben fent tard o d'hora: es pot desitjar diverses persones a la vegada? La resposta és que sí, és clar. Es poden estimar diverses persones a la vegada? Això ja és més complex, però sí, sens dubte, en tant que l'amor pot adoptar diverses formes i la seva naturalesa també: passió, raó, amistat, llar, braser, pilar... Però una cosa s'ha de tenir en compte: quan t'atrau algú, aquest sentiment no és fortuït. Si tens una relació de parella i tens temptacions amb algú altre, cal intentar analitzar el missatge que això t'envia. Aquesta coneixença és per força una invitació al viatge interior. Què em diu de mi? Què hi ha en aquesta persona que connecta amb mi? Estimat Nick, tu em vas inspirar la cinquena regla en l'amor: cada nova persona que m'atrau m'allarga un mirall perquè m'hi miri i em qüestioni quins desitjos tinc, quines són les meves necessitats i les meves mancances.

Jean-Claude. Tu ets el Vigilant de les Esperances, moltes gràcies per la teva bondat i la teva generositat. Tu, que t'entregues als enamorats rebutjats i desesperats amb qui ensopegues, que els ofereixes un missatge d'esperança, de mà estesa... L'amor no és una tasca fàcil i ens fa viure muntanyes russes, alts i baixos. L'amor sacseja, et fa trontollar, bolcar, transportar o fins i tot de vegades dislocar... Però el pitjor de tot és quan va morint a foc lent. Jean-Claude, m'has comunicat la sisena regla en l'amor: l'amor de l'altre no ens ha de fer perdre mai de vista l'amor a un mateix. Ningú no hauria de tenir el dret de fer-nos sentir bé o malament. Seria donar massa poder a l'altre. Per tant, tenim un deure respecte a nosaltres mateixos: concedir-nos dolcesa, tendresa i cuidar-nos, vetllar per nosaltres com si fóssim la nineta dels nostres ulls! L'amor comença a funcionar malament quan deixem aquesta responsabilitat en mans de l'altre.

Antoine. Ara et toca a tu.

[*Dec tenir les galtes vermelles. Tinc la gola seca i em pregunto si les paraules em sortiran. Intento humitejar-me els llavis abans de continuar.*]

Amor meu. No goso ni imaginar-me el mal tràngol que deus estar passant per aquesta posada en escena, però el seu objectiu no és altre que fer-te una declaració. La meva declaració, com diu la cançó. Ets l'home més meravellós que he conegut mai. El que sento per tu no té res a veure amb el que hagi pogut sentir abans. Al cap d'aquests sis mesos llargs, terribles, desconcertants, com a mínim sé una cosa: t'estimo, com no he estimat mai ningú.

Però...

[*Abaixo els ulls i deixo la veu en suspens. M'imagino l'Antoine, a la primera planta del cafè que he triat, assegut enmig d'aquells altres homes, rivals majoritàriament, amb totes les mirades posades en ell, totes aquestes emocions contradictòries dins seu, i sento com se m'accelera el cor i la respiració.*]

...perdona, amor meu, perdona. Perdona si encara no estic preparada. Encara no puc tornar amb tu.

[*Ja està. El mal ja està fet. Em sap greu. Per mi. Per ell.*]

I tampoc no em considero amb el dret de fer-te esperar més temps. Em trobo davant d'un dilema irresoluble. Per tant, em veig obligada a prendre un últim risc: jugar-m'ho a cara i creu. O et perdo per sempre o et recupero per a tota la vida. Perquè ara mateix he d'acabar la meva recerca tota sola, arribar fins al final del que vaig començar. No sé quant de temps necessito. Com et puc demanar que m'esperis una altra vegada? Seria massa egoista per part meva... Me'n vaig lluny, ben lluny, però sàpigues que et portaré amb mi, agafat de la mà, dins del meu cor. Tanmateix, no tornaré fins que hagi assolit el meu objectiu. Necessito «ser algú». Algú de ple dret.

No «la dona de». A la teva manera, tu m'has ensenyat la setena regla en l'amor: cadascú té el deure de realitzar-se com a persona. La millor garantia que una parella durarà és que cadascú treballi per tenir motius per estar orgullós d'un mateix i donar motius a l'altre perquè també n'estigui. Per molt humil que sigui la nostra feina, ha de donar motius d'admiració. Quan sorgeix l'amargor en la parella potser és perquè la persona ja no estima qui és ni en què s'ha convertit. Crec que és responsabilitat de cadascú saber el que el fa feliç, definir el projecte de vida que posarà millor en valor el seu talent. Perquè... què és el que dona sentit a la vida sinó mostrar el millor de nosaltres mateixos?

[*Quan arribo a aquest moment de la meva declaració, sento que se'm neguen els ulls. Miro la càmera que tinc al davant. Les llàgrimes em llisquen per les galtes i el nas. No faig cap gest per eixugar-les. Allargo la mà per aturar amb el dit la gravació, però retinc un moment el gest per adreçar unes últimes paraules a l'Antoine.*]

T'estimo, Antoine.

[*Off.*]

Escena 63

Antoine

Ja us podeu imaginar el tsunami emocional que he sentit quan he escoltat la gravació de la Meredith. És estrany però quan ella ha pronunciat les últimes paraules, s'ha fet un silenci sepulcral entre els presents. Un silenci que tindré present tota la vida. I després, tot seguit, un murmuri infernal. Tothom ha començat a parlar alhora. Semblava un restaurant italià després d'un gran partit.

En aquest moment he tingut la impressió d'haver perdut el partit de la meva vida. «Atordit» és la paraula que defineix millor en quin estat m'he quedat. És el *crash* del meu *crush*. Esperava aquest dia com un alliberament. I m'ha caigut una nova condemna.

Condemnat a esperar. Ara soc un imputat per amor. L'únic delicte que he comès: haver-me enamorat d'una persona fora del comú. I ara ella m'ha tancat en una cel·la d'aïllament. El pitjor de tot això és que el meu cor és un pres voluntari. No busca fugir. Podria comptar els dies si com a mínim sabés quants són. Però no. No sabrà ni això.

En Nick ve fins a mi. A ell també se'l veu fet pols. La Meredith ja és conscient de l'empremta que deixa al seu pas?

—*I'm so sorry! All that is crazy** —murmura.

* «Em sap molt de greu! Quina bogeria, tot plegat.»

Sembla sincer. Encara dubto de si trencar-li la cara amb un cop de puny o passar pàgina. De totes maneres, de què serviria ara barallar-me amb ell? Ara la meva guerra està en una altra banda i les opcions que em queden són prou galdoses: puc aprendre a viure sense la Meredith, cosa que ara mateix em sembla pitjor que tota una vida vagant sense rumb fix, o bé puc continuar esperant-la, a cegues, en la foscor d'un temps indeterminat.

Veig que en Nick se'n va capcot, com enfonsat per la nova desaparició de la Meredith.

Demano una altra cervesa sense deixar de pensar en ella: la més present dels absents. Els altres homes han anat marxant lentament. És curiós: tots m'han vingut a donar la mà, com si fos un enterrament i em donessin el condol, com si jo fos el marit de la difunta. Però en el meu cas la difunta era la meva història d'amor...

Després d'un xoc emocional com el que he tingut jo, crec que el cervell es protegeix d'alguna manera. És el que ha fet el meu, si més no els primers dies. El meu cap s'ha escudat en una mena de negativa, ha instal·lat al voltant del meu patiment un mur d'incredulitat. M'imagino que tot plegat només és una broma de mal gust, que tard o d'hora sortirà la Meredith del no-res i em saltarà al coll rient a cor què vols, com tant m'agrada veure-la. Per guardar les aparences, primer li faria una mica de mala cara, li diria que no m'ha fet cap gràcia la seva broma, i després, ja no faria res. L'estrenyeria entre els meus braços eternament, fins que ho oblidés tot.

Oblidar aquell malson. Malauradament, quan al matí obro els ulls, el desagradable nus que tinc al plexe em recorda que tot això no és cap broma. Que la desaparició de la

Meredith és ben real. Per dir-ho d'alguna manera, s'ha volatilitzat en la naturalesa.

Aquesta vegada no hi ha un fil d'Ariadna per mantenir el vincle. Ni tan sols missatges. Res. Només la hipotètica promesa que tornarà i que m'estima. I no és un fil gaire sòlid per aferrar-s'hi. Al cap dels dies, l'efecte «negació» s'ha esvaït i, una mica com quan l'anestèsia deixa d'actuar, he començat a sentir dolor del fort. A poc a poc, m'he convertit en una pàl·lida còpia de mi mateix. A la feina s'han posat nerviosos. M'han proposat que faci unes vacances. Com si poguessis fer vacances d'un gran amor!

Amb aquesta mena de grans sentiments, són vacances sense sou. I el primer que se'n va són les il·lusions. Aviat et trobes en una illa deserta, desolada, sol amb tu i els teus laments, amb l'amargor.

La tristesa m'ha buidat totalment per dins, m'ha xuclat tota l'energia vital. Estic tan cansat que fins i tot els gestos més banals de la vida normal i corrent em semblen un esforç insuperable. Ja no visc, sobrevisc. És com si un obús m'hagués caigut a la panxa i hi hagués deixat un forat immens.

És com si m'haguessin esbudellat i tingués les vísceres enfora, com si aquest forat ho hagués de xuclar tot. Evidentment, en els meus moments de lucidesa, sé que necessito recosir aquesta bretxa emocional i que ho he de fer amb el que tinc a l'abast: petits plaers, moments de calma i de pau, la dolça companyia d'un bon amic... Però de moment el patiment sempre troba un forat per on esmunyir-s'hi.

He de reconèixer que la Rose m'ha ajudat molt. És una amiga de debò. Ens hem vist molt. Està molt empipada amb la Meredith després de l'escena de Londres, però estic segur que troba a faltar la seva amistat.

Fins i tot amb en Nick, hem acabat fent les paus. En realitat tots dos navegàvem en el mateix vaixell: dos enamorats, tristos i abandonats. Ha vingut a passar uns dies a París per organitzar la seva exposició. Hem sopat i hem pres alguna copa plegats. Hem intentat no parlar d'ella, però d'una manera o altra hi era present en tot moment. Fèiem bastanta pena: volíem aparentar que havíem fet taula rasa, que no estàvem tan malament, però no enganyàvem ningú.

L'esperança de tornar-la a veure ha anat minvant a mesura que passaven les setmanes fins a reduir-se a zero. He intentat sortir d'aquesta letargia per la pressió de la gent que m'envolta. Per fer-los contents, m'he obligat a fer coses una altra vegada.

La meva ex, l'Angélique, no s'ho ha fet pregar per recuperar el lloc encara calent que ha deixat la Meredith. I aleshores jo també he intentat ser un bon actor. He rigut quan ella ha rigut, li he fet un petó quan ella me l'ha fet. Però en el fons he tingut la sensació d'interpretar una comèdia sinistra. M'he sentit com una closca buida. En el fons més pregon de mi, he plorat a llàgrima viva, i la meva tristesa ha estat una roca pesant que m'arrossegava lentament cap al fons...

Escena 64

Rose

De debò, que la teva millor amiga et deixi plantada fa mal, o, com es diu en crioll, *i pwak*. De tant en tant m'agradaria tenir-la aquí per dir-li tot el que penso! I després, en altres moments, puc mirar-m'ho amb perspectiva i entenc, crec, el que volia fer. El mateix dia que projectava el seu monòleg a aquells homes vaig rebre una carta seva. Me la sé de memòria. Crec que l'he llegida cent disset vegades.

> Benvolguda Rose,
>
> Quan llegeixis aquestes línies jo ja seré lluny. Me'n vaig, Rose. Me'n vaig per acabar el que vaig començar. I sé que aquesta última part del camí l'he de recórrer sola. Crec que seràs incapaç d'imaginar fins a quin punt et trobaré a faltar. I sí, estimada amiga meva del cor, t'enyoraré molt. I això no canviarà perquè ens haguem barallat per un home a Londres. Pel que fa a en Nick, accepta les meves disculpes, sisplau. Al final no n'hi has dit res a l'Antoine i aquest és un gest d'amistat incomparable.
>
> Gràcies.
>
> Ja saps fins a quin punt m'agrada veure't feliç. Et prometo que em faré una petita alcova a casa dedicada a Cupido i

cada dia pregaré per tu, perquè t'enviï la bona persona que et mereixes. Segur que funciona... i, si cal, fins i tot estic disposada a anar a veure alguns bruixots perquè em preparin les pólvores de l'amor. Això serà infal·lible.

No sé quant de temps seré fora, però et demano tres coses:

La primera, que guardis un raconet per a mi en el teu petit cor crioll. No et devies pensar que podries desprendre't de mi per sempre així com si res, oi?

La segona és que vetllis perquè el meu Antoine no pateixi gaire. Si pots, sigues una mica per a ell l'amiga que has estat per a mi. Estaré en deute amb tu.

La tercera és que et cuidis de tu i de la *timoun*. No oblidis aquesta consigna: mengeu verdures com a mínim dos cops al dia, no us atipeu de patates fregides i d'ous Kinder més d'una vegada a la setmana i alerta amb els homes. Evita els que creguis que no et poden tractar com una princesa. Perquè tu n'ets una.

Queda clar?

Adeu, Rose. Siguis on siguis, sempre mira darrere teu perquè un dia m'hi trobaràs.

Mi aime a ou.

I així va ser com la Meredith es va esvair en la naturalesa. Va desaparèixer fins i tot a les xarxes socials, va tancar tots els seus comptes.

Tant si ens agrada com si no, la vida ha recuperat els seus drets. Tots hem continuat vivint sense la Meredith. Jo fins i tot m'he deixat enredar per una petita *troupe* per fer actuacions en un petit cafè teatre de París. I sobretot, gràcies als seus contactes, l'Antoine m'ha trobat una feina estable i ara gravo obres de teatre que es difonen en antena. Per a una persona amb feina inestable, això és un regal caigut del cel. Gràcies a això, he pogut trobar una certa estabilitat per a mi i per a la Késia. S'han acabat els desplaçaments, les gires lluny de la meva filla! La menuda ja ha entrat a P3. Ja li han caigut les primeres dents de llet. Li ha quedat un forat al davant molt interessant perquè li ha permès fer venir el Ratolí Pérez! Nosaltres hem col·locat cerimoniosament la dent de llet en una capseta i després l'hem posat sota el coixí. Al matí, s'ha trobat una moneda de dos euros i també un paquet de cromos per al seu àlbum. Els ulls li espurnejaven i aquest moment ha valgut tot l'or del món.

Ens hem hagut d'acostumar a viure sense el Roméo. Després de l'episodi de Londres, i després de la insistència quasi suplicant del professor Boileau, he hagut d'acabar confiant-li el lloro per a un estudi de durada indeterminada. Efectivament, el professor Boileau i el seu equip d'investigadors sembla que el consideren un exemplar únic amb una intel·ligència animal excepcional i n'havien de resoldre el misteri «en nom del progrés i de la ciència». Què podia dir jo davant d'aquesta afirmació? Només podia cedir... Amb tot, quan he vist en quines condicions havien acollit el Roméo ja m'he quedat més tranquil·la, semblava un príncep i rebia totes les atencions. A disposició seva té un espai immens, un oasi de verdor exòtica i la companyia d'uns entranyables congèneres... No l'havia vist mai tan feliç. Aleshores m'he conformat. A més, tenim carta blanca per anar-lo a visitar tan sovint com vulguem.

Pel que fa a l'amor, cansada de tenir cites a través de les pàgines de contacte, he decidit eliminar tots els meus perfils i deixar que vingui el que la vida em vulgui enviar. Per una vegada, confiar. Aquesta recerca incansable de l'amor m'estava obsessionant i abandonar-la m'ha fet molt bé. Haver de trobar la persona idònia era un estrès! I la pressió social, un infern. És la pregunta que tant temen els solters: «Què? Ja has trobat algú?». Com si no trobar l'amor fos un defecte i te n'haguessis d'avergonyir.

La Meredith, des d'on sigui que està, deu haver complert la seva promesa i Cupido ha actuat, perquè l'amor ha acabat sorgint en el moment que menys m'ho esperava.

Ens hem tornat a veure molt sovint amb l'Snack. Sí, el que m'anava tot el dia al darrere. Li havia posat aquest nom perquè el veia com un aperitiu. Només l'havia vist com un follamic per entretenir la gana en períodes de sequera sentimental. Reconec que aquesta manera de fer no em deixa en gaire bon lloc, però així és la vida del solter.

Definitivament, he de deixar d'anomenar-lo així. En realitat, es diu Henock. D'ençà que vam anar a Disneyland que la Késia no para de parlar d'ell. Ha aconseguit que l'adopti, i això, per a una mare, no és poca cosa. Quan vaig tornar a París, el vaig posar a lloc: només serem amics. Ell em va seguir el joc i jo vaig abaixar la guàrdia. No m'adonava que a poc a poc cada vegada anava entrant més a la meva vida. Quan estava trista, ell hi era. Quan estava amoïnada, ja sigui perquè la Késia no es trobava bé o perquè aquella nit la funció no havia estat gaire brillant, ell hi era. Cada vegada que l'he mirat, he pensat: no és tan guapo, no és tan ben cossat ni musculós com m'hauria agradat. Però en Henock té un no sé què: sap donar. I aquesta generositat natural no té res a veure amb la musculatura.

El canvi de xip el vaig notar quan va començar a sortir amb aquella noia, una tal Béatrice. Evidentment, ja no em podia dedicar tant de temps. Ell va agafar més confiança. Es prenia la llibertat de fer-me la guitza. De vegades fins i tot m'engegava a passeig. Va començar a tenir més caràcter.

Vaig assistir a aquesta preocupant transformació i de seguida vaig constatar, no sense una mica de sarcasme, que la manera que jo tenia de veure'l també estava canviant.

Fins que va arribar aquell famós dia de Sant Valentí. Encara recordo el regal que havia comprat per a ella i que va tenir el detall d'ensenyar-me. Un preciós braçalet de boletes de vidre, que jo vaig lloar histriònicament per silenciar la gelosia que em corria per dins.

Al cap d'unes hores, va trucar a la porta de casa meva. És la mania que tenen els meus amics quan tenen una decepció. En Henock estava enfonsat. La noia s'havia espantat. Els seus sentiments no estaven a l'altura dels de la noia. Li feia por que la seva relació fos massa seriosa i s'havia estimat més trencar-la.

Aquella nit vaig consolar en Henock. No vam fer l'amor, només vam jeure l'un arraulit al costat de l'altre i vam parlar en xiuxiuejos per no despertar la Késia. El vaig escoltar una bona estona. Després es va instal·lar el silenci. Però no era buit, sinó ple, ric de sentiments. Ens vam mirar. Molt. I, finalment, ens ho vam dir tot sense dir-nos res. I va ser la màgia d'aquesta connexió el que va decantar la balança. Aquella nit, me'n vaig enamorar.

Per fi va arribar el començament d'una bona època en la meva vida. Les dificultats es van esvair i va arribar l'equilibri. Soc pràcticament feliç del tot, tot i que continuo pensant en la Meredith. I em preocupo per ella. Què se n'ha fet? Està bé? Pot portar a bon terme el seu projecte eixelebrat? Darrere de les seves quimeres, no s'acabarà perdent?

Durant més de dos anys, aquestes preguntes no han deixat de perseguir-me. Fins avui, que hi havia un càsting al districte novè. Caminava amb el pas àgil i de sobte m'he fixat en un cartell. Una mica més i se'm disloca la mandíbula.

Era un cartell de grans dimensions, molt original, enganxat sobre totes les portes del Casino de París, mítica sala d'espectacles.

He tret el mòbil i l'hi he fet una foto. Després, amb les mans trèmules, he escrit un missatge a l'Antoine perquè em truqués així que pogués.

Escena 65

Antoine

Mentre estic en directe fent el programa amb una personalitat important m'arriba el missatge de la Rose. Miro les dues imatges que m'envia i en un primer moment no me n'adono. Són massa petites. Però sembla que sigui un tema urgent. Selecciono la primera i apareix el Casino de París. Què em vol dir la Rose? Que ha aconseguit un bolo al Casino? Si és així, seria una molt bona notícia. Ric i m'afanyo a obrir la segona imatge. És un cartell, però no aconsegueixo veure'l en detall. L'amplio i aquesta vegada el cor em fa un triple salt mortal. El cervell se'm bloqueja quan descodifica la informació.

Ho veig tot borrós. Les lletres del títol de l'espectacle ballen. Deu ser una polca, perquè el cap també em gira com una baldufa.

CUPIDO TÉ LES ALES DE CARTRÓ
Espectacle escrit i interpretat per Meredith Rose

M'he d'asseure. Ha tornat. La Meredith ha tornat. La cançó de Jacques Brel em batega les temples.

Escolta'm, cor, no t'embalis,
fes com si no sabessis

que la Mathilde ha tornat.
Escolta'm, cor, no em repeteixis més
que està més bonica que abans de l'estiu
la Mathilde que ha tornat.
Escolta'm, cor, para de bategar,
recorda que qui t'ha destrossat
és la Mathilde que ha tornat.

L'impacte és tan fort que no aconsegueixo saber què sento. Només sé que en un segon tot torna a ressorgir. El patiment, l'espera interminable, la solitud, la crueltat de l'absència, la tristesa, l'esperança, cada dia més moribunda...

M'agafa un calfred estrany: sento una fredor que em glaça els ossos perquè es desperten aquestes emocions doloroses i al mateix temps una escalfor incontrolable, inoportuna, difusa, a l'interior. La Meredith és viva. Pel que sembla, ha aconseguit arribar fins al final del seu objectiu i triomfar en el món de l'espectacle.

Algú pica al vidre. És el meu presentador de referència. Em pregunta si l'emissió va bé i si m'ha agradat l'entrevista. Merda. No he gestionat res. No he escoltat res. Al cap de dos minuts, la personalitat ve a fer-me una encaixada i em pregunta què m'han semblat les seves respostes. Quin destret! Sort que la meva ajudant deu haver-se ensumat alguna cosa, perquè em ve a rescatar. Capegem el cop amb una bona dosi d'amabilitat i de compliments. Superat.

—Estàs bé, Antoine? —s'interessa ella, visiblement neguitosa perquè em veu estrany.

Intento asserenar-la com puc però només tinc una idea al cap: trucar a la Rose. Busco un lloc tranquil per fer-ho. Està tan histèrica com jo. Em pregunta què penso fer.

—Res.

—Com que res?

—Res… —reitero jo—. Rose, obre els ulls. Fa més de dos anys que se'n va anar! A més… ja he passat pàgina.

—Antoine!

—Què?

—Això l'hi expliques a una altra.

Reconec que té raó. Però em justifico. He patit massa. Me n'alegro per ella si ha trobat l'èxit. Però no la penso veure. La meva porta, per a la Meredith, està tancada i barrada.

—I si intenta posar-se en contacte amb tu?

—…

Què fas quan el dimoni truca a la porta?

Escena 66

Meredith

Fa unes quantes setmanes que vaig tornar a París, però encara no he donat senyals de vida. Espero el moment idoni, que tot estigui a punt. La gran estrena de *Cupido té les ales de cartró* està programada per a d'aquí a tres dies, i estarà en escena una setmana sencera. Tot un rècord per a una sala tan emblemàtica com el Casino de París. L'obra arriba després d'aconseguir grans èxits als Estats Units i al Canadà. Tot va començar a Nova York, on em va acollir la meva tia Lily. Va acceptar ajudar-me i es va avenir a mantenir-ho en secret a la família. Vaig arribar a casa seva molt tocada, jo no sabia si havia fet bé o no marxant de París. Ella em va aportar la confiança que necessitava i la força per arribar fins al final de la meva recerca. He treballat sense descans per perfeccionar el meu espectacle i poder, finalment, presentar-lo als productors. També m'he hagut d'empassar algunes negatives, és clar. I un dia, arriba el miracle. Algú va creure en mi i em va voler donar una oportunitat. Un veritable cop de coratge humà. Tenim en comú aquest gust de fer brillar els ulls de la gent i de fer-los riure a través de bonics espectacles populars. Aquest meravellós cop de sort ha transformat la meva vida. Al cap dels mesos, soc una altra. El període de crisàlide s'ha acabat. L'èxit et canvia la pell i s'emporta la rugositat i la incomoditat del dubte artístic. El reconeixement fa miracles en l'autoestima.

I ara soc aquí, renovada, amb un espectacle que arriba rodat, disposada a conquerir França. L'última etapa del meu viatge. Aquests últims mesos els he aprofitat a fons per continuar aclarint què espero de la vida..., i de l'amor en particular. Ara ja sé que és ell, l'Antoine, i que estic preparada. Perquè un home que és el teu millor amic, amb qui comparteixes passions, pensaments, penes i alegries, que a més desitges amb totes les ganes, no és aquesta l'encarnació del gran amor?

Hauria d'estar contenta de ser tan a prop del meu objectiu final. Però, en realitat, tremolo de por. He fet l'absurda aposta de marxar sense donar notícies meves. Ho haurà entès, ell, que senzillament ho he fet per no ser un obstacle i que ell pugui avançar, viure? Que no m'he sentit en el dret de demanar-li que m'esperés per un temps indeterminat? He corregut el gran risc de perdre el meu gran amor. Ara soc conscient que ha arribat l'hora de la veritat... I serà el que hagi de ser, em dic jo amb fatalisme.

Li he preparat una targeta d'invitació per a l'estrena de *Cupido*.

> Antoine,
>
> Sembla que hagi passat tant de temps... Però en canvi tinc la il·lusió de creure que Cupido no s'ha oblidat de nosaltres. Que sempre ha estat pendent de la nostra relació, malgrat el parèntesi massa llarg. No he deixat de pensar en tu ni un moment. Si tu creus que el nostre Cupido pot tornar a bategar les ales, encara que siguin de cartró, sisplau, vine a l'estrena!
>
> MEREDITH

He anat jo mateixa a deixar el sobre a la bústia de casa seva. En el moment que l'he ficat per l'escletxa, he enviat una pregària a l'Univers. És ben ximple aquesta idea de jugar-se la vida en un tros de cartró!

Ha arribat la vigília de l'estrena i amb ella el reguitzell de molèsties que pateix l'artista hipocondríaca. El mal de coll és la ranera de l'agonia; el nus a l'estómac, una úlcera imaginària; les lleus tremolors de les mans, un Parkinson precoç.

Mentre em preparo en el sumptuós camerino, piquen a la porta. El meu representant ve amb algú. El cor se m'atura. És la Rose! De seguida ens abracem. Ploro. Tant me fa el maquillatge, ja el repetirem. Totes dues parlem alhora.

—Has vingut!

—Què et pensaves? Que m'ho perdria? Això mai, guapa.

—No saps com t'he trobat a faltar!

—Doncs jo gens ni mica!

M'allunyo per mirar-la directament als ulls. Darrere d'aquesta mirada d'ulls negres, hi veig una espurna d'ironia.

—Has deixat passar molt temps! Gairebé ja havia decidit oblidar-te.

—*Bitch!*

—I tu, què?!

El seu somriure em tranquil·litza, l'amistat encara hi és.

Ens discutim febrilment una estona fins que m'atreveixo a fer-li la pregunta.

—I l'Antoine? Creus que vindrà?

—No ho sé... No m'ha volgut dir res...

—Rose, sisplau, digue'm la veritat.

—No ho sé. Però de debò que m'agradaria que vingués per tu.

La Rose em deixa que em prepari i em desitja molta sort. Quan se n'ha anat, he notat que em tornava a aclaparar l'angoixa. Queda poc per al gran moment. Entre bambolines, trec el nas i miro les quatre fileres de la sala reservades als convidats privilegiats i a les famílies.

Veig la Rose. I unes cadires més enllà, el meu pare i la meva mare. Que hagin vingut fins aquí semblaria ben normal per a qualsevol altre. Però, per a mi, aquesta nit significa molt. Emocionada més del que m'agradaria reconèixer, assaboreixo l'abast simbòlic d'aquest gest. Amb els ulls acabo de pentinar la zona de butaques reservades i he d'empassar-me la decepció: de moment, ni rastre de l'Antoine...

Noto una mà càlida a l'espatlla. És la regidora, la Fanny. Em parla amablement mentre comprova si tinc ben posat el micro.

—Tot en ordre, Meredith? Estàs a punt? T'he deixat una ampolleta d'aigua al peu del tamboret de l'escenari, com sempre.

Li dono les gràcies i ella s'allunya amb una picada d'ullet.

Cinc, quatre, tres, dos, un... Em toca a mi.

Entro en escena, tentinejant. Per sort, els aplaudiments m'ajuden a enlairar el vol. El pànic escènic es traslllada en energia, una energia increïble per donar més plaer a la gent i per fer-los riure. Estic electritzada.

Al cap d'una hora i mitja, cau el teló i m'emporto aquesta alegria, aquest moment de comunió. M'agrada aquesta expressió perquè avui hem participat tots d'una alegria comuna, d'un petit moment de plaer i de satisfacció compartits. Aquesta nit, les cares de felicitat del públic m'han regalat aquest tresor.

Però quan torno al meu camerino, se'm torna a fer un nus a l'estómac i això no té res a veure amb el pànic escènic de l'artista.

I si ha vingut? Em canvio i em desmaquillo ràpidament. A més, sé que la gent m'espera. El meu representant ha fet bé les coses i en un reservat del teatre ha preparat un còctel per als més pròxims i per a alguns espectadors privilegiats. Quan hi arribo, rebo un bany d'elogis, de felicitacions i de compliments de tota mena.

Però és l'emoció silenciosa en els ulls brillants d'orgull dels meus pares el que em commou més. M'abracen i aquesta abraçada de cop i volta esdevé un bàlsam meravellós per a la meva vella ferida d'amor propi i la meva necessitat sorda de reconeixement. Durant aquest temps meu d'exili, només a ells els he anat enviant notícies meves perquè no patissin, i crec que la valentia i la determinació que he demostrat per aconseguir el meu projecte artístic ha acabat aconseguint el seu respecte. Hem superat una etapa i he notat que tant ells com jo tenim ganes de començar a teixir un vincle. Trobar un lloc càlid dins del cor dels teus pares, això arregla moltes coses... Passo, en acabat, d'un grupet a l'altre per saludar la gent, que em volen acaparar amablement, i xerrem entusiasmats sobre l'espectacle. Esbosso un gran somriure i el deixo fix a la cara, i intento desesperadament sentir l'alegria que m'hauria d'envair amb un èxit com aquest. Però, en canvi, no la sento. Perquè ell no hi és.

La Rose m'observa, a ella no la puc enganyar. Amb una sola mirada pot escanejar els meus estats d'ànim i sap de seguida el que necessito: tocar el dos d'aquí. Busca les excuses necessàries i se m'emporta perquè puguem escapar, i per fi ja estem soles, de bracet, pels carrers de París. Anem a fer una copa, en un ambient agredolç. La felicitat de tornar-la a trobar no aconsegueix fer-me oblidar del tot l'absència de l'Antoine. Quan se'n va, es gira i em fa una mirada de tristesa i tinc la impressió que sap alguna cosa i no me la vol dir. Que li ha parlat de mi, l'Antoine? Ens fem la promesa de veure'ns aviat. Torno a casa amb el cor trinxat.

L'endemà, deixo una nova targeta d'invitació a la bústia de l'Antoine. El vespre pujo a l'escenari i m'hi deixo la pell, ho dono tot, per al públic, secretament i doblement per a ell. Però, a la sortida, no m'espera ningú.

I un dia rere l'altre, la història es repeteix.

Res. L'Antoine no apareix.

Avui ja és l'última representació. Només em queda una darrera temptativa. Aleshores m'adono que una nota no ha estat suficient. Hauré d'anar més lluny. Reflexiono i penso aleshores en jugar la meva última carta. Un cop a casa, m'enfilo a una escala de mà per agafar una capsa que tinc entaforada al capdamunt d'una prestatgeria. De seguida hi trobo el que buscava. Ho embolico amb una delicadesa infinita i vaig a deixar-ho, en persona, a la bústia de l'Antoine. Instintivament, abans de ficar-ho per l'escletxa, li faig un petó que hi deixa una petita marca de pintallavis.

Escena 67

Antoine

Tinc desplegades davant meu les sis invitacions de la Meredith. Formen un estrany joc de cartes. Aquesta baralla em portarà sort?, m'hauria pogut preguntar jo.

En un altre moment hauria dit que sí sense dubtar-ho. Amb el cor encongit, em fixo en la lletra fina i la tinta negra, la bonica grafia lligada i alegre que caracteritza la personalitat de la Meredith. Me la imagino amb el posat greu escrivint aquestes paraules. Llegeixo l'esperança entre línies. I en el meu cas ja fa temps que l'esperança va morir.

Hi ha moments que li tinc rancor. Per què ha vingut a torturar-me més? Que no m'ha fet prou mal? Es pensa que li perdonaré tot i que em tindrà al primer espetec de dits, només perquè, per fi, ha decidit reaparèixer? La Meredith sempre ha tingut un punt de bogeria, però ara ja no es tracta d'un puntet, sinó d'una rastellera de puntets.

Endut per la ràbia, engrapo les cartolines i les estripo. Llenço a l'aire els petits bocins de paper, que cauen com un trist confeti al terra de l'habitació. Noto una ira sorda que se m'enfila per les entranyes, una còlera que em fa venir ganes de clavar un cop de puny. Al final, acaba rebent la cadira, que tombo a terra.

He de sortir. Necessito que em toqui l'aire. A casa m'ofego. Agafo les claus i la cartera i les deso a la butxaca interior de la jaqueta, surto de casa i baixo les escales de quatre en quatre.

Veig la meva bústia i un paquet que sobresurt. Renego del carter que s'entesta a fer entrar a la bústia els paquets que no hi caben. Trec la clau per obrir la bústia i alliberar el paquet.

Quan llegeixo el meu nom al sobre, les mans se'm paralitzen. Reconec l'escriptura de la Meredith. Ara què m'ha enviat? El cap està rabiós, però el cor està tocat. Lentament, molt lentament, faig mitja volta i decideixo tornar a casa. Pujo les escales sense aixecar la vista del paquet. L'estrenyo entre els dits. Quan ja torno a ser a casa, sec a la taula i acaricio la zona del sobre on la Meredith ha deixat un petó.

I aleshores l'obro.

Escena 68

Meredith

És la gran nit, és l'última. Per ser honestos, no sé com he sobreviscut a aquest dia, devia viure en un univers paral·lel. Dec haver dormit menys de quatre hores perquè he passat la nit del lloro. El cap m'ha fet una mala jugada i no podia deixar de pensar. Li he demanat inútilment que deixés de pensar en l'Antoine. Primer he estat suau, després cada vegada més dura, però no ha servit de res. L'Antoine s'ha incrustat en cada racó de la meva nit. El meu cap, o hauria de dir el meu cap traïdor, s'ha divertit fent-me reviure la pel·lícula dels nostres moments més màgics. Incapaç d'aclucar l'ull, lligada per les ganes irrefrenables de la seva presència, he vist desfilar les seqüències dels nostres moments més feliços, en una qualitat cinematogràfica desconcertant de detalls. Això no s'ha arreglat al llarg de la nit. La pel·lícula ha anat derivant lentament cap a un gènere reservat al públic adult. He somiat en la seva boca, el tors, les seves mans a la meva pell... Un suplici.

«Antoine, què m'has fet?»

Cupido deu riure molt des del cel. Per recuperar el rostre humà, m'he aplicat una màscara feta de llavors de kiwi. Després d'haver tingut la impressió d'haver passat un dia a la quarta dimensió, assemblar-me a un homenet verd no em semblava gaire més incongruent.

He intentat menjar alguna cosa abans d'anar al teatre, però l'estómac també ha decidit rebel·lar-se. Amb prou feines m'he empassat una mica de formatge blanc amb confitura de maduixes per no anar-me'n en dejú. Només faltaria que perdés el món de vista en públic! M'entaforo uns quants paquets de compota bevible a la bossa; és el recurs de «menjar que baixa ràpid» per als dies de nervis. Aguantaré.

Amb el cap als núvols, m'acabo de preparar per anar al teatre i constato que el temps corre i que he de sortir de casa. El meu agent em truca aleshores per comprovar com van els nervis. Li parlo amb l'altaveu del mòbil activat per tenir les mans lliures, em poso la jaqueta, tanco la porta i em dirigeixo cap al metro. Al cap de cent metres, m'adono de l'impensable: m'he deixat la bossa a casa! No, impossible... Feta un feix de nervis, desfaig el camí. L'única esperança: la clau d'emergència del porter. Són les cinc de la tarda. Arribo davant de la seva garita. Les planxes de fusta que tapen el vidre anuncien que encara està tancat. El porter no tornarà fins a dos quarts de sis. No em queda més opció que fer mitja hora d'estona mentre no arriba.

Hauria pogut seure a l'escala, però hauria acabat trastocant-me. Surto a caminar pel carrer. Ensopego amb una noia que fuma i per un moment em moro de ganes de demanar-li una cigarreta. L'estrès és l'excusa perfecta. Fa més de dos anys que vaig aconseguir deixar de fumar. Al final l'estrès guanya i en pidolo un amb mil excuses i perdons. Ho sento, sí... Tampoc no tinc foc. Només hi puc aportar la boca per fumar. Treu l'encenedor i m'ajuda a encendre'l. Jo m'hi abraono com si la cigarreta m'hagués de donar oxigen. En realitat, m'ofego.

Els meus pulmons n'havien oblidat l'efecte. Continuo caminant o fumant, esperant que cada pipada m'ajudi a calmar els nervis. Una cigarreta aviat passa. Em deixa amb ganes de fumar més i també amb el clàssic gust agre i fastigós a la boca. Només puc esperar pacientment, assedegada i amb un cendrer a la gola.

Per fi arriba el porter. És bona gent, l'Abdellah, sempre disposat a ajudar. Es fa un tip de riure quan li explico la meva petita aventura i jo li segueixo la corda per quedar bé. Agafo les claus d'emergència amb l'habilitat d'un llangardaix i corro a recuperar la bossa a casa. Per fi.

Arribo al teatre en tromba. El meu agent m'acull afectuosament i de seguida s'adona del meu estat nerviós. Em comença a conèixer.

—Necessites alguna cosa que et revifi! Estàs blanca com la llet.

Després em mira amb una cara estranya, abans d'intentar dissimular un somriure hilarant.

—Meredith, crec que t'hauries de mirar en un mirall.

I ara què passa? Em miro al mirall del camerino i soc jo qui ric. Tenia el cap a can Pistraus quan m'estava preparant i no me n'he adonat que m'he posat dos parells d'arracades diferents, i no gens discretes: un gran penjoll vermell i daurat, pura quincalla, a l'orella esquerra, i un altre en forma de flor d'or blanc i or groc, a la dreta.

—Que original! —exclama el meu agent fent-ne befa.

Faig cara de circumstàncies però no deixo de fer un somriure. El sentit del sarcasme encara el conservo. El meu representant m'adverteix que ha vingut la televisió i que gravarà l'espectacle.

—I m'ho dius ara?! —crido.

Tinc els nervis que treuen fum. Intento tornar a ficar-me en la pell de la senyoreta Juju. Qui ho sap? Potser ella aconseguirà superar el repte.

Sí, ella ha sabut passar de la càmera i s'ha entregat en cos i ànima a l'espectacle. Al final, el públic, boig d'alegria, l'aclama dempeus. La pressió es relaxa de cop i deixa lloc a una immensa felicitat. Estic a punt de plorar.

—París, t'estimo!

M'acomiado al micro i desaparec entre bambolines. Ja està. S'ha acabat. Però sé que encara em falta el més dur. Ha arribat l'hora de la veritat?

Em canvio, em desmaquillo, el cor em va a cent. Em dirigeixo a la zona VIP. El meu agent ha convocat alguns espectadors privilegiats, amics, periodistes també. Tinc un somriure per a tothom, els segueixo la corda com s'ha de fer, tot i que em sento una mica absent. El meu representant em diu que només ens quedarem cinc minuts. Ha reservat una taula en un lloc molt bonic, per celebrar com cal l'última funció amb tot l'equip. Excusa la meva presència davant dels altres —m'esperen a una altra banda— i em porta al passadís VIP que condueix a la sortida. Un periodista em segueix per la vorera, amb un pal de selfie a la mà per fer-me una última entrevista.

Intento fer bona cara, però desvio la mirada a banda i banda buscant-hi la presència tan desitjada. Aleshores m'adono, en una fracció de segon, que abandonem el teatre per la sortida d'emergència. I si resulta que m'espera davant de la sortida principal? No el veuré. El cor em batega a tota velocitat. El meu agent em convida amb un gest de cap a respondre-li una pregunta. Un cotxe s'atura davant nostre.

M'obren la porta. Ja hi tinc un peu a dins, però m'aturo.

—Esperi!

Em mira sense entendre què passa.

—Què tens, Meredith?

—Et fa res esperar-me un moment? Em sembla que m'he deixat una cosa... Ara vinc, d'acord?

Salto del cotxe com una esperitada. Evidentment, la sortida d'emergència està bloquejada des de l'exterior. Corro per fer el tomb. Amb les presses, ensopego i em torço el turmell. Noto una fiblada de dolor agut, però tant és, necessito saber-ho. Continuo corrent costi el que costi. Quan arribo davant del teatre estic totalment sense alè.

Hi ha tot de persones parlant a la vorera. Algunes fumen, d'altres riuen. Un ambient distès i alegre després de l'espectacle. Vaig fins a un grupet per veure'l de més a prop. No. No hi ha cap cara coneguda. Respiro amb dificultat, vaig coixa i, per si no fos prou, començo a plorar. Massa, és massa. Surten totes les emocions del dia i m'enfonsen. S'ha acabat. He perdut la partida. He engegat a rodar la meva vida...

Em sacsejo tota jo pels sanglots. Els espectadors que xerraven al carrer em miren amb llàstima i un d'ells ve fins a mi.

—Estic bé, estic bé... —menteixo per desprendre'm d'ell.

L'allunyo amb la mà i li dedico un somriure fals perquè em deixi en pau. Ara mateix només vull que em deixin en pau. Estirar-me i caure en un son profund, molt profund... Sí, el que vull ara és això: enfonsar-me en la nit...

Absorta en pensaments foscos, alço la vista en direcció a la vorera del davant. Imatge fixa. M'he quedat paralitzada. Crec que el cap m'ha jugat una mala passada. M'he de fer una pessigada. Diuen que els xocs emocionals són capaços de provocar visions molt poderoses. És real el que he vist? No ho crec. Ho és o no ho és? Millor que m'hi acosti i ho comprovi.

Creuo el carrer sense treure-li els ulls de sobre. A mesura que avanço, els dubtes s'esvaeixen. És real. És allà. Una mica allunyat. En la penombra d'una cantonada. Els seus ulls no es desenganxen dels meus. Té a les mans el quadern que li he enviat. És el diari de bord que he portat al damunt tot aquest temps que hem estat separats. Cada dia he omplert les pàgines de tinta per escriure-li una carta, parlar-li de l'amor que sento per ell, explicar-li tot de la meva vida durant aquest dolorós parèntesi, des dels detalls més insignificants fins als fets més remarcables. Sí, cada dia, he fet com si fos allà, al meu costat. No ha deixat mai de ser-hi. Tot això que he iniciat, aquesta gira de l'amor insensata, aquesta llarga recerca del Jo per trobar-me i esdevenir algú, ho he fet per ell, per amor.

Els genolls em tremolen. M'hi acosto lentament, sense treure-li els ulls del damunt. Té la mirada tan desconcertada com la meva. Per fi soc a la seva altura. Ell m'abraça. Ens estrenyem ben fort. Quan aixeco el cap i el miro, m'acaricia dolçament els cabells i em mira amb una tendresa infinita.

—Quin dia més llarg, oi?

—Sí —murmuro—, un dia molt llarg.

Un dia de dos anys, quatre mesos i sis dies.

Organitzador d'Amor

Instruccions d'ús

Estimats lectors,

Us proposo reviure l'experiència de la Meredith i crear el vostre propi **Organitzador d'Amor**! És un quadern d'organització amb cinc pestanyes que us permetran definir metòdicament la vostra «**estimabilitat**», la paraula que he encunyat jo mateixa per parlar de l'habilitat o la **capacitat d'estimar** de cadascú. Perquè sí, perquè la podem millorar per viure l'amor amb majúscules i donar-li totes les oportunitats perquè us aporti la felicitat i la realització a què teniu tot el dret d'aspirar.

Ara bé, per poder realment «trobar la persona», tant en el sentit propi com en el literal, cal primer trobar-se un mateix. Conèixer-se, estimar-se més, estar en pau amb un mateix i amb el passat. Aquesta exploració, la gestionareu a la **Pestanya 1: «Entre jo i jo»**.

Un cop us hagueu endinsat en «l'interior d'un mateix», us interessareu per la segona gran faceta de l'estimabilitat: la relació amb l'altre. Serà la **Pestanya 2: «Entre jo i l'altre»**. No s'arriba a un amor feliç si abans no ens hem preguntat realment què és l'alteritat. Saber veure i acceptar les diferències de personalitat, de necessitats, de maneres de funcionar. Tenir interès en la manera de comunicar, de fer arribar els missatges prou bé perquè ens escoltin. Gestionar les tensions i les crisis. Tot això és el que permet establir un vincle autèntic i durador.

El tercer gran eix de la vostra reflexió es farà a la **Pestanya 3: «Entre jo i el món»**. És difícil ser feliç amb la parella si encara no has trobat el teu lloc o no has trobat la manera de sentir-te realitzat. En altres paraules, la teva missió en la vida. Sense perdre de vista que la noció d'èxit és completament relativa i no té res a veure amb un nivell de riqueses acumulades o amb un estatus social. Es tracta de «ser on s'ha de ser», ser al lloc on totes les qualitats i els talents personals es podran desenvolupar millor, trobar l'activitat i l'entorn que sabran posar-vos en valor i us permetran donar al món el millor de vosaltres mateixos.

Per tant, les tres primeres pestanyes del vostre Organitzador d'Amor estan relacionades amb la vostra fase d'exploració. Les pestanyes 4 i 5 estan relacionades amb la fase d'aplicació.

La pestanya 4: «Les meves preses de decisió»

La pestanya 5: «Els meus resultats i celebracions»

En aquestes dues pestanyes entrem a la part «activa» del vostre camí. És essencial, per tant, fer llistes d'objectius assolibles. I cada etapa aconseguida, cada resultat obtingut, no us oblideu d'anotar-lo. Gràcies a aquests èxits aconseguits, trobareu la força i l'energia per avançar en aquest recorregut de transformació.

Feu que el vostre Organitzador d'Amor es converteixi per a vosaltres en un «punt d'ancoratge» sòlid. És a dir, un objecte que materialitzi les ganes, la determinació, la vostra decisió ferma de viure un lligam d'amor bonic i autèntic. El vincle d'amor capaç de canviar les ales de cartró de Cupido per unes ales d'or.

Que tingueu un bon viatge i que la felicitat us acompanyi.

Sempre vostra,

Organitzador d'Amor
a la pràctica

Comprar
un quadern
d'organització
mida A5 i dividir-lo
en cinc pestanyes.

Pestanya 1
«Entre jo i jo»

La capacitat de ser feliç

S'ha d'entrenar! Recordeu les paraules de l'àvia Didine: «Som feliços en la mesura que ho desitgem». La felicitat també és qüestió de voluntat. Esteu disposats a fer l'esforç de ser feliços?

LLISTA DE TASQUES PENDENTS

- **Entrena't**
  Cada dia, busca com a mínim tres moments de felicitat, gaudeix de l'experiència sent plenament conscient del que et causa plaer i deixa que aquesta sensació t'envaeixi. Allarga'n els efectes ancorant en el cap aquestes experiències positives del moment. Aquestes microaccions repetides dia rere dia aportaran nova elasticitat a la capacitat de ser feliç.
- **Medita sobre la noció de felicitat veritable**
  Escriu en algun racó d'un full aquesta fórmula:

Capacitat de felicitat =
Capacitat de saber aprofitar les coses boniques de l'existència ÷ Capacitat de suportar el risc i les frustracions d'aquesta mateixa existència

L'autoestima

Quantes vegades ens trobem que no som indulgents amb nosaltres mateixos? Que som massa autocrítics? Ens centrem en els defectes i en el que fem malament, i ens oblidem de felicitar-nos per les nostres qualitats i per tot allò que fem bé.
Ara bé, és indispensable estimar-se de veritat per ser capaç d'estimar l'altre.

LLISTA DE TASQUES PENDENTS

✦ **Estima't més**
Tens un deure amb tu mateix. T'has de procurar dolcesa, bondat i tendresa en el dia a dia. Cuida't com cuidaries la nineta dels teus ulls. Amb una bona condició física i psíquica aconseguiràs la felicitat de la teva relació amorosa, que serà harmoniosa, justa i equilibrada.

El semàfor de les necessitats

Has de procurar que el semàfor de les teves necessitats estigui verd: si tens les necessitats satisfetes, tindràs una energia positiva. Entorn, activitats, família i amistats: has d'identificar què t'omple i t'aporta coses bones. Has de prioritzar tenir un bon estat físic i mental. No és egoisme, ben al contrari. Com millor estiguis tu, millor serà tot allò que puguis aportar al món.

LLISTA DE TASQUES PENDENTS

✦ **Escriu la llista de les teves necessitats**
Identificar-les és un pas. Assolir-les és un èxit. Intenta trobar temps per cobrir les teves necessitats.

La fam afectiva

Per aconseguir una autonomia afectiva, va molt bé tenir un petit autocontrol sobre la fam afectiva: arribes fàcilment a alimentar-te del que l'altre t'aporta o tens la impressió de ser com un pou sense fons, de no tenir-ne mai prou? Si aquest és el cas, el fet de tornar un moment als orígens (la infància) pot ajudar a entendre les eventuals disfuncions, si és possible amb l'ajut d'un professional.
Una situació familiar complicada, uns pares massa absents o massa estrictes... Hi ha molts motius que poden desequilibrar les nostres necessitats afectives. Les conseqüències a l'edat adulta és que depenguis de l'altre i el necessitis perdudament, que esperis que t'«alimenti» fins al punt de tenir esperances desproporcionades que poden resultar asfixiants.

LLISTA DE TASQUES PENDENTS

✦ **Fes la llista de les teves «mancances afectives»**
Què creus que et va faltar quan eres jove? Afecte? Atenció? Estima? Confiança? Que et valoressin? Descriu l'impacte que tenen aquestes mancances afectives en la teva vida actual.

✦ **Descriu l'impacte d'aquestes «mancances afectives» en els comportaments que tens en la teva vida actual**
Esperances desmesurades? Ràbia interna? Autodestrucció o automenyspreu? Altres conseqüències?

✦ **Imagina totes les solucions creatives que podrien calmar i omplir aquesta part teva que està necessitada**

El tractat de pau amb un mateix

De vegades nosaltres som el nostre pitjor enemic. Ara ha arribat el moment de ser el teu gran aliat! És un fet que estar en pau amb un mateix obre el cor i fa possible l'harmonia amb l'altre.

LLISTA DE TASQUES PENDENTS

✦ **Escriu el tractat de pau amb tu mateix**
Estimat jo [el teu nom],
Avui, dia [data actual], em comprometo solemnement a:
- Perdonar-me els defectes físics i psicològics que tinc.
- Estimar les escletxes i les fissures del meu passat.
- Acceptar la meva vulnerabilitat i els meus instants de fragilitat.

Em comprometo a respectar els meus compromisos i, així mateix, a respectar-me en totes les circumstàncies, a cuidar-me jo mateixa, a deixar de tenir tendència a autocastigar-me i a buscar sistemàticament el que és més just per a la meva persona.
[Signatura]

✦ **Crea la bandera de la teva llibertat interior**

Dibuixa un rectangle horitzontal. En el primer terç de l'esquerra inventa't un petit personatge de l'estil de l'artista Keith Haring, que serà el teu tòtem i encarnarà el teu «nou jo», un jo en pau amb si mateix. En els altres dos terços, dibuixa-hi tres franges en sentit horitzontal i atribueix a cada franja un color simbòlic que reflecteixi les teves necessitats internes. Consulta un quadre del sentit simbòlic dels colors per inspirar-te.

Exemple:

Una franja blava, si necessites calma i serenor, introspecció.

Una franja groga, si necessites energia, optimisme, prendre el sol, estimulacions creatives...

Una franja negra, si necessites reafirmar les teves ambicions, el poder, l'èxit...

Una franja vermella, si necessites excitació, reptes, audàcia...

El cementiri dels records dolorosos

És un lloc imaginari que has de crear al teu cap per enterrar-hi simbòlicament les ferides del passat. També és un lloc de recolliment personal per sanar aquelles parts d'un mateix que han quedat tocades, i trobar el consol i la bondat que t'han faltat.

LLISTA DE TASQUES PENDENTS

✦ **Visita els records dolorosos**

Perquè no tornin a turmentar-te i irrompin en el teu dia a dia quan els plagui, és millor dedicar-los un temps de tant en tant, per calmar-los.

Aquestes «visites» et permeten oferir un temps personal a la calma, en solitud, com una meditació reparadora.

✦ **Aporta consol**

En aquests «moments d'introspecció» pensa en la persona ferida que havies estat abans i dedica-li una atenció sincera i autèntica. Troba les paraules de consol que t'han faltat i que ajuden a calmar l'ànim.

Les tres falses Gràcies

Segur que coneixes la representació de les tres Gràcies, tres belles dames representades en la història de l'art. Jo m'he imaginat tres «dames» molt menys agraciades que encarnen simbòlicament les pors, les creences limitadores i els complexos: les tres falses Gràcies!

• La senyora Por

Per passar comptes amb la senyora Por, necessitaràs una bona dosi d'amabilitat i indulgència abans de plantar-te davant del mirall i afrontar les teves pors de cara.
Exemples de pors recurrents:
Por de no estar a l'altura, por de decebre, por de fracassar o por de tenir èxit (pressions de l'èxit), por que t'abandonin, por de la solitud, por del compromís...

LLISTA DE TASQUES PENDENTS

✦ **Fes una llista desplegable**
La llista de totes les pors més grans, les que no et permeten avançar.

✦ **Adopta l'estratègia «ni benes als ulls ni cap sota l'ala»**
Mira les pors que tens de cara, apropa-t'hi, exposa-t'hi lentament. Pren consciència de les barreres que tu et poses sense prejudicis. Accepta't plenament amb les teves fragilitats i la teva vulnerabilitat. Bona notícia: no estàs sol(a) a l'univers, perquè absolutament tothom té una llista de pors. El que passa és que simplement és diferent de la teva.

✦ **Avança pas a pas**
Fixa't objectius assolibles per poder, de mica en mica, ampliar la teva zona de confort i guanyar terreny sobre les teves pors. No esperis a deixar de tenir por per avançar, perquè la por hi serà sempre al llarg del teu procés de transformació. Recorda que en realitat és molt més fàcil afrontar les pors personals que viure amb la por de tenir por.

• **La senyora Creença**

La senyora Creença és la que et grava les idees preconcebudes al cervell. Són les «males pel·lícules» que reforcen convenciments equivocats: per exemple, que no et mereixes que algú t'estimi de debò, que ningú no t'acceptarà amb els teus defectes ocults, que no tens prou físic ni prou talent, que amb tu és impossible que la felicitat duri...

LLISTA DE TASQUES PENDENTS

✦ **Envia a pastar fang les idees limitadores**

Engega-li una coça a la senyora Creença i substitueix els discursos interiors negatius per pensaments positius que et revaloritzin. Focalitza el pensament en tot allò en què tens facilitat i en els èxits que aconsegueixes, visualitza aquestes coses bones tantes vegades com puguis i felicita-te'n.

• **La senyora Complexos**

La senyora Complexos té una lupa que ho magnifica tot. Per culpa seva tens tendència a donar massa importància als teus defectes, físics o intel·lectuals. Ara bé, el que per a tu compta desmesuradament, per als altres no té tanta importància; entre altres coses perquè ells mateixos estan tan focalitzats en els seus propis complexos, que prou feina tenen per estar pendents dels dels altres.

LLISTA DE TASQUES PENDENTS

✦ **Crea un *zoom* que destaqui els teus encants**

Amplia amb el *zoom* els èxits i els trets més amables de la teva personalitat! Descriu el que més t'agradi de tu i posa-ho en pràctica per destacar aquelles parts teves que més t'agraden.

✦ **Prohibeix-te l'autocompassió**

Si ens dediquem a fer de Calimero, el pollet negre amb una closca d'ou al cap, personatge històric dels dibuixos animats que té tendència al victimisme, no aconseguirem fer realitat els nostres projectes. És una actitud degradant i improductiva que t'impedeix obtenir els teus objectius. Serà molt més satisfactori si et reafirmes i assumeixes la responsabilitat del propi benestar i de la felicitat.

El «home sweet home» *interior*

LLISTA DE TASQUES PENDENTS

✦ **Crea un «*home sweet home*» interior**
Dins teu hi ha un refugi interior i ets tu qui l'ha d'acomodar. Per moltes turbulències que arribin del món exterior, pots crear un espai interior on et puguis refugiar i trobar la pau i la serenor.
Per arribar a aquest lloc sempre pots trobar el camí per mitjà de la meditació: tanca els ulls, concentra't en la respiració (inspiració pel nas / llarga expiració molt suau per la boca), així alentiràs els batecs del cor i et tornaràs a connectar amb tu mateix(a). Tot seguit, visualitza el teu refugi de pau interior com una casa fantàstica o un lloc entranyable que et faci sentir bé. Afegeix elements visuals, sonors, olfactius a la teva visualització. Dia rere dia, condiciona aquest lloc per poder-hi tornar fàcilment quan en tinguis necessitat.

L'àlbum dels èxits

I si comences a fer una col·lecció d'imatges d'un nou gènere: el de les teves petites victòries i el dels grans èxits? Així reforçaràs dia rere dia la confiança en tu mateix(a).

LLISTA DE TASQUES PENDENTS

✦ **Petits reptes – grans efectes**
Posa't tantes vegades com puguis petits reptes que hagis de superar. Anota els reptes assolits al teu **Àlbum dels Èxits**. Mira-te'l sovint, perquè els èxits s'ancorin a tu i transformin positivament la imatge que tens de tu mateix(a).

Pestanya 2
«Entre jo i l'altre»

El doble jo

L'altre és l'altre. En tota relació amorosa, la clau és comprendre bé l'alteritat. Perquè cadascú té un tipus de personalitat molt específica, amb una manera de funcionar, de percebre i de comunicar-se que li és pròpia. Les discussions i els problemes de parella venen sovint d'aquestes diferències. Entendre l'altre amb les seves diferències i necessitats específiques ajuda molt a millorar la relació.

LLISTA DE TASQUES PENDENTS

- **Dibuixa un perfil de personalitat!**
  Sabries dibuixar amb precisió el perfil de la teva personalitat? I el de l'altre? Amb eines com Process Com o MBTI (Myers Briggs Type Indicator), tens la possibilitat de conèixer-te millor i també de determinar amb més precisió la personalitat de la teva parella. És una eina molt valuosa per acceptar les diferències —en l'àmbit de la reacció, la percepció i el funcionament—, però també les necessitats i les palanques de motivació específiques. Process Com permet, igualment, conèixer i anticipar les reaccions en situació d'estrès per millorar les tensions i les crisis relacionals.

- **Parla en el canal apropiat**
  La manera com diem les coses compta tant com el que es diu. Perquè t'escoltin i els teus missatges arribin a la gent, has d'adoptar la forma (entonació de la veu) i la formulació (paraules triades) adequades. Ara bé, cada tipus de personalitat té un canal de comunicació preferit. Què funciona millor? Ser clar, directe i concís? O bé animat i

apassionat? Crispat o, ben al contrari, tranquil i contingut sense expressar-se efusivament?
Una eina com Process Com et guiarà en l'art de crear relacions harmonioses.

El sedàs emocional

Tots carreguem una motxilla diària de maldecaps i neguits. En una parella, cal trobar la frontera justa entre «compartir» els estats d'ànim i «contagiar-los» a l'altre. D'aquí neix el concepte de «sedàs emocional».

LLISTA DE TASQUES PENDENTS

- **Busca un espai de descompressió**
  Un lloc a l'exterior on puguis parlar, una activitat física per descarregar les emocions quan el got estigui massa ple, per no intoxicar la relació inútilment.
- **Compartir no vol dir desfogar-se**
  Poder confiar i parlar amb la parella és clau. Però en la mesura justa. Intenta detectar el moment en què comences a utilitzar l'altre com un abocador emocional i corres el risc de contaminar-lo, i no és ni la seva funció ni la seva feina fer-se'n càrrec (per a això ja hi ha uns professionals que se n'ocupen).
- **Sigues proactiu(va)**
  Malgrat les dificultats, cal demostrar una actitud oberta i positiva davant de les propostes de solucions que sorgeixen. La parella agrairà enormement la teva determinació a no quedar-te tancat(da) en els problemes i en les ganes que les coses funcionin millor.

L'amor independent

El Sant Grial de la relació és trobar el camí de l'autonomia afectiva. En el regne del Gran Amor, les paraules «posseir» i «pertànyer» estan prohibides. L'altre no s'ha de considerar mai com una propietat, de la mateixa manera que no és al teu costat per satisfer les teves mancances. Altrament, es corre el perill de generar fortes pressions en l'altre i una mena de relació que no funciona. Convertir l'altre en responsable de la pròpia felicitat és un mal negoci! És una càrrega massa feixuga. Per portar a bon terme el teu recorregut d'autonomia individual, consulta tots els punts de la pestanya 1.

LLISTA DE TASQUES PENDENTS

- **Estima a la distància adequada**
  Avalua quina autonomia tens en relació amb la teva parella. Fes una llista de tot el que fas de manera independent i identifica les coses que sabries fer sense l'altre.
- **Comença a entrenar l'amor independent**
  Fixa't petits objectius per seguir el teu camí d'autonomia. Sent l'orgull d'agafar tu les regnes de la teva vida, amb una autonomia plena.
- **Deixa respirar**
  Deixa a la parella prou espai de llibertat, de temps personal, posant en pràctica la confiança en l'altre.

La bretxa de les necessitats

Una bretxa és un fossat. En una parella, unes necessitats massa diferents caven aquest fossat. Només si s'accepta que no cal fer-ho tot junts ni es pretén coincidir ni assemblar-se en tot, es pot evitar aquesta bretxa.

LLISTA DE TASQUES PENDENTS

✦ **Compara les necessitats de l'un i de l'altre**
Dibuixa una taula amb dues columnes. A la dreta, fes la llista de les coses que t'omplen i alimenten la relació (activitats, petits plaers, punts d'interès), que et donen energia positiva i t'aporten alegria. A la dreta, fes una llista semblant però amb les necessitats de la parella.
Fixa't en els punts en comú: on coincideixen les vostres necessitats? On deixen de coincidir?
Parleu d'aquestes diferències i busqueu el compromís per veure com cadascú pot satisfer les seves necessitats específiques pel seu compte.

✦ **Practica l'*Open Mind***
Tingues una ment oberta, acollidora, no jutgis. Ningú no està obligat a ser igual en tot per estimar-se. Ben al contrari. Aquestes diferències aporten riquesa a la parella i la complementen. Renuncia a voler «convertir» l'altre tant sí com no als teus gustos i les teves preferències.

El verí de les expectatives

De la mateixa manera que tendim a no assumir la responsabilitat de satisfer les pròpies necessitats, tenim tendència a esperar que l'altre les satisfaci en el nostre lloc. Cosa que sovint no pot fer, lògicament, perquè no és aquesta la seva funció.
Aquesta actitud d'esperar que l'altre satisfaci les teves expectatives només condueix a la frustració i a l'acumulació de retrets cap a la parella, a qui fas responsable de no saber «satisfer» les necessitats personals.

LLISTA DE TASQUES PENDENTS

✦ **Desembolica la troca entre expectatives legítimes i expectatives abusives**
Escriu-les sobre paper perquè quedin clares.

✦ **Comunica't de manera intel·ligent**
Deixa a un costat la metralleta dels retrets. Pel que fa a les expectatives legítimes, fes demandes que afectin directament el conjunt de la parella, explicant clarament què seria bo per a tots dos (faràs un favor a l'altre si li estalvies que faci d'endeví). Exemple: «M'agradaria que passéssim plegats un moment del cap de setmana tots dos sols sense nens. I si anem a sopar dissabte a la nit?» (legítim, precís, positiu). «No fas mai res per fer-me contenta!» (negatiu, poc clar, improductiu).

La tensió del desig

El desig és com una corda: massa relaxada quan la deixadesa se n'apodera, massa tensa quan no s'estima des d'una «distància adequada» (dependència afectiva, amor obsessiu, amargor, frustració...). Per començar, per obtenir una bona tensió del desig heu de ser dos per aguantar la corda, i que els dos membres de la parella generin la tensió justa per crear un equilibri harmoniós. Si un estira massa, l'altre es relaxa. Si un no estira prou, l'altre pateix o s'avorreix.

LLISTA DE TASQUES PENDENTS

✦ **Fes balanç**
Comença avaluant sobre una escala de l'1 al 10 fins a quin punt la parella et considera desitjable. Anota tot seguit els motius que et facin pensar per què el desig ha pogut baixar entre vosaltres.

✦ **Recrea el desig**
Recupera tot l'atractiu dels teus encants cultivant una part de misteri, una certa inaccessibilitat, un jardí secret. Amb el teu posat, fes sentir subtilment a l'altre que no t'ha aconseguit del tot.
Llueix. Cuida't i agafa les regnes de la teva realització personal amb plena autonomia.
Cultiva passions paral·leles per descentralitzar-te d'un únic «objecte de desig» —l'home o la dona dels teus pensaments— i no projectis totes les teves esperances en una única i mateixa persona.

Escoltar de debò

És el millor regal que li pots fer a la teva parella. N'hi ha pocs que escoltin realment l'altre, que li dediquin una atenció i una qualitat de presència totals.

LLISTA DE TASQUES PENDENTS

✦ **Entrena't en la presència plena**
Escoltar l'altre sense interrompre'l. Sense donar de seguida el teu punt de vista o els teus consells intempestius. Ser empàtic amb les seves emocions i els seus sentiments. Dedicar-li una atenció especial i exclusiva perquè se senti escoltat!

Els moments suspesos en el temps

Perquè la flama continuï viva no és tan important la quantitat de temps que passis amb la parella, sinó la qualitat d'aquests moments.

LLISTA DE TASQUES PENDENTS

✦ **Identifica els teus possibles «moments flotants»**
Fes la llista dels moments compartits amb la parella, quan us heu sentit que el temps s'aturava i us trobàveu en un moment d'eternitat. Parla amb l'altre per mirar de crear un veritable lloc en la teva vida per fomentar aquests «moments inèdits». Fes que siguin possibles.

El Cupido negre

El teu Cupido negre és el verí de la parella, el que en fa perillar l'equilibri i pot acabar arrossegant-la a la ruptura.

Ser gelós, possessiu, menjar-se la closca... Cada Cupido negre amaga, de fet, una part de tu que s'ha sentit ferida, que necessita ser considerada, respectada, consolada.

LLISTA DE TASQUES PENDENTS

- **Descriu els teus Cupidos negres**
  Amb tolerància i ironia, intenta desemmascarar-los. Individualment o en companyia, posa paraules a tot allò que et fa mal.

- **Formula les teves pocions remeieres**
  Expressa el que necessites per guarir aquestes ferides. Parla tant com puguis amb la parella i implica-la en la teva determinació d'allunyar aquest Cupido negre que et fa la guitza. Concediu-vos mútuament atenció positiva, benvolença, i permeteu-vos una afectivitat plena i infal·lible.

El jurament d'Hipòcrita

El jurament de fidelitat és un magnífic vot de bones intencions, però a l'hora de la veritat costa de mantenir; només cal veure les estadístiques. La hipocresia és f er veure que no se sentirà mai atracció, desig i pulsió per una persona externa a la parella. Tothom sap perfectament, amb la distància, que això és una aberració. Qui no necessita que li reafirmin la seva capacitat de seducció?, qui no té necessitat de sentir la frescor de la novetat, de viure noves experiències? A més, precisament allò prohibit és el que ens atrau més i ens empeny a transgredir-ho. Però aquí no es tracta d'obeir aquests impulsos, sinó d'acceptar un mateix que aquesta possibilitat forma part de les regles del joc de l'amor i fins i tot de deixar una porta oberta a parlar-ho amb la parella. Estar oberts a escoltar l'altre, entendre les evolucions del seu desig, parlar de possibles frustracions. La ment oberta i la creativitat poden permetre desemmascarar els paranys del jurament d'Hipòcrita...

LLISTA DE TASQUES PENDENTS

- **Escolta la teva libido!**
  Com es comporta en la parella? Si ha baixat, a què creus que pot estar vinculat aquest descens?

✦ **Ves a la caça del tresor dels teus estímuls erògens**
Creus que has perdut el camí del desig? Només és una impressió! Investiga, obre noves portes, explora altres fonts d'excitació, identifica quins dels teus sentits són els que reaccionen més als estímuls: l'oïda, el tacte, el gust, l'olfacte, la vista?

✦ **Atreveix-te a parlar**
Potser no t'atreveixes a parlar amb la parella dels teus desitjos més profunds per pudor o per por que et jutgi. Ara bé, probablement l'altre pensa com tu i potser també pateix aquesta opacitat eròtica. Crear un espai de diàleg íntim al voltant d'aquestes preguntes, en la confiança i l'obertura, pot aportar un gran descans i la possibilitat de recuperar la motivació amorosa. Però creus que amb això n'hi ha prou per superar la temptació de ser infidel a l'altre? El que està clar és que la via de la sinceritat i l'autenticitat mostra més consideració i respecte per la relació que no pas fer veure que no passa res...

L'amor poliestètic

El que sovint crea el patiment en l'amor és el lligam a una única forma d'amor: l'amor enamorat. Ara bé, corre el risc de centrar-se en una única persona, una focalització que pot tenir unes repercussions nefastes (por de perdre l'altre, lligam excessiu, dependència, gelosia, frustracions...).
La idea de l'amor poliestètic proposa explorar i viure l'experiència de l'amor en tota la seva diversitat, és a dir, estimar en el sentit més ampli de la paraula. Estimar la vida, els éssers, la bellesa, el bé, l'amor mateix...

LLISTA DE TASQUES PENDENTS

✦ **Identifica totes les altres fonts d'emocions en la teva vida, a part de l'amor en si**
Les persones? L'art? Les activitats? Les circumstàncies? Què fa que et meravellis davant de les coses? Què alimenta la teva sensibilitat? T'aporta sensacions vibrants?

La balança del sentiment amorós

L'harmonia en la relació es troba en el subtil equilibri entre l'art de donar i l'art de rebre.

LLISTA DE TASQUES PENDENTS

- **Dibuixa al quadern una balança senzilla**
  En la vostra relació, cap a quin costat s'inclina més la balança? Tens la impressió que com més dones més reps?
- **Fes-te preguntes**
  Fins a quin punt estàs en disposició de rebre?
  En quin punt estàs en la disposició de donar?

La joventut de la parella

Qui no té ganes que la seva relació conservi l'alegria i la frescor del principi? Mantenir aquest clima sentimental enlluernador és possible. Només cal posar-hi l'energia necessària. De la mateixa manera que l'aigua fa girar el molí, les teves petites accions alimentaran la teva motivació amorosa i mantindran la flama viva i vigorosa. Com menys la posis en pràctica, menys ganes tindràs de practicar-la. I a la inversa, com més t'hi impliquis, més reforçaràs els sentiments forts. Els teus i els de la teva parella.

LLISTA DE TASQUES PENDENTS

- **Comprova si la poma de l'amor està ben ensucrada**
  Observa si en la teva relació actual hi ha moments de diversió, de distensió, d'espontaneïtat i de creativitat.
- **Deixa anar les regnes de la creativitat amorosa**
  Brainstorming obligatori! Fes una llista sense censures de totes les idees que et vinguin, sigues la força proactiva en la parella, sigues qui gaudeixi més passant a l'acció.

El mirall de les relacions

Cap coneixença no és per atzar. Cada nova persona que coneixes t'entrega, sense ser-ne conscient, un mirall simbòlic que, com si res, fa que et preguntis sobre els teus desitjos, les teves necessitats, les teves mancances. L'altre actua tan aviat com a revelador, tan aviat com un desencadenant que et fa prendre consciència del que passa dins teu. Si hi pares atenció, és clar...

LLISTA DE TASQUES PENDENTS

- **Segueix la invitació del viatge interior**
  Fins a quin punt el que et genera reacció en contacte amb l'altre respon, en part, a les teves mancances, als teus desitjos o a les teves ferides?

El xup-xup dels conflictes

Les coses no dites, les frustracions, les ferides s'acumulen sota una gelatina d'ensopiment matrimonial... Els conflictes fan xup-xup sota una capa de greix relacional nociu. Massa decepcions i renecs acumulats.

La crisi no queda lluny, però es pot evitar si s'accepta canviar alguns hàbits i maneres de ser, com ara cultivar l'art dels acords, prioritzar la flexibilitat, la tolerància i escoltar l'altre; tenir cura de la relació i no «amagar sota l'estora la pols dels retrets».

LLISTA DE TASQUES PENDENTS

- **Buida el pap de tant en tant**
  Expressa amb tacte i dolcesa les petites coses que et molesten, sense esperar a estar al límit. Evita arribar al punt d'esclatar i altres crisis nervioses!
- **Respecta el territori de cadascú**
  Viure plegats en harmonia és ser respectuós amb l'espai íntim de cadascú. La teva parella ha de tenir un racó exclusiu per a ella, per a les seves coses, per recollir-se...

✦ **Discuteix obeint les regles de l'art**

És a dir: sense violència, respectant el temps de paraula de cadascú (per torns), en un nivell d'escolta empàtica sincera, receptiu per estudiar i entendre els arguments i els punts de vista de l'altre (la sensació que realment t'escolten de debò calma ràpidament els ànims).

Pestanya 3
«Entre jo i el món»

La missió de vida

La idea de la «missió de vida» és inventar-te el recorregut de vida que et porti al més a prop possible de la teva veritat, ser allà on has de ser, allà on els teus talents i les teves qualitats es podran expressar en la seva esplendor. Quan el que tries en la vida és coherent amb el teu jo profund, aleshores pots donar el millor de tu al món. Aquí és on s'amaga la noció de realització personal.

LLISTA DE TASQUES PENDENTS

✦ **Fes llistes dels teus punts forts**
La llista dels teus talents interns, dels teus millors èxits, dels entorns que més t'aporten (descriu-los amb precisió), de les persones que més t'aporten i de les que són tòxiques per a tu (fes una tria en les teves relacions).

✦ **Fes un mapa de les teves relacions***
Dibuixa el mapa mental (*mind-map*) de les activitats i dels centres d'interès que més t'agraden de la teva vida.

✦ **Explora els teus frens**
Fes la llista dels frens, les resistències i els bloquejos que no et deixen avançar. Reflexiona sobre cadascun o deixa que un professional t'ajudi per treure'ls un a un. Ser-ne conscient ja és un gran pas. Avança aplicant la teoria dels petits passos, fixant-te objectius assolibles i gratificants. Estableix una estratègia de mitjans i un pla d'acció precís per concretar els teus projectes.

* Tutorial per elaborar un mapa mental disponible al web.

L'antiprofecia del fracàs

Sigui quin sigui el teu recorregut, no hi ha cap fatalitat, i, en tot moment, pots decidir que avui és el primer dia de la teva nova vida. No és mai massa tard. No t'escoltis ningú que intenti fer-te creure el contrari.

Elimina els «mai» i els «sempre» del teu vocabulari: reforcen creences falses, t'intenten convèncer d'esquemes negatius que es repeteixen fins a l'infinit. Però qui té el poder de dominar el curs de la teva vida? Tu i només tu! Confia en tu, arreplega les forces necessàries i sigues perseverant.

LLISTA DE TASQUES PENDENTS

✦ **Canvia d'actitud!**
Exercita les tècniques de reprogramació mental, la neurociència (per exemple, *Le Cerveau du bonheur* de Rick Hanson), la programació neurolingüística (PNL), les teràpies gestalts o conductuals i cognitives. Aquestes tècniques poden ser molt útils, sobretot si decideixes ser un membre actiu del teu èxit! Posa-hi valentia, voluntat, perseverança, i els teus esforços aviat aportaran els seus fruits!

Els motius per estar orgullós d'un mateix

Per tal de recórrer un camí d'èxit, és primordial actuar sobre la part mental. En neurociències es té constància de l'impacte que ser positiu té sobre el cervell. És molt motivador tenir motius per estar orgullós d'un mateix. Però sovint no dediquem prou temps a recordar-ho o a posar en relleu els motius de satisfacció. Escriure'ls i tenir-los davant dels ulls permet ancorar-los profundament i així se'n pot extreure el màxim impacte positiu.

Busca també noves idees per posar en pràctica que t'aportin nous motius per sentir-te orgullós!

LLISTA DE TASQUES PENDENTS

✦ **Crea el cigne insígnia dels èxits**
Projecte creatiu: busca a internet un dibuix de cigne per pintar. Calca'l en un cartró entelat. Pinta el fons perquè la forma del cigne destaqui bé. A l'interior del cigne, crea-hi «zones», «territoris aleatoris» delimitats per una línia negra.
En determinades zones, escriu clarament els motius d'orgull d'una manera artística i amb bona lletra. En altres zones, dibuixa motius gràfics senzills (ratlles, puntets, línies ondulades, espirals, espigues, motius vegetals, etc.).

La roda del canvi

Confia en el procés de canvi: així que hagis iniciat el moviment amb una primera acció amb un fort valor afegit, tota la resta s'anirà posant en marxa. Un canvi n'arrossega un altre! El que costa és arrencar i fer el primer pas.

LLISTA DE TASQUES PENDENTS

✦ **Visualitza el teu procés de canvi**
Dibuixa o imprimeix una imatge d'un mecanisme d'engranatge amb diverses rodes petites. Escriu, a sota de cada roda, una decisió que vulguis prendre, i, a sota la roda següent, les reaccions positives que això generarà. I fes el mateix amb les altres rodes de l'engranatge. Així tindràs a la vista totes les decisions que has de prendre i les reaccions positives en cadena que se'n deriven.

L'equilibri stabile

L'estabilitat i la mobilitat formen un *stabile*. Agafant la imatge de les obres de l'escultor Calder i els seus famosos *stabiles*, reflexiona en un punt d'equilibri de la teva vida que se situï entre l'estabilitat (pedestal de Calder, part fixa ancorada a terra) i la mobilitat (part lleugera, lliure i en moviment). Una estabilitat/seguretat excessiva

pot conduir a l'avorriment, a la frustració, a l'esclerosi de l'ànima. Una mobilitat excessiva pot significar una fugida endavant, un desarrelament perpetu, la dispersió, la incapacitat de comprometre's.
L'harmonia es troba en la justa dosi d'estabilitat i mobilitat.

LLISTA DE TASQUES PENDENTS

✦ **Dibuixa un *stabile* personal en l'Organitzador d'Amor inspirat en les escultures de Calder**

✦ **Reflexiona en:**
1. El pedestal d'estabilitat. Què has de corregir per reforçar la teva estabilitat material, afectiva i emocional? Quins són els pilars importants de la teva vida en què et pots afermar? Quins són els rituals de cada dia que t'ancoren en una realitat positiva?
2. La teva part de mobilitat. Quins projectes, activitats i ambicions poses en pràctica que et fan renovar en la teva existència, que t'aporten frescor, entusiasme i creativitat? Quins petits reptes et podries posar per sortir de la teva zona de confort? Quina satisfacció sents quan permets que s'expressi la teva audàcia?

✦ **Escriu les paraules clau al voltant de l'*stabile* que has dibuixat**

Pestanya 4
«Les meves decisions»

Aquí hi escriuràs els teus propòsits i portaràs al dia una llista de tasques pendents. No t'oblidis de posar-te uns terminis, una data límit. Qui? Quan? Què? Per què? Per a quin dia? Delimitar bé els objectius multiplica les possibilitats d'aconseguir-los.

Pestanya 5
«Els meus resultats i celebracions»

És important que regularment anotis els avenços, els progressos i els èxits aconseguits, a més de felicitar-te'n. Podries enganxar un adhesiu de celebració al costat de cada objectiu aconseguit. O estampar-hi un tampó de victòria. Escriure clarament els èxits obtinguts, tant si són petits com grans, és una font inesgotable de satisfacció. Són la benzina per sobreviure a aquesta nova etapa de transformació que has decidit posar en marxa!

Agraïments

Per començar, vull expressar el meu agraïment a les editorials Plon i Eyrolles per haver col·laborat conjuntament i haver fet possible que aquesta tercera novel·la vegi la llum.

A en Pierre, més que una coneixença, una gran sort. Gràcies per haver sabut donar ales al meu Cupido, i per haver-me ofert un lloc privilegiat a bord d'Editis, envoltada del seu gran equip. Aquí només citaré els seus noms, però tots saben com els agraeixo el seu esforç i l'estima que els tinc... Caroline i Thierry, Carine i Marie-Christine, Fabrice, Sofia... i molts d'altres! Gràcies a la May pel seu treball extraordinari pel que fa a drets internacionals. Gràcies a tots per ser la meva família de cor.

Així mateix, un agraïment igual de generós per a la meva família de sang, el suport inexhaurible de la meva gent que, sempre m'aporta inspiració i m'ajuda a arribar fins al final de l'increïble repte que representa escriure una nova novel·la.

A la meva germana bessona, tendra versió fraternal del gran amor.

A la meva mare, Claudine —sí, Claude la Rutinòloga i l'àvia Didine són una de tantes picades d'ullet còmplices en homenatge a ella—, una connexió única, un vincle sagrat.

Als homes de la família, a en Régis, i a la nostra entranyable relació. Al meu pare François i al meu germà Christophe, al meu cunyat Philippe. Sentir-los orgullosos de mi m'arriba al cor i m'anima a continuar.

A la Paule i a en Didier, pel seu afecte incondicional.

A la canalla de la família, que són la meva vida; als meus fills Vadim, Joë, Nina i Émile. Soc feliç de fer constar el seu nom en aquesta pàgina perquè tots ells escriuen al mateix temps pàgines entranyables de la meva vida...

A en Nick Gentry per haver acceptat que el personatge real entrés en la ficció, agafant en préstec el seu nom i la seva trajectòria artística per a la novel·la.

Tanmateix, l'agraïment més sentit recau en vosaltres, amics lectors, que em feu l'honor de seguir-me. Els missatges tan magnífics que m'envieu m'aporten tant que cada dia alimenten les meves ànsies d'escriptora.